国家级特色专业（汉语言文学）建设点系列教材
21世纪中国语言文学通用教材

U0853984

中国古代文学作品选注

主编　刘周堂
编者　（以姓氏笔画为序）
刘周堂　刘惠卿　李新灿
唐雪莹　鲁红平

中国人民大学出版社
·北京·

国家级特色专业（汉语言文学）建设点系列教材

总　　序

湛江师范学院坐落在中国大陆的最南端——雷州半岛上，其前身是雷州师专，1991年升格为本科院校。该校人文学院的前身是中文系，知名美学专家劳承万教授曾任中文系主任。劳先生十分重视科研，常鼓励老师们以教学带科研，以科研促教学，力争在充分调动“具有现代形态的文艺学美学理论功能”的扎实基础上，走出一条“重新建构中文教学—科研体系”的新路子，并且产生了一批积极成果。1993年出版的一套10本“文艺学美学丛书”，内容涉及比较神话学、艺术意境论、主体研究与文体批评、西方文学批评方法、文化哲学、形式主义诗学、散文本体论、新时期报告文学论、政治文化与中国新文学、文学与语言的现代探索等领域，在当时产生了一定的影响，有力地促进了系里的学科建设与专业建设，为中文系后来的发展打下了良好的基础。2001年，李珺平教授等人又出版了一套6本“文艺学多棱镜丛书”，这套丛书或将文艺学研究延伸到思想史、文化史领域，或尝试勾勒中国古代文论的内在体系，或对文学文本理论作“语言意识”分析，或用现代视野观照中国古代小说中的女性问题，或研究20世纪90年代的文论转型，或考察后现代主义小说的发展轨迹，因其“所折射的独特光线”而显示出存在价值。童庆炳先生在该套丛书总序里肯定了这一具有学术实力的团体，并且指出，只要在“澄明、寂寞的氛围中”安静、认真地思考，就必然会有“独特的学术发现与洞见”。几年之后，一批教授、博士的新著又相继完成，并以“天涯文论丛书”为名，于2006年出版了系列研究成果。王钦峰教授在这套丛书总序中称出版此套丛书的目的，是要“秉承天涯文化所蕴涵的流亡、反思和追求开放性、混杂性的基本精神”，“立足于文化和地理的边缘，探究国内外文学文化的意义及其互动逻辑”。

在文艺学学科的带动下，汉语言文字学学科的教师们也不甘落后，推出了自己的成果。马显彬教授等人出版的一套3本“普通话教学丛书”，被多所高校选用。朱城教授等人于2002年集中出版了一套4本古代汉语教材，内容涉及语法修辞、文字词汇、音韵及诗词格律等，较之以前的通用教材，内容更加系统，条理更加清楚，资料更加丰富。该学科逐渐形成了一个新的教学科研团队，引起了国内同行的瞩目。2005—2006年间，他们集多年研究成果，又推出一套7本"南粤语言文字学丛书"，将语言的本体研究与应用研究、通用语研究与方言研究、古汉语研究与现代汉语研究汇为一丛，大有后来居上之势。鲁国尧先生在其总序中拈出"规模效应"、"综合实力"和"团队精神"三个词组来概括这套丛书的特点，高度肯定了这些老师为中国语言学事业发展作出的切实贡献。

语文基础部亦具备相当实力。该部的写作课被评为省级精品课程，刘海涛教授被评为省级教学名师，其"审美型阅读＋研究性学习＋创造性写作"的课程教学理念和"创新写作训练三阶梯"的实践方案开拓了中文人才培养的新路径。他们近年来编辑出版了《文学写作教程》、《新写作》等国家"十一五"规划教材，陆续出版了《现代读写说》、《世界华文微型小说研究》、《散文创作与鉴赏》，以及一套3本的"微型小说学研究"系列丛书；指导的学生则有"读·品·悟"、"读名篇·学写作·懂人生"、"百年美文"、"新课程视野下的名著导读"、"全球语境下的华文微型小说"等丛书共50多部正式出版，另有100多篇各类文章在省级以上刊物公开发表。语文教学论课程则紧密结合中学语文教学实践，出版了《语文新课程教学论》、《语文教育实习导论》等教材，编撰了《语文教学技艺论》、《阅读教学论》、《写作教学论》等课程教学论专业丛书。

此外，教师们出版的一些学术专著，如《审美中介论》(新版)、《诗性智慧》、《前期儒家文化研究》、《中国古代抒情理论的文化阐释》、《作为中国古代审美范畴的自然》、《中国文学的起源》、《现代中国的小城文化与小城文学》、《福楼拜与现代思想》等均在国内产生了一定影响。据不完全统计，2004年到2009年，人文学院教师共发表学术论文1 214篇，其中核心刊物以上275篇，权威刊物63篇；出版学术著作45部，主编教材8部；主持国家社科基金项目4项，省（部）级项目17项；获得省级以上哲学社会科学优秀成果奖或教学成果奖3项。

湛江地处广东之西翼，既无地缘优势，又无文化和经济优势，但我们的教师硬是凭着一股拼搏精神，取得这么多货真价实的成果，让人心生敬意！正是基于这样的"规模效应"、"综合实力"和"团队精神"，经过几代人的筚路蓝缕、艰苦努力、薪火相传，湛江师范学院人文学院汉语言文学专业于2008年获批国家"十一五"特色专业建设点，开始了新一轮的事业长征。两年来，我们围绕建设目标，按照"目标管理、分项实施、任务细化、责任到人"的工作思路，团结广大师生，展开了一系列的课程建设、团队建设、名师建设、学风建设、教材建设、学科建设、教改立项和学术研究等工作，并相继取得了一批令人欣慰的成果。在此背景下，我们计划推出湛江师范学院"国家级特色专业（汉语言文学）建设点系列教材"和"国家级特色专业（汉语言文学）建设点学术文丛”两套丛书。教材系列包括古代汉语、现代汉语、近代汉语、中国古代文学、中国近代文学、中国现代文学、中国当代文学、中国古代文论、当代外国文学、美学和中学语文教学等专题教程，它们均为一线教师长期教学实践经验的理论提升，既可用于中文系在校本科生的选修课教材，也可作为中文本科函授生的必修课教材。另外，《大学语文实用教程》则是针对普通高校非中文专业学生的学习需要专门编写的，力求广泛吸取各版本《大学语文》教材的优长，守正出新，以新视觉、新内涵为当代大学生创造一个全新的阅读视野。专著系列主要是教授、博士们近期研究成果的集中展示，包括优秀博士论文、博士后出站报告、国家社科基金以及省（部）级社科基金的结题成果等。出版以上丛书的目的，一方面是把老师们近年的教学、科研情况再作一次盘点与小结；另一方面以点带面，促使我院汉语言文学专业建设再上一个新的台阶。同时，更希望借此平台，与兄弟院校同行交流互动，取长补短，并以此为契机，带动对外汉语和新闻传播专业的建设，巩固和充实一体两翼办学模式的内涵。

“青鸟海上游，鸒斯蒿下飞。”祈望湛江师范学院人文学院这只南海之滨、地角天涯的青鸟在新的世纪、新的年代里振羽奋飞！

熊家良

2010年6月

目　　录

第 1 讲　《诗经》……1
一、载驰（鄘风）……1
二、子衿（郑风）……2
三、七月（豳风）……3
四、采薇（小雅）……6
五、鹿鸣（小雅）……8
六、駉（鲁颂）……9

第 2 讲　先秦散文……11
一、烛之武退秦师（《左传·僖公三十年》）……11
二、苏秦始将连横（《战国策·秦策一》）……13
三、劝学（《荀子》）……19

第 3 讲　楚辞……29
一、离骚（节选）（屈原）……29
二、山鬼（屈原）……35
三、九辩（节选）（宋玉）……36

第 4 讲　汉赋……43
一、鹏鸟赋（贾谊）……43
二、七发（节选）（枚乘）……48
三、归田赋（张衡）……53

第 5 讲 两汉史传文学 …… 56
一、鸿门宴（节选）（司马迁） …… 56
二、苏武传（节选）（班固） …… 62

第 6 讲 魏晋南北朝诗歌 …… 69
一、白马篇（曹植） …… 69
二、桃花源记（并诗）（陶渊明） …… 70
三、石壁精舍还湖中作（谢灵运） …… 73
四、拟行路难十八首（其六）（鲍照） …… 74
五、之宣城出新林浦向板桥（谢朓） …… 75
六、拟咏怀（其七）（庾信） …… 76

第 7 讲 魏晋南北朝骈文 …… 77
一、陶征士诔（颜延之） …… 77
二、玉台新咏序（徐陵） …… 86
三、哀江南赋序（庾信） …… 94

第 8 讲 唐诗（上） …… 103
一、从军行（杨炯） …… 103
二、山居秋暝（王维） …… 104
三、从军行七首（其一）（王昌龄） …… 104
四、蜀道难（李白） …… 105
五、燕歌行（并序）（高适） …… 107
六、茅屋为秋风所破歌（杜甫） …… 109

第 9 讲 唐诗（下） …… 111
一、山石（韩愈） …… 111
二、石头城（刘禹锡） …… 112
三、李凭箜篌引（李贺） …… 113
四、长恨歌（白居易） …… 114
五、赤壁（杜牧） …… 119
六、无题（李商隐） …… 119

第 10 讲 宋词（上） …… 121
一、渔家傲·塞下秋来风景异（范仲淹） …… 121
二、破阵子·燕子来时新社（晏殊） …… 122
三、雨霖铃·寒蝉凄切（柳永） …… 122

四、念奴娇·赤壁怀古（苏轼） …… 123
五、鹊桥仙·纤云弄巧（秦观） …… 124
六、苏幕遮·燎沉香（周邦彦） …… 124

第 11 讲 宋词（下） …… 126

一、声声慢·寻寻觅觅（李清照） …… 126
二、满江红·怒发冲冠（岳飞） …… 127
三、卜算子·咏梅（陆游） …… 128
四、水龙吟· 登建康赏心亭（辛弃疾） …… 128
五、扬州慢·淮左名都（并序）（姜夔） …… 129
六、玉楼春·戏林推（刘克庄） …… 131

第 12 讲 宋代散文 …… 133

一、醉翁亭记（欧阳修） …… 133
二、答司马谏议书（王安石） …… 135
三、前赤壁赋（苏轼） …… 137

第 13 讲 元杂剧 …… 142

一、《窦娥冤》第三折（关汉卿） …… 142
二、长亭送别（《西厢记》第四本第三折）（王实甫） …… 148
三、《汉宫秋》第三折（马致远） …… 152

第 14 讲 明清传奇 …… 158

一、惊梦（《牡丹亭》第十出）（汤显祖） …… 158
二、余韵（《桃花扇》）（孔尚任） …… 164
三、惊变（《长生殿》第二十四出）（洪昇） …… 171

第 15 讲 明清小说（上） …… 177

一、没遮拦追赶及时雨　船火儿夜闹浔阳江（施耐庵） …… 177
二、三藏不忘本　四圣试禅心（吴承恩） …… 180
三、春梅毁骂申二姐　玉箫愬言潘金莲（兰陵笑笑生） …… 183

第 16 讲 明清小说（下） …… 187

一、聊斋志异·瑞云（蒲松龄） …… 187
二、周学道校士拔真才　胡屠户行凶闹捷报（吴敬梓） …… 191
三、惑奸谗抄检大观园　矢孤介杜绝宁国府（曹雪芹） …… 195

后　记 …… 199
出版说明 …… 201

第1讲

《诗经》

一、载驰（鄘风）

载驰载驱[1]，归唁卫侯[2]。驱马悠悠[3]，言至于漕[4]。大夫跋涉[5]，我心则忧。

既不我嘉[6]，不能旋反[7]。视尔不臧[8]，我思不远[9]。既不我嘉，不能旋济[10]。视尔不臧，我思不閟[11]。

陟彼阿丘[12]，言采其蝱[13]。女子善怀[14]，亦各有行[15]。许人尤之[16]，众稚且狂[17]！

我行其野，芃芃其麦[18]。控于大邦[19]，谁因谁极[20]？大夫君子，无我有尤[21]。百尔[22]所思，不如我所之[23]！

（选自朱熹注：《诗经集传》，上海古籍出版社，1987 年版）

注释

[1] 载驰载驱：载，乃。驰、驱，赶马快跑。此句意思是，赶马快快往前跑。

[2] 归唁卫侯：唁（yàn），对亡国或遭遇祸事的人表示慰问。卫侯，指卫文公。此句意思是，回去慰问卫侯。

[3] 悠悠：远行。

[4] 言至于漕：言，语助词，放在动词前，无实义。漕，卫邑名，在今河南省滑县。此句意思是，前往卫国漕邑。

[5] 大夫跋涉：大夫，指许国的大夫。跋涉，登山涉水，形容旅途辛苦。

[6] 既不我嘉：既，都。嘉，赞同。“不我嘉”即“不嘉我”。此句意思是，你们都不赞同我。

[7] 不能旋反：旋，回，还。反，同“返”。此句意思是，不能返回卫国。

[8] 视尔不臧：视，同“示”，显示。臧，同“藏”，隐藏。此句意思是，

我把内心显示给你们看，决不隐藏。

[9] 我思不远：远，远离，丢开。此句意思是，我决不会抛开卫国不去想。

[10] 不能旋济：济，渡水。此句意思是，不能马上渡水返回卫国。

[11] 我思不閟：閟（bì），止。此句意思是，我对卫国的思念不会停止。

[12] 陟彼阿丘：陟（zhì），攀登。阿（ē）丘，高的山丘。此句意思是，登上高高的山丘。

[13] 言采其蝱：蝱（méng），贝母，一种药草，古人认为可以治郁结之症。此句意思是，采贝母来治疗心中的忧愁。

[14] 女子善怀：女子，指许穆夫人自己。善怀，思虑多。此句意思是，女子多愁善感。

[15] 亦各有行：行（háng），道理。此句意思是，也各有理由和道理。

[16] 许人尤之：尤，过失，此处作动词，指责。此句意思是，许国大夫指责我的想法错误。

[17] 众穉且狂：穉，幼稚。狂，狂妄。此句意思是，大家幼稚又狂妄。

[18] 芃芃其麦：芃（péng）芃，茂盛的样子。此句意思是，原野的麦子长得非常茂盛。

[19] 控于大邦：控，赴告。大邦，大的诸侯国。此句意思是，向大国求援。

[20] 谁因谁极：因，依靠。极，到。此句意思是，哪个国家能依靠，就往哪国去求救。

[21] 无我有尤：有，助词，无实意。“无我有尤”即“无尤我”。此句意思是，不要责难我。

[22] 尔：你们。

[23] 不如我所之：之，往，到。此句连同上句的意思是，你们思考再多，也比不上我回去。

二、子衿（郑风）

青青子衿[1]，悠悠[2]我心。纵[3]我不往，子宁不嗣音[4]？
青青子佩[5]，悠悠我思。纵我不往，子宁不来？
挑兮达兮[6]，在城阙[7]兮！一日不见，如三月兮！

（选自朱熹注：《诗经集传》，上海古籍出版社，1987 年版）

注释

[1] 青青子衿：子，对男子客气的称呼。衿，衣领，代指意中人。

[2] 悠悠：思念不已的样子。

[3] 纵：即使。

[4] 子宁不嗣音：宁，难道。嗣音，传音信。此句连同上句的意思是，

即使我不来，难道你也不传个音信？

[5] 佩：系佩玉的绶带。

[6] 挑兮达兮：犹言“挑达兮挑达兮”。挑达，指独自徘徊的样子。

[7] 城阙（què）：指城门两边的观楼。

三、七月（豳风）

七月流火[1]，九月授衣[2]。一之日觱发[3]，二之日栗烈[4]。无衣无褐[5]，何以卒岁[6]！三之日于耜[7]，四之日举趾[8]。同我妇子，馌彼南亩[9]，田畯至喜[10]。

七月流火，九月授衣。春日载阳[11]，有鸣仓庚[12]。女执懿筐[13]，遵彼微行[14]，爰求柔桑[15]。春日迟迟[16]，采蘩祁祁[17]，女心伤悲，殆及公子同归[18]。

七月流火，八月萑苇[19]。蚕月条桑[20]，取彼斧斨[21]，以伐远扬[22]，猗彼女桑[23]。七月鸣鵙[24]，八月载绩[25]。载玄载黄[26]，我朱孔阳[27]，为公子裳。

四月秀葽[28]，五月鸣蜩[29]。八月其获[30]，十月陨萚[31]。一之日于貉[32]，取彼狐狸，为公子裘。二之日其同[33]，载缵武功[34]。言私其豵[35]，献豜于公[36]。

五月斯螽动股[37]，六月莎鸡振羽[38]，七月在野[39]，八月在宇[40]，九月在户，十月蟋蟀，入我床下。穹窒熏鼠[41]，塞向墐户[42]。嗟我妇子，曰为改岁[43]，入此室处。

六月食郁及薁[44]，七月亨葵及菽[45]。八月剥[46]枣，十月获稻。为此春酒[47]，以介眉寿[48]。七月食瓜，八月断壶[49]，九月叔苴[50]。采荼薪樗[51]，食[52]我农夫。

九月筑场圃[53]，十月纳禾稼[54]。黍稷重穋[55]，禾麻菽麦。嗟我农夫！我稼既同[56]，上入执宫功[57]。昼尔于茅[58]，宵尔索绹[59]。亟其乘屋[60]，其始播百谷。

二之日凿冰冲冲[61]，三之日纳于凌阴[62]。四之日其蚤[63]，献羔祭韭[64]。九月肃霜[65]，十月涤场[66]。朋酒斯飨[67]，曰杀羔羊。跻彼公堂[68]，称彼兕觥[69]，万寿无疆。

（选自朱熹注：《诗经集传》，上海古籍出版社，1987年版）

注释

[1] 七月流火：七月，夏历七月，周人兼用夏历。流，下。火，东方心星，大火星。此句意思是，夏历七月，火星慢慢向西移，是暑气将退的时候。

[2] 授衣：把缝制寒衣的事交给女奴。

[3] 一之日觱发：一之日，指周历的正月，夏历的十一月。觱（bì）发（bō），寒风触物的声音。

［4］二之日栗烈：二之日，周历二月，夏历十二月。栗烈，寒气袭人。

［5］无衣无褐：衣，衣服。褐（hè），用粗毛或粗麻编织的短衣。

［6］何以卒岁：卒岁，终岁。此句连同上句的意思是，没有寒衣，怎样过冬。

［7］三之日于耜：三之日，指周历三月，夏历正月。于，犹“为”，指修理。耜（sì），犁、耙之类的农具。

［8］四之日举趾：四之日，周历四月，夏历二月。举趾，抬起脚，此指下地劳动。

［9］馌彼南亩：馌（yè），送饭。南亩，泛指农田。此句意思是，送饭到田头。

［10］田畯至喜：田畯（jùn），农官。至喜，非常欢喜。

［11］春日载阳：载，助词，无实义。阳，天气和暖。此句意思是，春天来了，天气变得暖和了。

［12］有鸣仓庚：有，词头，无意义。仓庚，黄莺。此句意思是，黄莺在鸣叫。

［13］女执懿筐：执，拿着。懿（yì）筐，深筐。

［14］遵彼微行：遵，沿着。微行（háng），小路。

［15］爰求柔桑：爰（yuán），于是。求，采摘。柔桑，柔嫩的桑叶。

［16］迟迟：舒缓，此处指春季白天日子变长。

［17］采蘩祁祁：蘩，白蒿，用于养蚕。祁祁，众多的样子。

［18］殆及公子同归：殆，害怕。公子，指贵族子女，称男性、女性均可。归，返回，一说女子出嫁。此句意思是，害怕被公子们抢回去。或指害怕（作为陪嫁女奴）与女公子一起出嫁。

［19］八月萑苇：萑（huán）苇，芦苇和荻草，可以制蚕箔。此句意思是，八月份预备芦苇，供来年春天养蚕用。

［20］蚕月条桑：蚕月，养蚕的月份，一般指夏历三月。条桑，修剪桑枝。

［21］斧斨：古时将斧头柄孔圆的称“斧”，斧头柄孔方的叫“斨（qiāng）”。

［22］远扬：指又长又高的枝条。

［23］猗彼女桑：猗（yī），“掎”的假借字，斜攀。女桑，柔嫩的桑叶。

［24］七月鸣鵙：鵙（jué），伯劳鸟。此句意思是，夏历七月伯劳鸟在鸣叫。

［25］八月载绩：载，开始。绩，纺织。

［26］载玄载黄：载，助词，无实义。玄，黑中带红。此句意思是，将布染成玄色与黄色。

［27］我朱孔阳：朱，红色，此处指红色的丝织品。孔阳，非常鲜艳。

［28］秀葽：秀，不开花而结子。葽（yāo），植物名，指王瓜。

［29］鸣蜩：蜩（tiáo），蝉。鸣蜩，蝉鸣。

［30］获：收获。

[31] 陨萚：萚（tuò），草木脱落的皮或叶。陨萚，落叶。

[32] 于貉：去猎获野兽。貉（hé），兽名，即狗獾。

[33] 同：会合。

[34] 载缵武功：缵（zuǎn），继续。武功，武事，此处指狩猎。此句连同上句的意思是，夏历十二月集合众农夫，继续打猎练武艺。

[35] 言私其豵：言，语助词，无实义。私，私有。豵（zōng），小兽。

[36] 献豜于公：豜（jiān），大兽。公，公家。此句连同上句的意思是，猎得小的野兽归自己，大的野兽进献给公家。

[37] 五月斯螽动股：斯螽（zhōng），蝗类昆虫，即蚱蜢、蚂蚱。股，大腿。动股，指两腿摩擦而发声。

[38] 六月莎鸡振羽：莎（suō）鸡，虫名，即纺织娘。振羽，振动翅膀。

[39] 在野：指蟋蟀在野外。

[40] 在宇：宇，屋檐，此处指蟋蟀在屋檐下。下文的“在户”也指蟋蟀。

[41] 穹窒熏鼠：穹（qióng），尽。窒（zhì），堵塞。熏鼠，用烟火熏烧鼠类，使它无法在房子里存身。

[42] 塞向墐户：塞，堵塞。向，朝北的窗子。墐（jìn），用泥涂抹。户，门。

[43] 改岁：过年。

[44] 六月食郁及薁：郁，郁李。薁（yù），野葡萄。此处意思是，六月份吃郁李和野葡萄充饥。

[45] 七月亨葵及菽：亨，同“烹”，煮。葵，葵菜。菽，豆子。

[46] 剥：通“扑”，敲打。

[47] 春酒：白酒，因冬天酿造，经春才成，故名。

[48] 以介眉寿：介，助。眉寿，长寿，因长寿的人长有长眉，故名眉寿。此句意思是，以（春酒）助人长寿。

[49] 断壶：断，摘。壶，葫芦。

[50] 叔苴：叔，拾取。苴（jū），青麻的子。

[51] 采荼薪樗：荼（tú），苦菜。樗（chū），臭椿树。此句意思是，采摘苦菜充饥，砍伐臭椿树做柴火。

[52] 食（sì）：把食物给人吃。

[53] 筑场圃：把菜圃修筑成晒谷场。古人一地两用，春夏种菜，为菜圃，秋冬晒谷，为场。

[54] 纳禾稼：纳，收谷进仓。禾稼，庄稼。

[55] 黍稷重穋：黍，小米。稷，高粱。重（tóng），晚熟的谷类。穋（lù），早熟的谷类。

[56] 同：聚拢。

[57] 上入执宫功：上，同“尚”，尚且。执，从事。宫功，室内劳动。此句连同上句的意思是，把庄稼收拢以后，还要为贵族们从事室内劳动。

[58] 昼尔于茅：尔，语助词，无实义。于，割。茅，即白茅，俗称茅草。

[59] 索绹：索，搓。绹（táo），绳子。此句连同上句的意思是，白天割茅草，晚上搓绳子。

[60] 亟其乘屋：亟，同“急”。乘，登上。此句意思是，赶紧登上屋顶修房子。

[61] 冲冲：凿冰的声音。

[62] 纳于凌阴：凌阴，冰窖。此句意思是，将冰放入冰室，以备夏天之用。

[63] 蚤：同“早”，早晨。

[64] 献羔祭韭：进献羊羔、韭菜来举行祭祀。

[65] 肃霜：同“肃爽”，天高气爽。

[66] 涤场：清扫谷场。

[67] 朋酒斯飨：朋酒，两樽酒。斯，代词，复指前置宾语。飨，同“享”，享用。

[68] 跻彼公堂：跻（jī），登。公堂，学校，一说贵族的厅堂。

[69] 称彼兕觥：称，举起。兕（sì）觥（gōng），兕牛角制成的酒杯。

四、采薇（小雅）

采薇采薇[1]，薇亦作止[2]。曰归曰归[3]，岁亦莫止[4]。靡室靡家[5]，猃狁之故[6]；不遑启居[7]，猃狁之故。

采薇采微，薇亦柔[8]止。曰归曰归，心亦忧止。忧心烈烈[9]，载[10]饥载渴；我戍未定[11]，靡使归聘[12]。

采薇采微，薇亦刚[13]止。曰归曰归，岁亦阳止[14]。王事靡盬[15]，不遑启处[16]。忧心孔疚[17]，我行不来[18]。

彼尔维何[19]？维常之华[20]。彼路斯何[21]？君子[22]之车。戎车既驾[23]，四牡业业[24]。岂敢定居[25]，一月三捷[26]。

驾彼四牡，四牡骙骙[27]。君子所依[28]，小人所腓[29]。四牡翼翼[30]，象弭鱼服[31]，岂不日戒[32]，猃狁孔棘[33]！

昔[34]我往矣，杨柳依依[35]；今我来思[36]，雨雪霏霏[37]。行道迟迟[38]，载渴载饥。我心伤悲，莫知我哀！

（选自朱熹注：《诗经集传》，上海古籍出版社，1987 年版）

注释

[1] 薇：野豌豆苗，可食。

[2] 薇亦作止：亦、止，助词，无实义。作，初生。此句连同上句的意思是，采薇菜呀采薇菜，薇菜刚刚长出来。

[3] 曰归曰归：曰，言，说；一说语助词，无实义。归，回家。

[4] 岁亦莫止：莫，同“暮”。此句连同上句的意思是，说回家呀说回家，眼看岁暮又到来。

[5] 靡室靡家：靡，无。室，男子有妻。家，女子有夫。室、家，指夫妇正常的日常生活。

[6] 玁狁之故：玁（xiǎn）狁（yǔn），古代北方少数民族，即北狄、匈奴。故，缘故。此句连同上句的意思是，男男女女没有正常的室家生活，是因为玁狁入侵的缘故。

[7] 不遑启居：遑，闲暇。启，危坐，指席地而坐时，腰部伸直，臀部与足分开。居，安坐，指席地而坐时，将臀部贴在足跟上。此句意思是，没有片刻闲暇坐下来休息。

[8] 柔：柔嫩。

[9] 烈烈：形容忧心如焚。

[10] 载：又。

[11] 我戍未定：戍，防守。定，停止。

[12] 靡使归聘：使，使者。聘，问，问候。此句连同上句的意思是，我们的防守还没有停止，也没有人捎去消息问候家人。

[13] 刚：坚硬，指薇菜的茎叶老了。

[14] 岁亦阳止：阳，阴历十月。此句意思是，年岁已到了十月。

[15] 王事靡盬：盬（gǔ），止。此句意思是，王室的战事无休止。

[16] 启处：与上文“启居”意同。

[17] 忧心孔疚：孔，很。疚，病。此句意思是，内心忧愁痛苦，像生了病一样。

[18] 我行不来：来，慰劳。此句意思是，我远行在外，无人慰问。

[19] 彼尔维何：尔，通“苶”，花盛开的样子。维，是。此句意思是，那盛开的是什么花？

[20] 维常之华：常，植物名，即常棣。华，通“花”。此句意思是，那是常棣之花。

[21] 彼路斯何：路，同“辂”，指将帅乘坐的高大战车。斯，是。此句意思是，那高大的车子是谁的。

[22] 君子：指将帅。

[23] 戎车既驾：戎车，兵车。既，已经。

[24] 四牡业业：四牡，驾车的四匹公马。业业，高大雄壮的样子。

[25] 定居：安居。

[26] 一月三捷：三，泛指多数。捷，胜利；一说接，谓接战、交战。此句意思是，一个月多次打胜仗。或是说一个月多次和敌人交战。

[27] 骙（kuí）骙：强壮威武的样子。

[28] 依：靠着，依傍。

[29] 小人所腓：小人，统治者对被统治者的称呼，这里指士兵。腓（féi），庇护。

[30] 翼翼：整齐的样子。

[31] 象弭鱼服：象弭（mǐ），两端用象牙装饰的弓。鱼服，用鱼皮制的箭袋。

[32] 日戒：每日戒备。

[33] 孔棘：非常紧急。

[34] 昔：从前，指出征时。

[35] 依依：轻柔的样子，一说茂盛的样子。

[36] 今我来思：今，现在，指出征回来时。思，语助词，无实义。

[37] 雨雪霏霏：雨（yù）雪，下雪。霏（fēi）霏，雪花纷飞的样子。

[38] 行道迟迟：行道，走路。迟迟，缓慢的样子。

五、鹿鸣（小雅）

呦呦[1]鹿鸣，食野之苹[2]。我有嘉宾，鼓瑟吹笙[3]。吹笙鼓簧[4]，承筐是将[5]。人之好[6]我，示我周行[7]。

呦呦鹿鸣，食野之蒿[8]。我有嘉宾，德音孔昭[9]。视民不恌[10]，君子是则是效[11]。我有旨酒[12]，嘉宾式燕以敖[13]。

呦呦鹿鸣，食野之芩[14]。我有嘉宾，鼓瑟鼓琴。鼓瑟鼓琴，和乐且湛[15]。我有旨酒，以燕乐嘉宾之心[16]。

（选自朱熹注：《诗经集传》，上海古籍出版社，1987 年版）

注释

[1] 呦（yōu）呦：鹿叫声。

[2] 食野之苹：苹，一种多年生草木，鹿喜食。此句连同上句的意思是，鹿群呦呦地相对鸣叫，它们在分享野地的苹草。

[3] 鼓瑟吹笙：瑟、笙，均为乐器名。此句连同上句的意思是，我吹奏音乐，以此招待宾客。

[4] 簧（huáng）：乐器里用竹箬或铜制成的发声薄片，这里指乐器。

[5] 承筐是将：承，奉上。筐，盛币帛的筐。将，送。此句意思是，捧出盛币帛的筐赠予宾客。

[6] 好：喜爱。

[7] 示我周行：示，指示。周行（háng），大道。此句连同上句的意思是，人们都喜爱我，将指给我大道。

[8] 蒿：青蒿，香蒿。

[9] 德音孔昭：德音，好品德。孔，很。昭，明。此句意思是，美好的品德非常显著。

[10] 视民不恌：视，显示。恌（tiāo），轻浮。此句意思是，显示给人们的言行一点也不轻浮。

[11] 君子是则是效：则，以之为法则。效，仿效。此句意思是，君子们

要以之为法则，去仿效学习。

[12] 旨酒：美酒。

[13] 嘉宾式燕以敖：式，语助词，无实义。燕，同“宴”，饮酒。敖，同“遨”，游玩。此句意思是，嘉宾来宴饮游玩。

[14] 芩（qín）：草名，俗称蔓草。

[15] 和乐且湛：和乐，和睦快乐。湛（dān），通“媅”，快乐。此句意思是，和睦快乐，沉浸于欢乐中。

[16] 以燕乐嘉宾之心：燕乐，宴饮使快乐。此句连同上句的意思是，我有美酒，宴饮宾客，叫他们开心畅饮。

六、駉（鲁颂）

駉駉牡马[1]，在坰之野[2]。薄言駉者[3]：有驈有皇[4]，有骊有黄[5]，以车彭彭[6]。思无疆[7]，思马斯臧[8]！

駉駉牡马，在坰之野。薄言駉者：有骓有駓[9]，有骍有骐[10]，以车伾伾[11]。思无期[12]，思马斯才[13]！

駉駉牡马，在坰之野。薄言駉者：有驒有骆[14]，有骝有雒[15]，以车绎绎[16]。思无斁[17]，思马斯作[18]！

駉駉牡马，在坰之野。薄言駉者：有骃有騢[19]，有驔有鱼[20]，以车祛祛[21]。思无邪[22]，思马斯徂[23]！

（选自朱熹注：《诗经集传》，上海古籍出版社，1987年版）

注释

[1] 駉駉牡马：駉（jiōng）駉，高大强壮的样子。牡马，公马。

[2] 在坰之野：坰（jiōng），遥远的郊野。此句连同上句的意思是，那群高大健壮的公马，在那遥远的郊野。

[3] 薄言駉者：薄言，语助词，无实义。駉者，高大健壮的马。

[4] 有驈有皇：驈（yù），白腿黑马。皇，黄白色的马。

[5] 有骊有黄：骊（lí），纯黑色的马。黄，黄赤色的马。

[6] 以车彭彭：彭彭，强壮有力的样子。此句意思是，这样的马用来驾车非常有力量。

[7] 思无疆：思，语助词，无实义。无疆，无穷，形容马多。

[8] 思马斯臧：斯，这，指示代词。臧，善。此句意思是，这些马确实好。

[9] 有骓有駓：骓（zhuī），青白相间的马。駓（pī），黄白相间的马。

[10] 有骍有骐：骍（xīng），赤黄色的马，即黄栗毛或金栗毛马。骐（qí），青黑色、花纹如棋盘格子的马。

[11] 伾（pī）伾：矫健有力的样子。

[12] 无期：无数，多得无法数。

[13] 才：才能。

[14] 有驒有骆：驒（tuó），有白鳞状花纹的青色马。骆（luò），白身黑鬃马。

[15] 有骝有雒：骝（liú），赤身黑鬃马。雒（luò），黑身白鬃马。

[16] 绎（yì）绎：马疾驰追逐的样子。

[17] 无斁（yì）：无尽。

[18] 作：起，马敏捷腾跃的样子。

[19] 有骃有騢：骃（yīn），浅黑与白色相杂的马。騢（xiá），赤毛白毛相杂的马。

[20] 有驔有鱼：驔（diàn），脚胫有白色长毫的马。鱼，眼上有白毛的马。

[21] 袪（qū）袪：强健的样子。

[22] 无邪：不偏不斜。一说无边，形容马多。

[23] 徂（cú）：行，指马奔走的样子。

参考书目

[1]（宋）朱熹注．诗经集传．上海：上海古籍出版社，1987

[2] 向熹编，郭锡良校．诗经词典．成都：四川人民出版社，1986

[3] 陈铁镔．诗经解说．北京：书目文献出版社，1985

[4]（清）马瑞辰撰．毛诗传笺通释．北京：中华书局，1989

[5] 朱东润主编．中国历代文学作品选（上编第一册）．上海：上海古籍出版社，1979

第2讲

先秦散文

一、烛之武退秦师[1]（《左传·僖公三十年》）

九月甲午[2]，晋侯、秦伯[3]围郑，以其无礼于晋[4]，且贰于楚[5]也。晋军函陵[6]，秦军氾南[7]。

佚之狐言于郑伯曰[8]："国危矣，若使烛之武[9]见秦君，师必退。"公从之。辞[10]曰："臣之壮也，犹不如人；今老矣，无能为也已[11]。"公曰："吾不能早用子，今急而求子，是寡人之过也。然郑亡，子亦有不利焉。"许之[12]。

夜缒[13]而出。见秦伯曰："秦、晋围郑，郑既知亡矣。若亡郑而有益于君，敢以烦执事[14]。越国以鄙远[15]，君知其难也。焉用亡郑以陪邻[16]？邻之厚，君之薄也[17]。若舍郑以为东道主[18]，行李[19]之往来，共其乏困[20]，君亦无所害。且君尝为晋君赐[21]矣，许君焦、瑕[22]，朝济而夕设版焉[23]，君之所知也。夫晋，何厌之有[24]？既东封[25]郑，又欲肆其西封[26]，若不阙秦[27]，将焉取之？阙秦以利晋，唯君图之[28]。"

秦伯说[29]，与郑人盟。使杞子、逢孙、杨孙戍之[30]，乃还。

子犯请击之[31]。公曰："不可。微夫人之力不及此[32]。因人之力而敝之[33]，不仁；失其所与[34]，不知[35]；以乱易整[36]，不武[37]。吾其还也。"亦去之。

（选自杨伯峻注：《春秋左传注》，中华书局，1981年版）

注释

[1] 本文选自《左传·僖公三十年》，标题是后人加的。

[2] 甲午：古代以天干地支纪年纪日，照推算，甲午为初十。

[3] 晋侯、秦伯：即晋文公和秦穆公。

[4] 以其无礼于晋：指晋文公（重耳）七年前因国家内乱而流亡，经过

郑国时，郑文公对他不加礼遇的事。

[5] 贰于楚：对晋国有二心，亲近楚国。此指《郑世家》所载郑文公四十一年（公元前632年）时郑助楚击晋一事。《左传》僖公二十七年、二十八年亦有记载。

[6] 晋军函陵：军，驻扎，作动词用。函陵，地名，在今河南省新郑市北十三里。

[7] 氾南：氾（fàn），水名，在今河南省中牟县南，但早已干涸。

[8] 佚之狐言于郑伯曰：佚之狐，人名，郑国大夫。“佚”是姓，“狐”是名，“之”是语助词，介于姓名之间，下文的“烛之武”也是如此。郑伯，即郑文公。

[9] 烛之武：郑国大夫。

[10] 辞：推辞。此处的主语是烛之武。

[11] 无能为也已：什么也做不了啦。

[12] 许之：答应他。此处的主语是烛之武。之，代指郑伯。

[13] 缒（zhuì）：用绳索缚住身体，从城墙上吊下来。

[14] 敢以烦执事：敢，不敢，敬辞。执事，办事者，实指秦穆公本人。此句连同上句的意思是，如果灭亡了郑国而对你有利的话，那就不敢拿这件事来麻烦您了。

[15] 越国以鄙远：越，超越。鄙，边远的地方，此指国家的边境。从地理上看，秦国在西边，郑国在东边，晋国在秦、郑两国之间。此句连同下句的意思是，超越晋国而把郑国作为秦国的边界，你知道这是很难做到的。

[16] 焉用亡郑以陪邻：陪邻，增加邻国的地盘。此句意思是，（您）何苦为了增加邻国的地盘而把郑国灭掉呢？

[17] 邻之厚，君之薄也：厚，指地盘增加，亦指实力增强。薄，减少。此句意思是，邻国（晋）的实力增强了，就等于您（秦）的实力削弱了。

[18] 若舍郑以为东道主：东道主，东路上的居停主人。因郑国在秦国的东边，所以说“东道”。此句意思是，（您）如果舍弃郑国而不进攻它，它将可以作为东路上的一个主人招待您。

[19] 行李：即后世的外交使节。

[20] 共其乏困：共，同“供”。乏困，不足，此指过往的人在钱粮方面的缺乏。

[21] 尝为晋君赐：尝，曾经。晋君，指晋惠公。赐，赐予，给人好处。此指晋国内乱之后，秦穆公帮助晋惠公返回晋国当上君主一事。

[22] 焦、瑕：城邑名，二城故址在今河南省陕县附近。当年晋惠公希望得到秦穆公的帮助以返回晋国，曾答应回国执政后即把晋国的焦、瑕二城送给秦国。

[23] 朝济而夕设版焉：济，渡过河。版，筑城的工具，这里代指修筑城墙。此句的意思是，（晋惠公）早晨刚渡河归国，晚上就修筑城墙加以防守。指晋惠公不仅不知恩图报，履行诺言，反而翻脸准备与秦为敌。

[24] 夫晋，何厌之有：厌，同“餍”，满足。此句意思是，晋国哪里有满足的时候。

[25] 封：疆界。

[26] 又欲肆其西封：肆，扩展。此句连同上句的意思是，（晋国已经灭亡了郑国，）把郑国作为它东面的边界，它就必然又要扩展它西面的边界。

[27] 若不阙秦：阙，损害。此句连同下句的意思是，（晋国既然要扩展它西面的边界，）那么除了侵占秦国的土地之外，还能到哪里去取得地盘呢？

[28] 唯君图之：唯，只。图，考虑。此句意思是，只看您如何考虑这件事了。

[29] 说：同“悦”。

[30] 使杞子、逢孙、杨孙戍之：杞子等三人是秦国的大夫。戍，防守。此句意思是，（秦穆公）派杞子等三人留下来替郑国防守。

[31] 子犯请击之：子犯，晋国大夫狐偃的字。击之，进攻秦军。

[32] 微夫人之力不及此：微，没有。夫人，那个人。此句意思是，没有那个人（秦穆公）的出力帮助，（我）到不了今天这样的地步。指晋文公（重耳）流亡多年，最后是靠秦穆公的鼎力相助才回国当上君主的。

[33] 因人之力而敝之：敝，伤害。此句意思是，依靠那人的力量而成功，现在又反过来伤害他。

[34] 失其所与：所与，指同盟国。秦、晋本是盟国，如果攻击秦军，就失去了同盟国。

[35] 知：同“智”。

[36] 以乱易整：乱，指自相冲突。易，代替，改变。整，指团结一致。此句意思是，（如果攻击秦军，那就是）以自相冲突代替了团结一致。

[37] 不武：不是威武之师。

二、苏秦始将连横[1]（《战国策·秦策一》）

苏秦始将连横[2]，说秦惠王[3]曰：“大王之国，西有巴、蜀、汉中[4]之利，北有胡貉、代马[5]之用，南有巫山、黔中之限[6]，东有崤、函之固[7]。田肥美，民殷[8]富，战车万乘[9]，奋击[10]百万，沃野千里，蓄积饶[11]多，地势形便[12]，此所谓‘天府[13]’，天下之雄国[14]也。以大王之贤，士民之众，车骑之用，兵法之教[15]，可以并诸侯，吞天下，称帝而治[16]，愿大王少[17]留意，臣请奏其效[18]。”

秦王曰：“寡人闻之，毛羽不丰满者不可以高飞，文章[19]不成者不可以诛罚，道德不厚[20]者不可以使民，政教不顺者不可以烦大臣。今先生俨然不远千里而庭教之[21]，愿以异日[22]。”苏秦曰：“臣固[23]疑大王不能用也。昔者神农伐补遂[24]，黄帝伐涿鹿而禽蚩尤[25]，尧伐欢兜[26]，舜伐三苗[27]，禹伐共工[28]，汤伐有夏[29]，文王伐崇[30]，武王伐纣[31]，齐桓任战而伯天下[32]。由此观之，恶[33]有不战者乎？古者使车毂击驰[34]，言语相结[35]，天下为一；约纵连横，兵革[36]不藏；文士并饬[37]，诸侯乱惑，万端俱起，不可胜理[38]；科条[39]既备，民多伪态[40]；书策稠浊[41]，百姓不足；上下相愁，民无所聊[42]；明言章理[43]，兵甲愈起；辩言伟服[44]，战攻不息；繁称文辞，天下不治；舌弊耳聋，不见成功；行义约信，天下不亲。于是，乃废文任武，厚养死士[45]，缀甲厉兵[46]，效胜[47]于战场。夫徒处而致利[48]，安坐而广地[49]，虽古五帝、三王、五伯[50]，明主贤君，常欲坐而致之，其势不能。故以战续之。宽则两军相攻，迫则杖戟相橦[51]，然后可建大功。是故兵胜于外，义强于内；威立于上，民服于下。今欲并天下，凌[52]万乘，诎敌国[53]，制海内，子元元[54]，臣诸侯[55]，非兵不可！今之嗣主[56]，忽于至道[57]，皆惛[58]于教，乱于治[59]，迷于言，惑于语，沉于辩[60]，溺于辞。以此论之，王固不能行也。”

说秦王书十上而说不行。黑貂之裘弊[61]，黄金百斤尽，资用乏绝，去秦而归。羸縢履蹻[62]，负书担橐[63]，形容[64]枯槁，面目黎[65]黑，状有归[66]色。归至家，妻不下纴[67]，嫂不为炊，父母不与言。苏秦喟叹曰：“妻不以我为夫，嫂不以我为叔，父母不以我为子，是皆秦之罪也。”乃夜发书[68]，陈箧[69]数十，得太公阴符之谋[70]，伏而诵之，简练以为揣摩[71]。读书欲睡，引锥自刺其股[72]，血流至足[73]。曰：“安有说人主不能出[74]其金玉锦绣，取卿相之尊者乎？”期年[75]揣摩成，曰：“此真可以说当世之君矣！”于是乃摩燕乌集阙[76]，见说赵王于华屋之下[77]，抵掌[78]而谈。赵王大悦，封为武安[79]君，受相印[80]。革车[81]百乘，绵绣千纯[82]，白璧[83]百双，黄金万溢[84]以随其后，约从散横[85]，以抑强秦。故苏秦相于赵而关不通[86]。

当此之时，天下之大，万民之众，王侯之威，谋臣之权，皆欲决苏秦之策[87]。不费斗粮，未烦一兵，未战一士，未绝一弦，未折一矢[88]，诸侯相亲，贤于兄弟[89]。夫贤人在而天下服，一人用而天下从。故曰：式于政[90]，不式于勇；式于廊庙[91]之内，不式于四境之外。当秦之隆[92]，黄金万溢为用，转毂[93]连骑，炫熿于道[94]，山东之国从风而服[95]，使赵大重[96]。且夫苏秦特穷巷掘门、桑户棬枢之士耳[97]，伏轼撙衔[98]，横历[99]天下，廷说[100]诸侯之王，杜[101]左右之口，天下莫之能伉[102]。

将说楚王，路过洛阳，父母闻之，清宫除道[103]，张乐设饮[104]，郊迎三十里[105]。妻侧目而视[106]，倾耳而听[107]；嫂蛇行匍伏[108]，四拜自跪而谢[109]。苏秦曰：“嫂，何前倨而后卑[110]也？”嫂曰：“以季子[111]之位尊而多金。”苏秦曰：“嗟乎！贫穷则父母不子[112]，富贵则亲戚[113]畏惧。人生世上，势位富贵，盖可忽乎哉[114]！”

（选自《战国策》，上海古籍出版社，1985年版）

注释

[1] 本篇题目是后人加的。同是这一篇，后人用的题目并不完全相同。

[2] 苏秦始将连横：苏秦，战国时洛阳人，纵横家的代表人物之一。他开始主张连横，后来以主张合纵著称。始，开始。将，将要。连横，纵横家的主张之一。战国时主张秦与齐、楚等国个别联合以打击其他国家，称为连横。相反，主张齐、楚、燕、韩、赵、魏六国联合以抗秦国，称为合纵。

[3] 说秦惠王：说（shuì），劝说。秦惠王，公元前338至前311年在位。

[4] 巴、蜀、汉中：巴，在今四川省东部。蜀，在今四川省西部。汉中，今陕西省秦岭以南。当时这三地并不属于秦国，是苏秦为夸大秦国实力而故意这样说的。

[5] 胡貉、代马：胡，指北方匈奴族所居地区。貉（hé），一种动物，形似狐，皮可制裘。代，指山西北部，其地产马。

[6] 巫山、黔中之限：巫山，在今四川巫山县东。黔中，在今湖南西北及今贵州东部地区。限，险阻，这里是屏障的意思。

[7] 崤、函之固：崤，山名，在今河南省洛宁县西北。函，即函谷关，在今河南省灵宝市西南。固，坚固。指二山犹如坚固的堡垒。

[8] 殷：富足。

[9] 战车万乘：战车，兵车。万乘（shèng），一万辆车子。乘，古时一车四马叫“乘”。

[10] 奋击：指奋力作战的士兵。

[11] 饶：丰富，多。

[12] 形便：指地形好，行动便利。

[13] 天府：天然的富饶的府库。

[14] 雄国：实力强大的国家。

[15] 教：教育、学习。

[16] 称帝而治：帝，本义是神。战国时各国的君主都称“王”，但少数实力强大的国家企图统一天下，开始自称“帝”。

[17] 少：稍。

[18] 奏其效：报告它的成效。

[19] 文章：法令。

[20] 厚：满、盈，高尚。

[21] 俨然不远千里而庭教之：俨然，严肃庄重的样子。庭教，在朝廷上指教。

[22] 愿以异日：请在另外的日子再说。这是委婉地加以拒绝。

[23] 固：本来。

[24] 神农伐补遂：神农，传说中的三皇之一。补遂，古国名。

[25] 黄帝伐涿鹿而禽蚩尤：黄帝，五帝之一，号轩辕，传说为中华民族的始祖。涿鹿，地名，在今河北省涿鹿县南。禽，通“擒”。蚩尤，传说中的九黎族首领。

[26] 尧伐欢兜：尧，姬姓，名放勋，国号唐，古帝王。欢兜，尧的大臣。

［27］舜伐三苗：舜，姚姓，名重华，国号虞，古帝王。三苗，古族名，居住在今湖南岳阳、江西九江、湖北武昌一带。

［28］禹伐共工：禹，姒姓，名文命，国号夏，夏朝开国君主。共工，古代部族。

［29］汤伐有夏：汤，商朝开国君主。有夏，即夏朝，此处指夏桀王。有，语助词，无义。

［30］文王伐崇：文王，姬姓，名昌，商纣王时为西方诸侯首领。崇，古国名，在今陕西省户县东。

［31］武王伐纣：武王，文王的儿子，名发，灭纣，建立周朝。纣，纣王，商朝最后一个君王。

［32］齐桓任战而伯天下：齐桓，齐桓公，姜姓，名小白。任战，凭借战争。伯，通“霸”。

［33］恶（wū）：哪里。

［34］车毂击驰：毂（gǔ），车轮中的圆洞，以使车轴穿过。击驰，指车子相互碰撞而疾驶，形容车多行急。

［35］言语相结：指使者们以言语说服对方。

［36］兵革：武器装备。

［37］文士并饬：文士，指各国使者与策士。饬（shì），同“饰”，此指修饰文词，以进行游说。

［38］胜理：胜，尽，即全部治理。

［39］科条：各种规章制度条文。

［40］伪态：作假的情形。

［41］书策稠浊：书策，文书法令。稠浊，繁多而混乱。

［42］聊：依靠。

［43］明言章理：章，同“彰”，明晰的言论和明白的道理。

［44］辩言伟服：辩言，雄辩的言辞。伟服，庄重的礼服。

［45］厚养死士：厚养，以优厚的待遇供养。死士，不怕死的人。

［46］缀甲厉兵：缀甲，连接盔甲片。古代士兵身上的盔甲都是用金属片连接在一起的。厉兵，磨砺兵器。

［47］效胜：效，同“较”，即较量胜负。

［48］徒处而致利：徒处，无所事事地坐着。致利，得利。

［49］广地：使地盘扩大。

［50］五帝、三王、五伯：五帝，指黄帝、颛顼、帝喾、唐尧、虞舜。三王，指夏禹、商汤、周文王。五伯，即春秋五霸，指齐桓公、晋文公、宋襄公、秦穆公、楚庄王。

［51］迫则杖戟相橦：迫，指双方士兵迫近。杖戟，拿着戟。戟，一种将戈、矛合为一体的兵器，能直刺，又能横击。橦（chōng），冲刺。

［52］凌：超越，引申为驾驭。

［53］诎敌国：诎，同“屈”。此处指使敌国屈服。

[54] 子元元：子，以之为子，意动用法。元元，人民。即以人民为子，意指统一天下。

[55] 臣诸侯：臣，以之为臣，意动用法。即以诸侯为臣。

[56] 嗣主：继位的君主。

[57] 至道：最好的原则与主张。

[58] 惛：不明白。

[59] 乱于治：对于治理国家，思想混乱。

[60] 沉于辩：沉溺于辩论。此句与下句是互文见义，意思相同。

[61] 弊：破烂。

[62] 羸縢履蹻：羸（léi），同“缧”，缠绕。縢，绑腿布。履蹻（juē），穿着草鞋。

[63] 负书担橐：负书，背着书。担橐（tuó），挑着行囊。橐，没有底的口袋，两头用绳子扎紧。

[64] 形容：容貌。

[65] 黎：通“黧（lí）”，黑色。

[66] 归：当为“愧”字之误。

[67] 妻不下纴：纴（rèn），织布帛的丝缕，代指织布机。此句意思是，苏秦妻子见苏秦回来，并不下机，依然织布。

[68] 发书：打开书。

[69] 陈箧：陈，摆开。箧（qiè），小箱子。

[70] 太公阴符之谋：太公，即姜太公，吕尚。阴符之谋，传说吕尚曾著有《阴符》一书，此指兵书。

[71] 简练以为揣摩：简，选择。练，把丝麻或织品煮得柔软而洁白，引申为熟练、精练。揣摩，体会研究。此句意思是，选择书中的精华部分认真熟读并体会研究。

[72] 股：大腿。

[73] 足：清人王念孙说当作“踵”，脚跟。

[74] 出：使……出。

[75] 期年：满一年。

[76] 摩燕乌集阙：摩，接近。燕乌集，阙名。阙，皇宫前面两边的楼台。此指苏秦来到燕乌集阙。

[77] 见说赵王于华屋之下：赵王，指赵肃侯，公元前349至前326年在位。华屋，华丽的房屋。

[78] 抵掌：击掌，形容话语投机，谈得很欢。抵，当作“抵（zhǐ）”。

[79] 武安：地名，在今河北省武安市。

[80] 受相印：受，授予。相印，宰相的印章。

[81] 革车：兵车。

[82] 纯（tún）：匹。

[83] 壁：当作“璧”，玉。

［84］溢：通“镒”，古代重量单位，二十四两为一镒。

［85］约从散横：从，通“纵”。联合六国以抗秦，离散个别国家与秦国的关系。

［86］关不通：关，指函谷关。函谷关是六国通秦的要道。由于六国抗秦，故函谷关交通断绝。

［87］皆欲决苏秦之策：策，策略。此句连同上五句的意思是，当时天下的各种行为都为苏秦的策略所决定。

［88］矢：箭。

［89］贤于兄弟：胜过兄弟。

［90］式于政：式，用。此句连同下句的意思是，用在政治上而不用在武力上。

［91］廊庙：庙，古代君主祭祖之处，其旁为廊。廊庙，代指朝廷。

［92］当秦之隆：隆，隆盛，显贵。此句意思是，当苏秦显贵的时候。

［93］转毂：车轮转动。

［94］炫熿于道：炫熿，炫耀显眼。此句连同上句的意思是，苏秦的随从车骑众多，络绎不绝，在道路上十分显眼。

［95］山东之国从风而服：山东，华山以东。从风而服，像风吹草木一样倒伏下来。

［96］使赵大重：使得赵国的地位大大重要起来。

［97］且夫苏秦特穷巷掘门、桑户棬枢之士耳：特，只是。穷巷，简陋偏僻的巷子。掘门，同“窟门”。桑户，以桑木板为门。棬（quān）枢，把树条圈起来作为门的转枢。此句意思是，苏秦只不过是一个住在简陋偏僻的小巷子的窟洞里、以桑木板为门、用圈起来的树条作门枢的人罢了。

［98］伏轼撙衔：伏轼，伏在车前的横木之上。撙（zǔn）衔，勒紧马勒头。

［99］横历：横行。

［100］廷说：在朝廷上劝说。

［101］杜：塞。

［102］伉：通“抗”，匹敌。

［103］清宫除道：清宫，清洁房屋。除道，打扫道路。

［104］张乐设饮：张乐（yuè），设置音乐。设饮，准备酒席。

［105］郊迎三十里：在郊外三十里的地方迎接。

［106］侧目而视：侧着眼睛看，指不敢正面对看。

［107］倾耳而听：侧着耳朵听。

［108］蛇行匍伏：蛇行，像蛇一样爬行。匍伏，爬行。

［109］谢：谢罪，道歉。

［110］前倨而后卑：前面态度傲慢而后面态度谦卑。倨，傲慢。

［111］季子：嫂称小叔为“季子”。

［112］不子：不当作儿子。

[113] 亲戚：亲属。

[114] 盖可忽乎哉：盖，同“盍”，怎么。忽，忽视。此句意思是，怎么能忽视呢！

三、劝学（《荀子》）

君子曰[1]：学不可以已[2]。青[3]，取之于蓝[4]，而青于蓝[5]；冰，水为之，而寒于水。木直中绳[6]，輮以为轮[7]，其曲中规[8]，虽有槁暴[9]，不复挺者[10]，輮使之然[11]也。故木受绳[12]则直，金就砺则利[13]，君子博学而日参省乎己[14]，则知明而行无过矣[15]。故不登高山，不知天之高也；不临深谿[16]，不知地之厚也；不闻先王之遗言，不知学问之大也。干越夷貉之子[17]，生而同声[18]，长而异俗[19]，教使之然也。诗[20]曰：“嗟尔[21]君子，无恒安息[22]。靖共尔位[23]，好是正直[24]。神之听之[25]，介尔景福[26]。”神莫大于化道[27]，福莫长于无祸[28]。

吾尝终日而思矣[29]，不如须臾[30]之所学也。吾尝跂[31]而望矣，不如登高之博见也。登高而招，臂非加长也，而见者远[32]；顺风而呼，声非加疾[33]也，而闻者彰[34]。假舆马者[35]，非利足[36]也，而致[37]千里；假舟楫者[38]，非能水[39]也，而绝[40]江河。君子生[41]非异也，善假于物也[42]。

南方有鸟焉，名曰“蒙鸠[43]”，以羽为巢，而编之以发，系之苇苕[44]，风至苕折，卵破子死。巢非不完[45]也，所系者然也。西方有木焉，名曰“射干[46]”，茎长四寸，生于高山之上，而临百仞[47]之渊，木茎非能长也，所立者然也。蓬生麻中[48]，不扶而直；白沙在涅[49]，与之俱黑。兰槐[50]之根是为芷，其渐之滫[51]，君子不近，庶人不服。其质非不美也，所渐者然也。故君子居必择乡[52]，游必就士[53]，所以防邪辟而近中正也[54]。

物类之起[55]，必有所始。荣辱之来，必象其德[56]。肉腐出虫；鱼枯生蠹[57]。怠慢忘身[58]，祸灾乃作。强自取柱[59]，柔自取束[60]。邪秽在身，怨之所构[61]。施薪若一[62]，火就燥也；平地若一，水就湿也。草木畴生[63]，禽兽群焉，物各从其类也。是故质的张而弓矢至[64]焉；林木茂而斧斤[65]至焉；树成荫而众鸟息焉；醯酸而蚋聚[66]焉。故言有招祸也；行有招辱也。君子慎其所立[67]乎！

积土成山，风雨兴焉[68]；积水成渊，蛟龙生焉；积善成德[69]，而神明自得[70]，圣心备焉[71]。故不积跬步[72]，无以至千里；不积小流，无以成江海。骐骥[73]一跃，不能十步；驽马十驾[74]，功在不舍[75]。锲[76]而舍之，朽木不折；锲而不舍，金石可镂。蚓无爪牙之利，筋骨之强，上食埃土，下饮黄泉[77]，用心一也。蟹六跪而二螯[78]，非蛇蟺[79]之穴无可寄托者，用心躁[80]也。是故无冥冥[81]之志者，无昭昭[82]之明；无惛惛[83]之事者，无赫赫[84]之功。行衢道[85]者不至，事两君者不容[86]。

目不能两视而明[87]，耳不能两听而聪[88]。螣[89]蛇无足而飞；鼫鼠五技而穷[90]。《诗》曰："尸鸠在桑[91]，其子七兮。淑人[92]君子，其仪一兮[93]。其仪一兮，心如结[94]兮！"故君子结于一也。

昔者瓠巴鼓瑟而沉鱼出听[95]；伯牙鼓琴而六马仰秣[96]。故声无小而不闻[97]，行无隐而不形[98]。玉在山而草木润[99]，渊生珠而崖不枯[100]。为善不积邪？安有不闻者乎[101]？

学恶[102]乎始？恶乎终？曰：其数则始乎诵经[103]，终乎读礼[104]；其义则始乎为士[105]，终乎为圣人，真积力久则入[106]，学至乎没[107]而后止也。故学数有终，若其义则不可须臾舍也。为之[108]，人也；舍之，禽兽也。故《书》者，政事之纪也[109]；《诗》者，中声之所止也[110]；《礼》者，法之大分[111]，类之纲纪[112]也。故学至乎《礼》而止矣。夫是之谓道德之极。《礼》之敬文也[113]，《乐》之中和也，《诗》《书》之博也，《春秋》之微也[114]，在天地之间者毕矣[115]。

君子之学也，入乎耳，箸[116]乎心，布乎四体[117]，形乎动静[118]。端[119]而言，蠕[120]而动，一可以为法则[121]。小人之学也，入乎耳，出乎口[122]。口耳之间则四寸耳，曷足以美七尺之躯哉[123]！古之学者为己[124]，今之学者为人[125]。君子之学也以美其身；小人之学也以为禽犊[126]。故不问而告谓之傲[127]，问一而告二谓之囋[128]。傲，非也，囋，非也；君子如向[129]矣。

学莫便乎近其人[130]。《礼》《乐》法而不说[131]，《诗》《书》故而不切[132]，《春秋》约而不速[133]。方其人之习君子之说[134]，则尊以遍[135]矣，周于世[136]矣。故曰：学莫便乎近其人。学之经莫速乎好其人[137]，隆礼次之[138]。上不能好其人，下不能隆礼，安特将学杂识志顺《诗》《书》而已耳[139]。则末世穷年[140]，不免为陋儒[141]而已！将原[142]先王，本仁义[143]，则礼正其经纬蹊径也[144]。若挈裘领[145]，诎五指而顿之[146]，顺者不可胜数也[147]。不道礼宪[148]，以《诗》《书》为之，譬之犹以指测河[149]也，以戈舂黍[150]也，以锥餐壶[151]也，不可以得之矣。故隆礼，虽未明，法士[152]也；不隆礼，虽察辩[153]，散儒[154]也。

问楛[155]者，勿告也；告楛者，勿问也；说楛者，勿听也。有争气者[156]，勿与辩也。故必由其道至[157]然后接之，非其道则避之。故礼恭而后可与言道之方[158]；辞顺而后可与言道之理[159]；色从而后可与言道之致[160]。故未可与言而言谓之傲；可与言而不言谓之隐[161]；不观气色而言谓之瞽[162]。故君子不傲、不隐、不瞽，谨顺其身[163]。《诗》曰："匪交匪舒[164]，天子所予。"此之谓也。

百发失一，不足[165]谓善射；千里跬步不至，不足谓善御[166]；伦类不通[167]，仁义不一[168]，不足谓善学。学也者，固学一之也[169]。一出焉，一入焉，涂巷之人[170]也。其善者少，不善者多，桀纣盗跖[171]也。全之尽之[172]，然后学者也。

君子知夫不全不粹[173]之不足以为美也，故诵数以贯之[174]，思索以通之，为其人以处之[175]，除其害者以持养之[176]。使目非是无欲见也，使耳非是无欲闻也，使口非是无欲言也，使心非是无欲虑也。及至其致[177]好之也，目好之五色，耳好之五声，口好之五味，心利之有天下[178]。是故权利不能倾[179]也，群众不能移也，天下不能荡也[180]。生乎由是[181]，死乎由是，夫是之谓德操[182]。德操然后能定[183]，能定然后能应[184]。能定能应，夫是之谓成人。天见其明[185]，地见其光[186]，君子贵其全[187]也。

（选自梁启雄：《荀子简释》，中华书局，1983年版）

注释

[1] 君子曰：君子，指有道德、有知识的人。古书中在引用前人有价值的言论时，往往概括地称为“君子曰”。

[2] 学不可以已：已，停止，废弃。此句意思是，求学不可以停止。

[3] 青：靛青，一种染料。

[4] 取之于蓝：取，提取。蓝，蓝草，也叫蓼蓝，叶子可制染料。此句意思是，青颜色是从一种蓝草中提取的。

[5] 青于蓝：青，形容词，即比蓝草颜色更青。

[6] 中绳：中（zhòng），符合。绳，木工取直用的墨线。中绳，即合乎墨线取直的要求。

[7] 輮以为轮：輮（róu），即“煣”，用火熨烤使木弯曲。为，成为。此句意思是，把它弯曲成车轮。

[8] 其曲中规：规，圆规。此句意思是，它弯曲的程度符合圆规取圆的要求。

[9] 虽有槁暴：有，又。槁，枯干。暴，同“曝”，晒。此句意思是，即使再使其枯干。

[10] 不复挺者：复，再。挺，直。此句意思是，不再变直。

[11] 然：这样。

[12] 受绳：用墨线量过。

[13] 金就砺则利：金，金属，此处指金属制成的刀剑。就，靠近，这里指磨。砺，磨刀石。利，锋利。此句意思是，金属在磨刀石上磨过就会锋利。

[14] 君子博学而日参省乎己：参，检验。省（xǐng），反省，省察。乎，于。此句意思是，君子既要博学又要每天检验省察自己。

[15] 则知明而行无过矣：知，同“智”。知明，明白道理。过，过失，过错。

[16] 深谿：深谷。

[17] 干越夷貉之子：干，一个小国的名称，后被吴国灭亡，此指吴国。貉（mò），又写作“貊”，我国古代对东北部一个少数民族带有蔑视意味的称谓。子，婴儿。

[18] 生而同声：初生时哭声都差不多。

[19] 长而异俗：长大后习俗就不相同了。

[20] 诗：指《诗经》。下句所引为《诗经·小雅·小明》中的诗句。

[21] 嗟尔：嗟，感叹词。尔，代词，你，你们。

[22] 无恒安息：恒，常。安息，安处。此句意思是，不要常常贪图安逸。

[23] 靖共尔位：靖，同“静”。共，同“恭”。位，指职位。此句意思是，谨慎恭敬地安于自己的职位。

[24] 好是正直：好，喜爱，崇尚。正直，指刚正不阿的品性。此句意思是，崇尚正直的品性。

[25] 神之听之：神，神灵。听，察觉，知道。此句意思是，神灵也会察觉到这些。

[26] 介尔景福：介，助，给予。景，大。此句意思是，神灵会赐给大福。

[27] 神莫大于化道：神，指一种极高的修养境界。化道，指受到真理的熏陶感染，人的气质品性有所变化。

[28] 福莫长于无祸：长，大。此句连同上句的意思是，精神修养没有比受真理熏陶感染更高的境界了，福分没有比无灾无祸更大的了。

[29] 吾尝终日而思矣：尝，曾经。此句意思是，我曾经一天到晚地思考。

[30] 须臾：片刻。

[31] 跂（qì）：踮起脚尖。

[32] 见者远：距离很远的人都能看见。

[33] 加疾：加，更。疾，这里指声音大。

[34] 彰：清楚明白。

[35] 假舆马者：假，凭借，利用。舆，车。

[36] 利足：脚走得快。利，迅疾。

[37] 致：达到。

[38] 假舟楫者：舟，船。楫（jí），桨。

[39] 能水：会游泳。

[40] 绝：横渡。

[41] 生：同“性”，指人的禀性、能力。

[42] 善假于物也：善于利用外物，这里指善于学习。此句连同上句的意思是，君子生性与一般人没有什么不同，只是善于利用外物而已。

[43] 蒙鸠：即鹪鹩，鸟名，形体很小，巢做得很精巧，又称“巧妇鸟”。

[44] 系之苇苕：苇，芦苇。苕，新生的嫩芦苇。此句意思是，蒙鸠把巢联结在苇苕上面。

[45] 完：完整，此指牢固。

[46] 射（yè）干：植物名称，开白花，可以入药。

[47] 仞（rèn）：长度单位，古代七尺或八尺为一仞。

[48] 蓬生麻中：蓬，草名，茎高一尺左右，开白色小花。麻，一种植

物，即大麻，茎很直。此句连同下句的意思是，蓬草生长在大麻中间，不用扶持就能长得很直。

[49] 白沙在涅：涅，矿物名，古代用做黑色的染料。此句连同下句的意思是，白色的沙粒落在涅矿石中，就和涅一样黑了。

[50] 兰槐：香草名。

[51] 其渐之滫：渐（jiān），浸，浸染。滫（xiǔ），淘米水，引申为脏水、臭水。此句连同下两句的意思是，把芳香的兰芷浸在臭水里，君子就不会接近它，平民百姓也不会佩戴它。

[52] 故君子居必择乡：因此君子居住一定选择风俗好的乡里。

[53] 游必就士：交游一定选择贤能之士。

[54] 所以防邪辟而近中正也：辟，邪。邪辟，不正当，不正派。中正，指公道正直的人。

[55] 物类之起：此句连同下句的意思是，万物形成类别而聚集到一起，最初一定有原因。

[56] 必象其德：象，同“像”，依据的意思。此句连同上句的意思是，荣誉或耻辱的降临，一定依据其德行的好坏。

[57] 鱼枯生蠹：蠹，蛀虫。此句意思是，鱼朽烂以后就会生虫。

[58] 怠慢忘身：懈怠疏慢而忘记自身。

[59] 柱：折断。

[60] 柔自取束：束，约束，缠绕。此句连同上句的意思是，坚硬的物体容易折断，柔软的物体多被用来作为缠绕物。

[61] 构：结成。

[62] 施薪若一：施，排列，铺开。薪，柴。若一，同样。此句连同下句的意思是，如果把柴同样排列，火就会先向着干燥的柴木燃烧。

[63] 草木畴生：畴，类。此句意思是，同类的草木生长在一块。

[64] 质的张而弓矢至：质，箭靶。的，箭靶的中心。张，设置。此句意思是，箭靶设置好，弓箭就自然会射来。

[65] 斤：斧头的一种。

[66] 醯酸而蜹聚：醯（xī），醋。蜹（ruì），黑色的、像蜂一样的吸血小虫子。此句意思是，醋酸了虫子就会聚拢过来。

[67] 君子慎其所立：君子应审慎地处世立身。

[68] 风雨兴焉：焉，在这里。此句连同上句的意思是，积土成为高山，风雨就会从这里兴起。

[69] 积善成德：善，日常所行善事。德，高尚的品性道德。此句意思是，积累善行，养成高尚的品德。

[70] 而神明自得：而，则。神明，精神和智慧。得，得到。

[71] 圣心备焉：圣心，圣人的思想。备，具备。

[72] 跬（kuǐ）步：半步。古人以跨出一脚为跬，再跨出一脚为步。

[73] 骐骥：骏马。

[74] 驽马十驾：驽马，劣马，笨马。驾，马拉着车走一天的路程叫一驾。十驾，十天的路程。

[75] 功在不舍：功，成功，效果。舍，舍弃，中止。

[76] 锲（qiè）：与下文的镂（lòu）同义，都是雕刻的意思。

[77] 黄泉：地底的泉水。

[78] 蟹六跪而二螯：跪，足。螯，第一对足，形如钳。螃蟹有六只脚，两只螯。

[79] 䱇：䱇同“鳝”。

[80] 躁：浮躁不安。

[81] 冥冥：指精诚专一。

[82] 昭昭：明达，出类拔萃。

[83] 惛（hūn）惛：专心致志。

[84] 赫赫：显赫，显著。

[85] 衢（qú）道：歧路。

[86] 事两君者不容：事，侍奉。容，容纳。此句意思是，侍奉两国君主的人，两国都不能容纳他。

[87] 目不能两视而明：两视，同时看两个对象。此句意思是，眼睛不能同时看两个对象且都看得分明。

[88] 耳不能两听而聪：两听，同时听两种声音。此句意思是，耳朵无法同时听两种声音且都听得清楚。

[89] 螣（téng）：传说中会飞的蛇，或龙的一种。

[90] 鼫鼠五技而穷：鼫（shí）鼠，即梧鼠，鼠的一种，据说该鼠有五种技能，能飞而不能上屋，能攀援而不能上到树顶，能游水而不能横渡沟渠，能跑但没有人跑得快，能挖洞却不能藏掩自身。穷，困窘。

[91] 尸鸠在桑：出自《诗经·曹风·尸鸠》。尸鸠，即布谷鸟。桑，桑树。据说布谷鸟饲养小鸟时，早上自上而下，晚上自下而上，公平而终始如一。

[92] 淑人：善良的人。淑，美好，善良。

[93] 其仪一兮：仪，行为举止。一，专一。此句连同上句的意思是，君子对待工作、事业的态度，也应像尸鸠喂小鸟那样始终如一。

[94] 如结：结，扎缚。如结，像物体被固定一样结而不散，指用心专一。

[95] 昔者瓠巴鼓瑟而沉鱼出听：瓠（hù）巴，善于鼓瑟的人。沉鱼，即游在水中的鱼。

[96] 伯牙鼓琴而六马仰秣：伯牙，楚国人，擅长弹琴的人。六马，古代天子车驾用六匹马拉。仰秣，指马在吃草时，因听到琴声而抬起了头。

[97] 声无小而不闻：声音无论多么微小都没有听不到的。

[98] 行无隐而不形：行为不管怎样隐秘都没有不露出形迹的。此句连同上句的言外之意是，学问无论大小，都不会掩没无用。

[99] 玉在山而草木润：有玉石蕴藏在山上，那里的草木会特别滋润。

[100] 渊生珠而崖不枯：水中生长着珍珠，则崖岸都不干枯。此句连同上句的言外之意是，有学问的人自然会显露出与众不同的气度。

[101] 安有不闻者乎：哪里有不被人知道的呢？意思是只要为善，终会被人知道。

[102] 恶（wū）：何，哪里。

[103] 其数则始乎诵经：数，术，即治学的方法、途径。经，经书，指诗书之类。

[104] 礼：典章礼制之类的书。

[105] 其义则始乎为士：义，意义，指治学的目的和意义。士，荀子把人分为士、君子、圣人三等。此句连同下句的意思是，从士开始学习，最终到达圣人的最高层次。

[106] 真积力久则入：真，真诚。力，努力实践。入，钻进去。此句意思是，学习要做到真诚而又注意积累，努力而又能持久，就会深入而有所收获。

[107] 没：同“殁”，死亡。

[108] 为之：实践它。

[109] 政事之纪也：纪，整理，记录。此句连同上句的意思是，《尚书》是记载古代政事的。

[110] 中声之所止也：中声，中和之声，最平和醇正的乐调。止，存。此句连同上句的意思是，《诗经》所保存的都是中和醇正的乐章。

[111] 法之大分：法，礼制，法律，政令。大分，大的原则、界限。

[112] 类之纲纪：类，指条例附则之类。纲纪，准则。

[113]《礼》之敬文也：敬，礼节上的周旋揖让。文，指车马、服饰上的等级标志。此句意思是，《礼》书上有关恭敬的礼节和车马、服饰上的各种等级标志。

[114]《春秋》之微也：微，隐微。此句意思是，《春秋》中那些隐晦而又细微的内容。

[115] 在天地之间者毕矣：毕，尽。此句连同上四句的意思是，《礼》、《乐》、《诗》、《书》、《春秋》几种书包含了天地间的一切学问。

[116] 箸：通“著”，明。

[117] 布乎四体：布，表现。四体，四肢。此句意思是，举止有威仪，有气度。

[118] 形乎动静：形，体现。动静，指日常行动。此句意思是，行动合乎礼仪。

[119] 端：读为“喘”，微言。

[120] 蠕（rú）：微动。

[121] 一可以为法则：一，皆，都。此句连同上两句的意思是，君子谨言慎行，一举一动都可以为一般人所取法。

[122] 出乎口：此句连同上句的意思是，小人为学，只是将所学用在口头上。

[123] 曷足以美七尺之躯哉：曷，何。此句连同上句的意思是，口耳之间不过四寸的距离，怎么能美化七尺之躯呢？言外之意是，不能学有所得而且用于实践，只是夸夸其谈是无益的。

[124] 为己：为了完善自我。

[125] 为人：为了炫耀给别人看。

[126] 禽犊：小的禽兽，古人常以此为礼物。这里用来比喻小人为学，不图修身，只为取悦于人。

[127] 傲：心气浮躁。

[128] 囋（zá）：言语繁杂。

[129] 向：同“响”，指回答问题如响声回应一样，不多不少。

[130] 学莫便乎近其人：其人，指良师益友。此句意思是，为学之道没有比接近良师益友更便捷的了。

[131]《礼》《乐》法而不说：法，指一定的成法。说，详细的的解说。此句意思是，《礼》、《乐》仅有成法而无详细的解说。

[132]《诗》《书》故而不切：故，以往，久远。切，切近，切合。此句意思是，《诗》、《书》所载多是从前的故事，而不切近实际。

[133]《春秋》约而不速：约，简约，隐约。速，迅速直接（理解）。此句意思是，《春秋》言辞简约隐微，难以直接理解。

[134] 方其人之习君子之说：方，仿效。其人，指贤师益友。第一个“之”意为“而”。习，学习。说，学说。此句意思是，效仿君子的为人处世并学习他们的学说。

[135] 尊以遍：尊，尊贵。以，而。遍，普遍，广博。此句意思是，可以养成尊贵的人格，并且获得广博的知识。

[136] 周于世：周，全面。此句意思是，全面地通晓世事。

[137] 学之经莫速乎好其人：经（jìng），径，途径。速，迅速，直接。好其人，喜好崇敬的人。此句意思是，学习的最便捷的途径是向自己崇敬的人学习。

[138] 隆礼次之：隆，重视。此句意思是，其次就是重视礼法。

[139] 安特将学杂识志顺《诗》《书》而已耳：安，则，于是。特，只。志，识，“识”字是衍文。杂志，杂记之类的书，各家学说。顺，“训”的假借字。训诗书，为《诗》、《书》作注解。此句意思是，那只是读了一些杂书和给《诗经》、《尚书》作些注解罢了。

[140] 末世穷年：末世，没世。穷年，年寿穷尽。意为一辈子，直到老死。

[141] 陋儒：陋，见闻少，知识浅薄。儒，儒士，泛指一般的读书人。

[142] 原：探究。

[143] 本仁义：追求仁义的根本。

[144] 则礼正其经纬蹊径也：经纬，织布机上的经线和纬线，引申为组织。蹊径，道路，途径。此句连同上两句的意思是，将要探究先王施政的情况，追求仁义的根本，那么从学礼入手是最正确的途径。

[145] 挈裘领：挈（qiè），提举。裘，皮衣。此句意思是，提起裘衣的领子。

[146] 诎五指而顿之：诎，同“屈”，弯曲。顿，引。此句意思是，弯曲五个手指去理皮衣的毛。

[147] 顺者不可胜数也：胜，尽。此句意思是，顺着手倒伏的皮毛是数不尽的。言外之意是，从学礼入手，提纲挈领，治学之道就会很顺达。

[148] 不道礼宪：道，由，通过。礼宪，礼法。

[149] 以指测河：用手指去测量河的深度。

[150] 以戈舂黍：舂（chōng），用杵捣米。意为用锋利的戈代替杵去舂米。

[151] 以锥餐壶：壶，盛食物的器具。意为用锥子代替筷子去用餐。此句连同上两句意思是，由于学习方法不对，将劳而无功。

[152] 法士：守礼法之士。

[153] 察辩：明察善辩。

[154] 散儒：散，不检点约束。散儒，不循礼法的儒生。

[155] 问楛：楛，同“苦”，恶。问楛，不合礼仪的询问。

[156] 争气者：意气用事、无理而争的人。

[157] 必由其道至：一定是合乎礼义之道而来的。

[158] 礼恭而后可与言道之方：礼恭，礼貌，恭敬。道，指儒家的学说、理论。方，方向。此句意思是，只有先做到恭敬有礼，才可与他谈论道的方向。

[159] 辞顺而后可与言道之理：先做到言词谦逊，才可以和他谈论道的内容。

[160] 色从而后可与言道之致：色，面色，脸色。色从，脸色表现得顺从诚服。致，极致。此句意思是，先做到心悦诚服，才可以和他谈论道的极致。

[161] 隐：有意隐瞒。

[162] 瞽：盲。这里指盲目行事。

[163] 谨顺其身：身，人，指来求教的人。此句意思是，谨慎地按照来求教的人的态度来进行。

[164] 匪交匪舒：此句连同下句“天子所予”，均出自《诗经·小雅·采菽》。匪，同“非”，不。交，同“绞”，急切。舒，舒缓。予，赞许。此二句意思是，不急切，不缓慢，是天子所赞许的。

[165] 不足：算不上。

[166] 御：驾驭。

[167] 伦类不通：指不能触类旁通。

[168] 一：专一。

[169] 固学一之也：本来学习就是要专一的。

[170] 涂巷之人：涂，同“途”。涂巷之人，指普通之人。

[171] 桀纣盗跖：桀、纣，夏商两代的亡国暴君。盗跖，传说中的大盗，名跖。

[172] 全之尽之：学得全面、彻底。

[173] 粹：精纯，精粹。

[174] 诵数以贯之：诵数，诵说，反复诵读。此句意思是，通过反复诵读使之连贯起来。

[175] 为其人以处之：为，效法。其人，指所企慕之人。处，设身处地。此句意思是，用设身处地的方式去效法所企慕的人。

[176] 除其害者以持养之：除其害，排除学习的妨碍和干扰。持养，扶持，培养。此句意思是，除去妨碍自己学习的东西而小心培养自己的学问。

[177] 致：极。

[178] 心利之有天下：心里贪求占有天下之利。

[179] 权利不能倾：倾，斜，动。此句意思是，权势利禄都不能使之改变。

[180] 天下不能荡也：荡，动。此句意思是，即使让他享有广大的天下，也不能打动他。

[181] 生乎由是：是，指为学。此句连同下句的意思是，无论生死，都要专心学习。

[182] 德操：德，品性修养。操，把握。意为有德行而能操持。

[183] 定：指有坚定的意志和见解。

[184] 应：指应付各种事物的本领。

[185] 天见其明：见，疑为“贵”的误字。

[186] 地见其光：见，与上句同。光，通“广”。此句连同上句的意思是，天以明为贵，地以广为贵。

[187] 君子贵其全：君子以修养学问、周全精粹为贵。

参考书目

[1] 北京大学中国文学史教研室选注．先秦文学史参考资料．北京：中华书局，1962

[2] 朱东润主编．中国历代文学作品选（上编第一册）．上海：上海古籍出版社，1979

[3] 梁启雄．荀子简释．北京：中华书局，1983

第3讲

楚辞

一、离骚[1]（节选）（屈原）

跪敷衽[2]以陈辞兮，耿吾既得此中正[3]。驷玉虬以乘鹥兮[4]，溘埃风余上征[5]。朝发轫于苍梧兮[6]，夕余至乎县圃[7]。欲少留此灵琐[8]兮，日忽忽[9]其将暮。吾令羲和弭节[10]兮，望崦嵫而勿迫[11]。路漫漫其修远兮，吾将上下而求索。饮余马于咸池[12]兮，总余辔乎扶桑[13]。折若木[14]以拂日兮，聊逍遥以相羊[15]。前望舒[16]使先驱兮，后飞廉使奔属[17]。鸾皇[18]为余先戒兮，雷师告余以未具[19]。吾令凤鸟飞腾兮，继之以日夜。飘风屯[20]其相离兮，帅云霓而来御[21]。纷总总[22]其离合兮，斑陆离其上下[23]。吾令帝阍[24]开关兮，倚阊阖[25]而望予。时暧暧[26]其将罢兮，结幽兰而延伫[27]。世溷浊[28]而不分兮，好蔽美而嫉妒。

朝吾将济于白水[29]兮，登阆风而緤马[30]。忽反顾以流涕[31]兮，哀高丘之无女[32]。溘吾游此春宫[33]兮，折琼枝以继佩[34]。及荣华[35]之未落兮，相下女之可诒[36]。吾令丰隆[37]乘云兮，求宓妃[38]之所在。解佩纕以结言[39]兮，吾令蹇修以为理[40]。纷总总其离合兮，忽纬繣其难迁[41]。夕归次于穷石[42]兮，朝濯发乎洧盘[43]。保厥美[44]以骄傲兮，日康娱以淫游[45]。虽信美[46]而无礼兮，来违弃而改求[47]。览相观[48]于四极兮，周流乎天余乃下。望瑶台之偃蹇[49]兮，见有娀之佚女[50]。吾令鸩[51]为媒兮，鸩告余以不好。雄鸠之鸣逝兮，余犹恶其佻巧[52]。心犹豫而狐疑[53]兮，欲自适[54]而不可。凤皇既受诒[55]兮，恐高辛[56]之先我。欲远集[57]而无所止兮，聊浮游以逍遥。及少康之未家[58]兮，留有虞之二姚[59]。理弱而媒拙兮，恐导言[60]之不固。世溷浊而嫉贤兮，好蔽美而称恶。闺中既以邃远[61]兮，哲王[62]又不寤。怀朕情[63]而不发兮，余焉能忍而与此终古[64]。

索琼茅以筳篿兮[65]，命灵氛[66]为余占之。曰："两美其必合[67]兮，孰信修[68]而慕之。思九州之博大兮，岂惟是其有女。"曰："勉远逝而无狐疑兮，孰求美而释女[69]。何所独无芳草兮，尔何怀乎故宇[70]。"世幽昧以昡曜[71]兮，孰云察余之善恶。民好恶其不同兮，惟此党人[72]其独异。户服艾以盈要兮[73]，谓幽兰其不可佩。览察草木其犹未得[74]兮，岂珵美之能当[75]。苏粪壤以充帏兮[76]，谓申椒其不芳。

欲从灵氛之吉占兮，心犹豫而狐疑。巫咸[77]将夕降兮，怀椒糈而要之[78]。百神翳其备降兮[79]，九疑[80]缤其并迎。皇剡剡其扬灵兮[81]，告余以吉故。曰："勉升降以上下兮，求矩矱之所同[82]。汤禹俨而求合[83]兮，挚咎繇而能调[84]。苟中情[85]其好修兮，又何必用夫行媒[86]。说操筑于傅岩[87]兮，武丁用而不疑。吕望之鼓刀[88]兮，遭周文而得举[89]。宁戚之讴歌[90]兮，齐桓闻以该辅[91]。及年岁之未晏[92]兮，时亦犹其未央[93]。恐鹈鴂[94]之先鸣兮，使夫百草为之不芳。"

何琼佩之偃蹇兮[95]，众薆然[96]而蔽之。惟此党人之不谅[97]兮，恐嫉妒而折之。时缤纷其变易兮，又何可以淹留[98]。兰芷[99]变而不芳兮，荃蕙[100]化而为茅。何昔日之芳草兮，今直为此萧艾[101]也？岂其有他故兮，莫好修之害也。余以兰为可恃兮，羌无实而容长[102]。委厥美以从俗[103]兮，苟得列乎众芳。椒专佞以慢慆[104]兮，榝又欲充夫佩帏[105]。既干进而务入[106]兮，又何芳之能祗[107]？固时俗之流从兮，又孰能无变化？览椒兰其若兹[108]兮，又况揭车与江离[109]。惟兹佩之可贵兮，委厥美而历兹。芳菲菲而难亏兮，芬至今犹未沬[110]。和调度以自娱兮[111]，聊浮游而求女。及余饰之方壮[112]兮，周流[113]观乎上下。

（节选自汤炳正、李大明等注：《楚辞今注》，上海古籍出版社，1996年版）

注释

[1] 离骚：关于离骚的题义，历来说法不一，主要有三种。一种以司马迁、班固为代表，司马迁认为："离骚者，犹离忧也。"班固认为："离，犹遭也。骚，忧也。明己遭忧作辞也。"一种以王逸为代表，王逸认为："离，别也。骚，愁也。"一种以今人游国恩为代表，认为离骚即牢骚之意。今人解题基本不离此三义。

[2] 敷衽：敷，铺开。衽，衣襟。这里的意思是将衣服的前襟铺展开。

[3] 耿吾既得此中正：耿，光明的。中正，中正之道。此句意思是，我明白了这个光明的中正之道。

[4] 驷玉虬以乘鹥兮：驷，用四匹马驾车。虬（qiú），无角的龙。玉虬，白色的虬。鹥，凤凰一类的鸟。此句意思是，用四条白色的无角龙和凤凰来驾车。

[5] 溘埃风余上征：溘（kè），迅速。埃风，挟着尘埃的大风。上征，向天上飞行。此句意思是，我乘着有尘埃的大风，迅速地向天上飞行。

[6] 朝发轫于苍梧兮：发轫，拿掉支住车轮的木头，使车前进。苍梧，即九嶷山，《礼记·檀弓》："舜葬于苍梧之野。"

[7] 县圃：古代神话传说中的神山，在昆仑山上。

[8] 灵琐：门上镂刻的花纹，指神灵之门。

[9] 忽忽：很快，急速。

[10] 羲和弭节：羲和，神话传说中给太阳驾车的人。弭，止。节，同“策”，赶车的鞭子。

[11] 望崦嵫而勿迫：崦嵫，神话中的山名，相传为日落之处。迫，靠近。此句连同上句的意思是，我让羲和放下赶车的鞭子，停下前进的步伐，望着崦嵫山不要急于靠近。

[12] 咸池：神话中的地名，太阳洗浴的地方。

[13] 总余辔乎扶桑：总，结，系。辔，马缰绳。扶桑，神话中的树名，太阳从它上面升起。此句意思是，把我的马缰绳系在扶桑树上。

[14] 若木：神话中的树名，日入之处。

[15] 相羊：同“徜徉”，自由自在地徘徊，逗留。

[16] 望舒：月神。

[17] 后飞廉使奔属：飞廉，风神。奔属，在后面追随。此句连同上句的意思是，（我）让月神望舒在前面做向导，让风神飞廉在后面作随从。

[18] 鸾皇：凤凰一类的鸟。

[19] 雷师告余以未具：雷师，雷神。未具，行装还没有准备妥当。

[20] 飘风屯：飘风，旋风。屯，结聚。

[21] 御：读若“迓（yà）”，迎接。

[22] 总总：云丛簇聚集的样子。

[23] 斑陆离其上下：斑陆离，色彩斑斓且参差错综。此句连同上句的意思是，空中的云霓纷乱杂沓，时聚时散，色彩斑斓而又光怪陆离，时上时下。

[24] 帝阍：为天帝守门的人。

[25] 阊阖：楚人称门为“阊（chāng）阖（hé）”，这里是指天门。

[26] 时暧暧：时光渐渐昏暗不明，即天色渐晚。

[27] 延伫：长久逗留。

[28] 溷（hùn）浊：混乱污秽。

[29] 白水：神话中的河流，源出昆仑山。

[30] 登阆风而绁马：阆（làng）风，神话中的山名，在昆仑山上。绁（xiè），系，拴。

[31] 忽反顾以流涕：反顾，转身四望。流涕，流泪。此句意思是，（我）转过身来四下张望，不禁流下眼泪。

[32] 无女：女，指神女。无女，指无理想中的神女可以追求。

[33] 春宫：东方春神所居之处。

[34] 折琼枝以继佩：琼枝，玉树的枝。继，添加。此句意思是，折下玉树的枝添挂在佩带上以作佩饰。

[35] 荣华：花。草本植物开的花叫“荣”，木本植物开的花叫“华”。

[36] 相下女之可诒：相，看。诒，同“遗”，赠送，赠与。此句意思是，看看下界有没有女子可以作为合适赠送的对象。

[37] 丰隆：云神。

[38] 宓妃：相传是伏羲的女儿，溺死于洛水，成为洛水神。

[39] 解佩纕以结言：佩纕（xiāng），佩带。结言，订立盟誓。

[40] 吾令蹇修以为理：蹇修，传说是伏羲氏之臣。理，媒人。

[41] 纬繣其难迁：纬（wěi）繣（huà），乖戾，相异不合。迁，改变。

[42] 次于穷石：次，止宿。穷石，山名，相传是弱水的发源地。

[43] 濯发乎洧盘：濯发，洗发。洧盘，神话中的水名，发源于崦嵫山。

[44] 保厥美：保，依恃。厥，其，指宓妃。

[45] 淫游：恣意游乐。

[46] 信美：的确美。

[47] 改求：改变追求对象。

[48] 览相观：三字同义，都是“看”的意思。

[49] 偃蹇：高耸的样子。

[50] 有娀之佚女：有娀（sōng），古代部落名。佚女，美女。有娀之佚女，指商代始祖弃的母亲简狄。

[51] 鸩：传说中的一种毒鸟，以其羽浸酒，饮之立死。

[52] 佻巧：轻薄。

[53] 狐疑：疑惑不定。

[54] 自适：自己亲自前往。

[55] 诒：委托。

[56] 高辛：古代帝王，相传是简狄的丈夫。

[57] 远集：集，止居。远集，到远方去居住。

[58] 少康之未家：少康，夏代的中兴君主。未家，没有成家。

[59] 留有虞之二姚：有虞，夏代的一个部落，姓姚。二姚，有虞国君主的两个女儿，都嫁给了少康。此句连同上句的意思是，趁着少康还没成家，我先聘娶有虞氏的二姚吧。

[60] 导言：媒人撮合双方的言语。

[61] 闺中既以邃远：闺中，闺房之中。邃远，深而远。

[62] 哲王：贤明的君主，这里指怀王。

[63] 朕情：朕，我。朕情，即我的心事。

[64] 余焉能忍而与此终古：终古，永久。此句连同上句的意思是，我怀着满腔忠贞之情无处抒泄，面对这种境况，怎么能够永久地忍受下去呢?

[65] 索琼茅以筳篿兮：琼茅，占卜用的茅草。筳（tíng），占卦用的竹片。篿（zhuān），楚人把编结筳竹来占卦称为篿。此句连同下句的意思是，索取茅草和小竹片，命灵氛给我占一卦。

[66] 灵氛：占卜者。

[67] 两美其必合：比喻良臣必遇明君。

［68］信修：真正美好。

［69］释女：释，放弃。女，同“汝”，你。此句意思是，诚心求美的人，谁会放弃你呢?

［70］故宇：故国。

［71］幽昧以昡曜：幽昧，昏暗。昡曜，惑乱。

［72］党人：指结党营私的群小。

［73］户服艾以盈要兮：户服，家家户户佩戴。艾，白蒿，一种恶草。要，同“腰”。盈要，挂满腰间。此句连同下句的意思是，（党人）家家户户腰间都挂满白蒿等恶草，反说幽香的兰花等香草不能佩戴。

［74］得：恰当。

［75］岂珵美之能当：珵（chéng），美玉。能当，能得其当。此句连同上句的意思是，这些人对于草木都不能作出正确的评价和区分，又哪能对玉的美丑作出恰当的鉴别呢?

［76］苏粪壤以充帏兮：苏，取。粪壤，粪便和尘土。帏（wéi），身上所佩戴的香囊。此句连同下句的意思是，他们取来粪便和尘土装满香囊，反而说申椒不香。

［77］巫咸：古代著名的神巫，能占卜。

［78］怀椒糈而要之：椒，花椒，一种香草。糈，精米。两者用以降神、享神。要，同“邀”，这里是祈求之意。

［79］百神翳其备降兮：翳，遮蔽，形容神多，遮天蔽日。备，齐，都。此句意思是，天上诸神遮天蔽日地都降临下来。

［80］九疑：即九嶷山，这里指九嶷山的神。

［81］皇剡剡其扬灵兮：剡剡，光芒四射的样子。此句意思是，百神闪闪发光显示灵验。

［82］求矩矱之所同：矩，量正方形的工具。矱（huò），量长短的工具。矩矱，引申为法度。此句连同上句的意思是，（巫咸劝我说，）尽力随高就低，与世浮沉吧，对于楚国的现实法度，尽量迁就吧。（上面灵氛劝他远逝，这里巫咸劝他迁就现实留下。）

［83］汤禹俨而求合：俨，一作“严”，诚心诚意。求合，访求与自己志同道合的大臣。

［84］挚咎繇而能调：挚，商汤的贤臣伊尹的名字。咎（gāo）繇（yáo），即“皋陶”，禹之贤臣。调，协调，和谐。此句连同上句的意思是，商汤和夏禹诚心诚意地访求与自己志同道合的大臣，因此伊尹和皋陶都能和他们相处和谐。

［85］中情：内心。

［86］行媒：做媒的人。

［87］说操筑于傅岩：说，人名，即傅说，武丁时的贤相。筑，筑墙用具。傅岩，地名。相传武丁梦见一位贤人，即向天下访求，后得筑墙的奴隶傅说，见其与梦中人形貌相同，于是用他为相，殷朝大盛。

[88] 吕望之鼓刀：吕望，即姜太公。鼓刀，舞动屠刀。姜太公困窘时曾于朝歌为屠夫，后遇周文王，被任用。

[89] 遭周文而得举：遭，遇到。周文，周文王。举，任用。

[90] 宁戚之讴歌：宁戚，人名，他原是一个小商人，一次齐桓公晚上出来，宁戚用手扣牛角而歌，桓公听后，知道他是贤人，就任用他为卿相。

[91] 该辅：充当辅佐。

[92] 未晏：未晚。

[93] 未央：未尽。

[94] 鹈鴂：即杜鹃，杜鹃常在春末夏初啼叫，正逢落花时节，因此古人常把杜鹃的啼声看做落花时节的标志。

[95] 何琼佩之偃蹇兮：琼佩，本义是指装饰着珠玉的佩带，这里比喻美德。偃蹇，众多之意。此句连同下句的意思是，怎么我有如此众多的美德，那些人却把它遮蔽起来呢?

[96] 薆（ài）然：草丛遮蔽的样子。

[97] 谅：直。

[98] 淹留：久留。

[99] 兰芷：兰草与白芷，皆香草。

[100] 荃蕙：荃，菖蒲。蕙，佩兰。两者皆香草。

[101] 萧艾：蒿类植物，即艾蒿，恶草。

[102] 羌无实而容长：羌，楚语，发语词，乃。容，外表。此句意思是，乃虚有其表而内无美德。

[103] 委厥美以从俗：委厥美，抛弃它的美质。以从俗，与世俗随波逐流。

[104] 椒专佞以慢慆：专佞，专擅又谀谄。慢慆，傲慢恣肆。

[105] 樧又欲充夫佩帏：樧（shā），茱萸一类的恶草。佩帏，佩带的香囊。

[106] 干进而务入：干，求。此句意思是，争先恐后地投机钻营，谋求利禄权势。

[107] 祗（zhī）：恭敬。

[108] 若兹：像这样。

[109] 又况揭车与江离：揭车，一种味辛开白花的香草。江离，蘼芜的一种，香草。此句连同上句的意思是，连椒、兰这样名贵的香草都变节到了这样的地步，更何况揭车和江离这些普通香草呢!

[110] 沬：中断，泯灭。

[111] 和调度以自娱兮：古人身上佩戴玉器，走路时，为保持动作文雅、适度，脚步要和佩玉摇动的节奏和谐一致，叫“和调度”。此句连同下句的意思是，（世事既然这样，）我姑且保持自己的文雅和风度，自得其乐，以一种随意漫游的态度去求女。

[112] 方壮：正当壮年。

[113] 周流：四处漂流。

二、山鬼[1]（屈原）

若有人兮山之阿[2]，被薜荔兮带女萝[3]。既含睇兮又宜笑[4]，子慕予兮善窈窕[5]。乘赤豹兮从文狸[6]，辛夷车兮结桂旗[7]。被石兰兮带杜蘅[8]，折芳馨兮遗所思[9]。余处幽篁[10]兮终不见天，路险难兮独后来。表[11]独立兮山之上，云容容[12]兮而在下。杳冥冥兮羌昼晦[13]，东风飘兮神灵雨[14]。留灵修兮憺忘归[15]，岁既晏兮孰华予[16]。采三秀[17]兮于山间，石磊磊兮葛蔓蔓[18]。怨公子兮怅忘归[19]，君思我兮不得闲。山中人兮芳杜若[20]，饮石泉兮荫松柏[21]。君思我兮然疑作[22]。雷填填兮雨冥冥[23]，猿啾啾兮又夜鸣。风飒飒兮木萧萧[24]，思公子兮徒离忧[25]。

（选自汤炳正、李大明等注：《楚辞今注》，上海古籍出版社，1996年版）

注释

[1] 这首诗是屈原创作的组诗《九歌》中的一首。山鬼即山神，诗歌描写了一位多情的山中女神等待情人到来，但最终以失望告终的场面。

[2] 若有人兮山之阿：若有人，好像有人。阿，曲隅处。山之阿，山深处。

[3] 被薜荔兮带女萝：被，同“披”。薜荔，女萝，皆为无根缘物而生的植物。

[4] 既含睇兮又宜笑：含睇，眼睛微张，目光含而不露。宜笑，善笑。

[5] 窈窕：姿态美好的样子。

[6] 乘赤豹兮从文狸：赤豹，毛色赤褐的豹。文狸，毛色有花纹的狐一类动物。此句意思是，山鬼用赤豹来驾车，以文狸为侍从。

[7] 辛夷车兮结桂旗：以辛夷木做车，用桂花枝扎旗帜。

[8] 被石兰兮带杜蘅：石兰和杜蘅皆指香花香草，这里写山鬼披着石兰，以杜蘅为带。

[9] 折芳馨兮遗所思：芳馨，本义是芳香，这里借指香花香草。遗所思，送给所思念的人。此句意思是，山鬼折下香花香草送给所思念的人。

[10] 幽篁（huáng）：竹林深处。

[11] 表：本指祭神时所立木表，这里形容山鬼像木表一样幽远突出。

[12] 云容容：云气在空中浮动的样子。

[13] 杳冥冥兮羌昼晦：杳冥冥，阴暗深沉的样子。羌，语中助词，无实义。昼晦，白天光线昏暗。此句意思是，白天光线昏暗，黑沉沉一片。

[14] 神灵雨：神灵在行雨。

[15] 留灵修兮憺忘归：灵修，《离骚》中多次提到灵修，皆指楚怀王，这里当指楚怀王的主祭者。憺（dàn），安心。此句意思是，公子为灵修所留，心安理得，忘记回来。

[16] 岁既晏兮孰华予：晏，晚。孰，谁。华予，使我像盛开的花一样。此句意思是，年岁即将衰老，谁能使我青春永驻呢？

[17] 三秀：芝草的别称。芝草一年开三次花，故名。

[18] 石磊磊兮葛蔓蔓：乱石堆积，葛藤连结纠缠。

[19] 怨公子兮怅忘归：公子，山鬼所思念的人。此句连同下句的意思是，所思念的人没有如期到达，山鬼不禁充满怨恨，怅然忘归。（山鬼心想，）你并不是不想我，只是没有空闲啊！

[20] 芳杜若：像杜若一样芬芳。

[21] 荫松柏：以松柏为荫，意思是居于幽清阴凉的松柏之下。

[22] 然疑作：一会儿相信，一会儿怀疑。

[23] 雷填填兮雨冥冥：填填，雷声隆隆的样子。冥冥，昏暗的样子。此句意思是，雷声轰隆，阴雨不断，光线昏暗。

[24] 萧萧：风吹叶落的声音。

[25] 思公子兮徒离忧：离忧，遭忧。此句意思是，我思念公子，但却不能相见，空怀忧伤。

三、九辩[1]（节选）（宋玉）

悲哉，秋之为气[2]也！萧瑟兮，草木摇落[3]而变衰。憭栗[4]兮，若在远行。登山临水兮，送将归[5]。泬寥[6]兮，天高而气清[7]。寂漻兮，收潦而水清[8]。憯悽[9]增欷兮，薄寒之中人[10]。怆怳圹悢[11]兮，去故而就新。坎廪[12]兮，贫士失职而志不平。廓落[13]兮，羁旅而无友生[14]。惆怅[15]兮而私自怜。燕翩翩其辞归[16]兮，蝉寂漠[17]而无声。雁雍雍[18]而南游兮，鹍鸡啁哳[19]而悲鸣。独申旦[20]而不寐兮，哀蟋蟀之宵征[21]。时亹亹而过中[22]兮，蹇淹留[23]而无成。

悲忧穷戚[24]兮，独处廓[25]。有美一人兮，心不绎[26]。去乡离家兮，徕远客[27]。超逍遥兮，今焉薄[28]。专思君兮，不可化[29]。君不知兮，可奈何。蓄怨兮，积思。心烦憺[30]兮，忘食事。愿一见兮，道余意。君之心兮，与余异。车既驾兮，朅而归[31]。不得见兮，心伤悲。倚结軨[32]兮，长太息。涕潺湲[33]兮，下沾轼[34]。忼慨[35]绝兮，不得。中瞀乱[36]兮，迷惑。私自怜兮，何极。心怦怦[37]兮，谅直[38]。

皇天平分四时兮，窃独悲此廪秋[39]。白露既下百草兮，奄离披此梧楸[40]。去白日之昭昭[41]兮，袭长夜之悠悠[42]。离芳蔼之方壮兮[43]，余萎约而悲愁。秋既先戒以白露兮，冬又申[44]之以严霜。收恢台之孟夏[45]兮，然欿傺而沉藏[46]。叶菸邑[47]而无色兮，枝烦挐[48]而交横。颜淫溢而将罢兮[49]，柯[50]仿佛而萎黄。萷櫹椮[51]之可哀兮，形销铄而瘀伤[52]。惟其纷糅[53]而将落兮，恨其失时而无当[54]。揽騑辔而下节兮[55]，聊逍遥以相佯[56]。岁忽忽而遒尽兮[57]，恐余寿之弗将[58]。悼余生之不时兮，逢此世之俇攘[59]。澹容与[60]而独倚兮，蟋蟀鸣此西堂。心怵惕而震荡兮[61]，何所忧之多方。卬明月而太息兮[62]，步列星而极明。

窃悲夫蕙华之曾敷[63]兮，纷旖旎乎都房[64]。何曾华[65]之无实兮，从风雨而飞飏[66]。以为君独服[67]此蕙兮，羌[68]无以异于众芳。闵奇思之不通兮[69]，将去君而高翔。心闵怜之惨凄兮，愿一见而有明[70]。重无怨而生离兮[71]，中结轸[72]而增伤。岂不郁陶[73]而思君兮，君之门以九重。猛犬狺狺[74]而迎吠兮，关梁闭而不通[75]。皇天淫溢而秋霖兮[76]，后土何时而得干。块独守此无泽[77]兮，仰浮云而永叹[78]。

何时俗之工巧[79]兮，背绳墨而改错[80]。却骐骥[81]而不乘兮，策驽骀[82]而取路。当世岂无骐骥兮，诚莫之能善御[83]。见执辔者非其人兮，故驹跳[84]而远去。凫雁皆唼夫粱藻兮[85]，凤愈飘翔而高举。圜凿而方枘[86]兮，吾固知其鉏铻[87]而难入。众鸟[88]皆有所登栖兮，凤独遑遑而无所集[89]。愿衔枚[90]而无言兮，尝被君之渥洽[91]。太公[92]九十乃显荣兮，诚未遇其匹合。谓骐骥兮安归，谓凤凰兮安栖。变古易俗兮，世衰。今之相者兮，举肥[93]。骐骥伏匿[94]而不见兮，凤凰高飞而不下。鸟兽犹知怀德[95]兮，何云贤士之不处[96]。骥不骤进而求服[97]兮，凤亦不贪喂而妄食。君弃远而不察兮，虽愿忠其焉得。欲寂漠而绝端[98]兮，窃不敢忘初之厚德。独悲愁其伤人兮，冯郁郁[99]其何极。霜露惨凄而交下兮，心尚幸其弗济[100]，霰雪雰糅[101]其增加兮，乃知遭命之将至。愿徼幸[102]而有待兮，泊莽莽[103]与野草同死。愿自直而径往[104]兮，路壅[105]绝而不通。欲循道[106]而平驱兮，又未知其所从。然中路而迷惑兮，自压桉而学诵[107]。性愚陋以褊浅[108]兮，信未达乎从容。

窃美申包胥[109]之气盛兮，恐时世之不固[110]。何时俗之工巧兮，灭规矩而改凿[111]。独耿介[112]而不随兮，愿慕[113]先圣之遗教。处浊世而显荣兮，非余心之所乐。与其无义而有名兮，宁穷处而守高[114]。食不媮而为饱兮[115]，衣不苟而为温[116]。窃慕诗人之遗风[117]兮，愿托志乎素餐[118]。蹇充倔而无端兮[119]，泊莽莽而无垠[120]。无衣裘以御冬兮，恐溘死[121]不得见乎阳春。

（选自汤炳正、李大明等注：《楚辞今注》，上海古籍出版社，1996年版）

注释

[1] 九辩：古代流传下来属于南楚的地方乐调。辩，犹“遍”也，是乐曲中相对独立的一个段落。九辩，由多组音调组成的乐曲，类似后来由套数组成的散曲。

[2] 秋之为气：秋天所形成的气氛。

[3] 摇落：动摇脱落。

[4] 憭栗：凄凉。

[5] 送将归：送将归之人。

[6] 泬（xuè）寥（liáo）：空旷寥廓。

[7] 天高而气清：天高气爽。

[8] 收潦而水清：潦（lǎo），积蓄的雨水。此句意思是，（秋天到了，）大水退尽则清。

[9] 憯（cǎn）悽：内心悲痛的样子。

[10] 中人：袭人。

[11] 怆（chuàng）怳（huǎng）圹（kuàng）悢（lǎng）：惆怅失意的样子。

[12] 坎廪：坎坷不平。

[13] 廓落：空虚寂寞的样子。

[14] 羁旅而无友生：羁旅，寄居异乡。友生，友人。

[15] 惆怅：因失意或失望而伤感。

[16] 燕翩翩其辞归：翩翩，轻快飞翔的样子。辞归，辞北归南。

[17] 寂漠：同"寂寞"，寂静无声。

[18] 雍雍：同"噰噰"，鸣叫声安详和谐。

[19] 鹍鸡啁哳：鹍鸡，像鹤的鸟。啁（zhā）哳（zhāo），声音纷繁碎细的样子。

[20] 申旦：通宵达旦。

[21] 哀蟋蟀之宵征：宵，晚上。征，本义是行，这里是指蟋蟀的跳动和鸣叫。此句连同上句的意思是，我孤单一人羁旅异乡，晚上通宵达旦不能入眠，听到蟋蟀跳动和鸣叫，不禁倍感哀伤。

[22] 时亹亹而过中：亹亹（wěi），行进不停的样子。过中，过了中年。

[23] 淹留：久留。

[24] 穷戚：指处境穷困。

[25] 廓：空寂。

[26] 有美一人兮，心不绎：有美一人，即有一美人，作者自称。不绎，心中不快。

[27] 徕远客：徕（lái），同"来"。徕远客，即来到远方作客。

[28] 薄：同"泊（bó）"，到，止。

[29] 化：改变。

[30] 烦憺：烦闷忧虑。

[31] 朅而归：朅（qiè），去，离去。此句连同上句的意思是，车子已经驾好，（因见不到君王）去了又回来了。

[32] 结軨：车上的栏木。

[33] 潺湲：泪流不断的样子。

[34] 轼：古代车厢前面用做扶手的横木。

[35] 忼慨：因不得志而愤激不平。

[36] 中瞀乱：中，心中。瞀（mào）乱，烦乱，昏乱。

[37] 心怦怦：内心急切冲动的样子。

[38] 谅直：忠诚又正直。

[39] 廪秋：寒冷的秋天。

[40] 奄离披此梧楸：奄，突然，迅速地。离披，本意分散，这里作动词，摧残。梧楸，指梧桐和楸树这类早凋的落叶乔木。此句连同上句的意思是，（深秋季节）白露凝结在花草树木上，从而迅速地使梧桐和楸树这类落叶乔木受到摧残。

[41] 昭昭：光明的样子。

[42] 袭长夜之悠悠：袭，进入。悠悠，漫长的样子。此句连同上句的意思是，过完光明的白天，又进入了漫漫长夜。

[43] 离芳蔼之方壮兮：芳蔼，芳菲而繁盛的样子，形容人正当壮年。此句连同下句的意思是，壮年已过，面对枯槁的体貌，心里充满悲愁。

[44] 申：加上，重。

[45] 恢台之孟夏：恢台，蓬勃发展的样子。孟夏，夏季的第一个月。

[46] 然欿傺而沉藏：欿（chì）傺（kǎn），停止。此句意思是，（秋天到了，）万物停止发展而潜藏。

[47] 菸（yān）邑：枝叶枯萎的样子。

[48] 烦挐（rú）：纷乱，繁乱。

[49] 颜淫溢而将罢兮：淫溢，色泽阴暗。罢，同"疲"，枝叶凋零。此句意思是，枝叶颜色阴暗，即将凋零。

[50] 柯：树枝。

[51] 萷櫹槮：萷（shāo），同"梢"，树梢。櫹（xiāo）槮（sēn），树干光秃秃耸立的样子。

[52] 形销铄而瘀伤：销铄，本义是熔化，这里指植物外面受到损伤。瘀伤，造成伤害后血积于内，这里指植物树干内部受伤害。

[53] 纷糅：众多杂乱。

[54] 无当：没有恰逢其时。

[55] 揽騑辔而下节兮：騑，车两旁的马，又叫骖。下节，停车。此句意思是，拉一下骖马的缰绳，让它停下来。

[56] 相佯：即徜徉，徘徊漫游之意。

[57] 岁忽忽而遒尽兮：忽忽，时间匆匆的样子。遒尽，将近完结。此句连同下句的意思是，时光匆匆，一年又将完结，真担心我的寿命不会长久啊。

[58] 弗将：不长。

[59] 俇攘：混乱不安宁的样子。

[60] 澹容与：安静闲散的样子。

[61] 心怵惕而震荡兮：怵（chù）惕（tì），忧惧。此句连同下句的意思是，我心里充满忧惧，起伏不宁，怎么我忧愁的事这么多呢？

[62] 印明月而太息兮：印，同"仰"，抬头仰望。此句连同下句的意思是，抬头仰望天上的明月，不禁发出叹息声，在星光下徘徊，直到天明。

[63] 蕙华之曾敷：蕙华，蕙草开的花。曾敷，重重开放。

[64] 纷旖旎乎都房：纷，众多。旖（yǐ）旎（nǐ），繁盛的样子。都房，壮丽的大房子，古人种植花草之处。

［65］曾华：重重花朵。

［66］从风雨而飞飏：飞飏，飘散。此句连同上三句的意思是，我暗暗悲伤蕙花在华丽的大花房里层层开放，它们是那样众多而繁盛。这样重重叠叠的花朵却没有结果实，（最后）随着风雨而飘散。

［67］服：佩戴。

［68］羌：楚语，发语词，乃。

［69］闵奇思之不通兮：闵，哀怜。奇思，超群出众的想法。此句意思是，可怜我有超群出众的想法却不能上通于君。

［70］愿一见而有明：有明，有以自明、表白。此句连同上句的意思是，心里充满伤感，希望能见君王一面，表明自己的想法。

［71］重无怨而生离兮：重，看得很重。无怨，无过错。生离，生别离，即放逐。此句意思是，我把无过错却遭到放逐一事看得很重。

［72］结轸：因心中郁结而悲痛。

［73］郁陶：忧思重重的样子。

［74］狺狺（yín）：狗叫的声音。

［75］关梁闭而不通：关梁，关口和桥梁。此句连同上句的意思是，猛狗汪汪，向人而吠，从而使通向君主的关口和桥梁紧闭不通。

［76］皇天淫溢而秋霖兮：淫溢，指下雨过多。秋霖，秋天下雨不停。此句意思是，老天总是秋雨绵绵，下个不停。

［77］块独守此无泽：块独，孤独。无，同“芜”。无泽，荒芜的大泽。

［78］永叹：长叹。

［79］时俗之工巧：时俗，当时的习俗和社会风气。工巧，善于取巧。

［80］背绳墨而改错：绳墨，木工的墨斗墨线，比喻法度。错，同“措”，正常的措施。此句连同上句的意思是，社会风气是这样的投机取巧，常常违背法度和正常的措施。《离骚》中有：“固时俗之工巧兮，偭规矩而改错。”当本于此。

［81］骐骥：骏马，比喻贤士。

［82］驽骀：骀（tái），劣马，比喻品德低下的小人。

［83］善御：善于驾驭。

［84］駶跳：跳跃。

［85］凫雁皆唼夫粱藻兮：凫雁，野鸭和大雁。唼（shà），吃食。此句连同下句的意思是，野鸭和大雁都有米和草吃，凤凰就更加远走高飞，不来亲近了。比喻小人得志，贤人远走。

［86］圆凿而方枘：圆的凿孔插入方的榫头。

［87］鉏（jǔ）铻（ yǔ）：不相配之意。

［88］众鸟：群小。

［89］遑遑而无所集：遑遑，心神不宁的样子。集，栖止。

［90］衔枚：古代行军时口中衔着枚（外形像筷子），以防出声惊动敌人。

［91］尝被君之渥洽：渥洽，深情厚意。此句意思是，曾经蒙受过君王的

深情厚意。

[92] 太公：姜尚，即姜太公，姜太公困窘时曾于朝歌为屠夫，后遇到周文王，被举用时年纪已经很大。

[93] 举肥：举荐肥马，比喻忽略了贫士。

[94] 伏匿：隐藏。

[95] 怀德：怀念有德者。

[96] 不处：不停留。

[97] 求服：服，驾车。求服，即求人用它驾车。

[98] 绝端：断绝思绪，丢开不想。

[99] 冯郁郁：忧伤愤懑。

[100] 心尚幸其弗济：幸，希望。济，成功。此句连同上句的意思是，寒霜寒露大片大片地一齐落下来，自己心里还希望这成不了气候。

[101] 霰雪雰糅：霰（xiàn），雪珠。雰（fēn），盛，大。这里形容雪珠雪片混杂在一起，越下越大的样子。

[102] 徼幸：即侥幸，意外获得成功或免除灾害。

[103] 莽莽：野草广漠无边的样子。

[104] 自直而径往：自直，自己去辩明曲直。径往，直接去见楚王。

[105] 壅：堵塞，阻塞。

[106] 循道：顺着大路。

[107] 自压桉而学诵：桉，同“按”。自压桉，即自我克制。此句意思是，自己压抑着悲愤的心情，通过诵习《诗经》来排遣。

[108] 愚陋以褊浅：愚陋，愚昧鄙陋。褊浅，心胸、气量等狭小。

[109] 申包胥：春秋时楚国大夫，原姓公孙，因封于申，故称申包胥。楚昭王十年（公元前506年），吴攻打楚国，攻克郢都，申包胥去秦国求救，在秦廷哭七天七夜，感动了秦哀公，派兵击吴军，使楚昭王返国。

[110] 固：同。

[111] 灭规矩而改凿：规，画圆形的工具。矩，画方形的工具。这里规矩比喻制度法规。凿，打眼。改凿，改变原来合适的眼，即乱来之意。此句连同上句的意思是，这里的社会风气是这样的投机取巧，个个都无视法规制度而乱来。

[112] 耿介：光明而正直。

[113] 慕：敬慕，这里是效法的意思。

[114] 守高：坚守高节。

[115] 食不媮而为饱兮：媮，同“偷”，苟且。此句意思是，吃食物不苟且，哪怕是未吃饱也感到吃饱了。

[116] 衣不苟而为温：不苟，不苟且。此句意思是，穿衣服不苟且，哪怕是不暖和也感到暖和了。

[117] 遗风：前代贤人遗留下来的高尚品德。

[118] 愿托志乎素餐：素餐，当是“不素餐”的略文。此句意思是，愿

意用不吃白饭来寄托自己的志向。

[119] 蹇充倔而无端兮：蹇，乃。充倔，敝衣褴褛的样子。无端，无尽头。此句意思是，敝衣褴褛、困顿窘迫的日子没有穷尽。

[120] 泊莽莽而无垠：泊，飘泊。莽莽，宽广。此句意思是，我四下飘泊，没有尽头。

[121] 溘死：突然死亡。

参考书目

[1] 汤炳正，李大明等注．楚辞今注．上海：上海古籍出版社，1996

[2]（宋）洪兴祖撰．楚辞补注．北京：中华书局，1983

[3] 聂石樵注．楚辞新注．北京：商务印书馆，2004

[4] 朱碧莲编注．宋玉辞赋译解．北京：中国社会科学出版社，1987

第4讲 汉赋

一、鹏鸟赋（贾谊）

单阏之岁兮[1]，四月孟夏[2]，庚子日斜兮[3]，鹏集予舍[4]，止于坐隅[5]兮，貌甚闲暇[6]。异物来萃兮[7]，私怪其故[8]，发书占之兮[9]，谶言其度[10]。曰："野鸟入室兮[11]，主人将去[12]。"请问于鹏兮："余去何之[13]？吉[14]乎告我，凶言其灾[15]。淹速之度兮[16]，语予其期[17]。"鹏乃叹息，举首奋翼[18]，口不能言，请对以臆[19]。

万物变化兮，固无休息[20]。斡流而迁兮[21]，或推而还[22]。形气转续兮[23]，变化而嬗[24]。沕穆[25]无穷兮，胡可胜言[26]。祸兮福所倚[27]，福兮祸所伏[28]。忧喜聚门[29]兮，吉凶同域[30]。彼吴[31]强大兮，夫差以败[32]；越栖会稽兮[33]，勾践霸世[34]。斯游遂成兮[35]，卒被五刑[36]。傅说胥靡兮[37]，乃相武丁[38]。夫祸之与福兮，何异纠缠[39]。命不可说兮[40]，孰知其极[41]？水激则旱兮[42]，矢激则远[43]。万物回薄兮[44]，振荡相转[45]。云蒸雨降兮[46]，纠错相纷[47]。大钧播物兮[48]，坱圠无垠[49]。天不可与虑兮[50]，道不可预谋[51]。迟速有命兮[52]，焉识其时[53]？

且夫天地为炉[54]兮，造化为工[55]。阴阳为炭[56]兮，万物为铜[57]。合散消息兮[58]，安有常则[59]。千变万化兮，未始有极[60]。忽然[61]为人兮，何足控抟[62]。化为异物[63]兮，又何足患[64]。小智自私兮[65]，贱彼贵我[66]；达人大观[67]兮，物无不可[68]。贪夫殉财[69]兮，烈士殉名[70]；夸者死权[71]兮，品庶每生[72]。怵迫[73]之徒兮，或趋东西[74]。大人不曲[75]兮，意变齐同[76]。愚士系俗[77]兮，窘若囚拘[78]。至人遗物[79]兮，独与道俱[80]。众人惑惑[81]兮，好恶积亿[82]。真人恬漠[83]兮，独与道息[84]。释智遗形[85]兮，超然自丧[86]。寥廓忽荒兮[87]，与道翱翔[88]。乘流则逝[89]兮，得坻则止[90]。纵躯委命兮[91]，不私与己[92]。其生兮若浮[93]，其死兮若休[94]。澹[95]乎若深泉之静，泛乎若不系之舟[96]。不以生故自宝兮[97]，养空而浮[98]。德人无累[99]，知命[100]不忧。细故蒂芥[101]，何足以疑[102]。

[选自（梁）萧统编、（唐）李善注：《文选》，上海古籍出版社，1986年版]

注释

[1] 单阏之岁兮：单（chán）阏（è），十二岁阴之一，太岁在卯曰“单阏”，这是在汉文帝六年，丁卯年。兮，语助词，无实义。

[2] 孟夏：初夏。

[3] 庚子日斜兮：庚子，四月里的一天。日斜，太阳西斜。

[4] 鵩集予舍：鵩（fú），今俗称猫头鹰。长沙古俗，认为鵩鸟是不吉之鸟，进入家中，预示主人将死。集，止，栖息。此句连同上句的意思是，在四月里的一天，太阳西斜时，鵩鸟在我的房子里栖息。

[5] 坐隅：座位的一角。

[6] 貌甚闲暇：貌，神态。闲暇，从容不惊的样子。

[7] 异物来萃兮：异物，怪物，指鵩鸟。萃，止。

[8] 私怪其故：私，暗自。怪，感到奇怪。故，缘故。此句意思是，暗自奇怪鵩鸟飞来是什么缘故。

[9] 发书占之兮：发，打开。书，这里指占卜用的书。此句意思是，打开占卜书进行占卜。

[10] 谶言其度：谶（chèn）言，预示吉凶的话。度，数，即吉凶定数。

[11] 野鸟入室兮：野鸟，指鵩鸟。室，屋内。

[12] 主人将去：主人，指作者自己。去，离开，死的委婉说法。

[13] 之：往。

[14] 吉：吉事。

[15] 凶言其灾：凶，凶事，灾祸。此句连同上句的意思是，如果是吉事，就请你告诉我；即使是凶事、灾祸，也请将其说明。

[16] 淹速之度兮：淹，慢。速，快。度，数，定数。此句意思是，死生的快慢有定数。

[17] 语予其期：语，告诉。期，此指死生期限。

[18] 举首奋翼：举首，抬起头。奋翼，鼓动翅膀。

[19] 请对以臆：臆，胸。此句意思是，请用我心中所想来对答。

[20] 固无休息：固，本来。休息，停止。

[21] 斡流而迁兮：斡（wò）流，运转。迁，变迁。

[22] 或推而还：推，推移。还，回。此句连同上句意思是，万物运转变迁，互相推移，反复不定。

[23] 形气转续兮：形，指有形的物体。气，指无形的物体。转，转化。续，连续。

[24] 变化而嬗：而，如。嬗（chán），蜕化。此句连同上句的意思是，

有形的、无形的物体互相转化，连续不断，这种变化如同蜕化一般。

[25] 沕（wù）穆：精微深远的样子。

[26] 胡可胜言：胡，怎么。胜，尽。此句连同上句的意思是，万物变化之理，精微深远，怎么能用语言说尽呢？

[27] 倚：因。

[28] 福兮祸所伏：伏，藏。此句连同上句的意思是，祸与福彼此相因相随，往往因祸得福，福中藏祸。

[29] 聚门：聚集在一门之内。

[30] 同域：同在一个区域。

[31] 吴：指春秋时的吴国。

[32] 夫差以败：夫差，吴王名。此句连同上句的意思是，吴国强大，但后来吴王夫差却失败了。

[33] 越栖会稽兮：越，春秋时的越国。栖，山居。会稽，山名，在今浙江省中部。

[34] 勾践霸世：勾践，越王名。此句连同上句意思是，越国被吴国围困，栖居于会稽山上，后却兴国，越王勾践称霸于世。

[35] 斯游遂成兮：斯，李斯，曾为秦国丞相。游，游说。遂成，达到成功。

[36] 卒被五刑：卒，最终。被，遭受。五刑，古代五种刑罚。汉代指黥、劓、斩左右趾，笞杀，枭其首，菹其骨，断舌。此句连同上句的意思是，李斯游说成功，做了秦国丞相，但最后却遭受残酷的刑罚，被腰斩于咸阳。

[37] 傅说胥靡兮：傅说，人名，殷高宗武丁时为丞相。胥靡，古代一种刑罚，把罪人系在一起，使其服劳役。

[38] 乃相武丁：相，使……任丞相。武丁，人名，殷高宗。此句连同上句的意思是，傅说先与犯人绑在一起筑墙，后武丁以为贤，任他为丞相。

[39] 何异纠纆：纠，两股的绳。纆（mò），三股的绳。此句连同上句的意思是，祸与福互相依存，有如绳索纠缠在一起。

[40] 命不可说兮：命，大命，天命。说，解说。

[41] 孰知其极：孰，谁。极，究竟。此句连同上句的意思是，天命不可解说，谁也不知道它存在的究竟。

[42] 水激则旱兮：激，水受阻腾涌或飞溅。旱，通“悍”，迅猛。此句意思是，水为外物所激则流势迅猛。

[43] 矢激则远：矢，箭。此句意思是，箭为弓弦所激，则射得很远。

[44] 万物回薄兮：回，返。薄，迫。

[45] 振荡相转：振，同“震”。转，转化。此句连同上句的意思是，万物相互激荡，彼此影响，互相转化。

[46] 云蒸雨降兮：水气受热上升而成云，云遇冷下降而形成雨。

[47] 纠错相纷：纠错，纠缠错杂。纷，纷乱。此句连同上句的意思是，水气受热向上升腾而为云，一遇冷又下降形成雨，彼此错杂在一起，极为纷乱，

难以分清。

[48] 大钧播物兮：钧，本指造陶器所用的转轮。大钧，造化。播物，运转造物。

[49] 坱圠无垠：坱（yǎng）圠（yà），无边无际的样子。无垠（yín），没有边际。此句连同上句的意思是，自然界的造化运转，无边无际，无法知道其中的究竟。

[50] 天不可与虑兮：天，自然。与虑，预先考虑。

[51] 道不可预谋：道，自然之理。预谋，预先谋划。此句连同上句的意思是，天道自然，其理深远微妙，无法事先思虑谋划。

[52] 迟速有命兮：迟速，指死生的慢或快。命，天命。

[53] 焉识其时：焉，哪能。识，知道。时，指生死期限。此句连同上句的意思是，人的死生的快慢是由天命所决定的，哪能预先知道它的期限。

[54] 炉：冶金炉。

[55] 工：冶金的工匠。

[56] 炭：木炭。

[57] 万物为铜：铜，青铜。此句连同以上三句都是用比喻，意思是，天地好比一个巨大的冶金炉，造化好比冶金的工匠，阴阳好比木炭，万物好比冶炼出的青铜。

[58] 合散消息兮：合，聚。散，分散。消，灭。息，生。

[59] 安有常则：安，哪里。常则，固定的法则，此句连同上句的意思是，聚散生灭，哪里有固定的法则。

[60] 未始有极：未始，未尝。极，准则，规律。

[61] 忽然：偶然。

[62] 何足控抟：控，引。抟（tuán），持。控抟，引申为贪恋。此句连同上句的意思是，偶然变成人，生命又哪里值得贪恋呢？

[63] 化为异物：指变成人以外的事物，即死。

[64] 又何足患：患，忧虑。此句连同上句的意思是，人死后变成其他事物，又哪里值得忧虑呢？

[65] 小智自私兮：小智，智慧狭小的人。自私，只顾自己。

[66] 贱彼贵我：把自己看得很宝贵，而把他物看得很低贱，即乐生恶死。

[67] 达人大观：达人，通达的人。大观，胸怀宽广，所见远大。

[68] 物无不可：可，适合。此句意思是，对万物一视同仁，不贱彼贵我，即使人化为异物也是合适的。

[69] 贪夫殉财：殉，以身从物。此句意思是，贪婪的人往往为财而死。

[70] 烈士殉名：烈士，指有志于功业或重义轻生的人。殉名，为名而死。

[71] 夸者死权：夸者，贪求虚名的人。死权，为权势而死。

[72] 品庶每生：品庶，众庶，一般人。每生，贪恋生命。

[73] 怵迫：怵（chù），为利所诱。迫，为贫贱所迫。

[74] 或趋东西：或，有时。趋，奔走。此句连同上句的意思是，为利所诱、为贫贱所迫的人，他们为了趋利避害，东奔西走，忙个不停。

[75] 大人不曲：大人，指道德修养极高的人。曲，同“屈”，指为外物所屈。

[76] 意变齐同：意，同“亿”。齐同，把万事万物看成是一样的。此句连同上句的意思是，道德修养极高的人，他们不为外物所屈服，在他们看来一切变化无常的事物都是一样的。

[77] 愚士系俗：愚士，愚昧的人。系俗，为世俗所牵系。

[78] 窘若囚拘：窘，困迫。此句连同上句的意思是，愚昧的人为世俗所牵累，困窘得像罪人受拘束一样。

[79] 至人遗物：至人，有至德的人。遗物，遗弃物累。

[80] 独与道俱：道，大道。俱，同行。此句连同上句的意思是，至德之人能摆脱物累，独与大道同行。

[81] 惑惑：特别迷惑、混乱的样子。

[82] 好恶积亿：积，堆积。亿，形容多；一说通“臆”，胸。此句连同上句的意思是，一般人特别的迷乱，爱憎堆积了很多很多。

[83] 真人恬漠：真人，得天地之道的人。恬漠，安静。

[84] 息：止，同处。

[85] 释智遗形：释智，放弃智慧。遗形，遗弃形体。

[86] 超然自丧：超然，超脱于万物之外。自丧，忘掉自我。

[87] 寥廓忽荒兮：寥廓，深远空阔的样子。忽荒，同“恍惚”，模糊，不清楚。此句意思是，元气未分时的一片混沌状态。

[88] 翱翔：浮游。

[89] 逝：去。

[90] 得坻则止：坻（chí），水中沙洲。此句连同上句的意思是，人生如同木浮水上，随着水流而去，遇到沙洲则停下。

[91] 纵躯委命兮：纵躯，放纵自己的躯体。委命，委托给天命。

[92] 不私与己：不把自己的身躯当成自己的私物。

[93] 浮：浮游。

[94] 其死兮若休：休，休息。此句连同上句的意思是，对待生命应该是，活着时如木浮游，死时则视为休息。

[95] 澹（dàn）：安静。

[96] 泛乎若不系之舟：泛，浮游。此句连同上句的意思是，安静时像深渊里的水那样，浮游时又像没有系的船在波涛上。

[97] 不以生故自宝兮：宝，宝贵。此句意思是，不因活着就将自己看得非常宝贵。

[98] 养空而浮：空，空虚之性。此句意思是，培养自己的空虚之性，而浮游于世。

[99] 德人无累：德人，有道德修养的人。无累，没有外物的牵累。

[100] 知命：懂得天命。

[101] 细故蒂芥：细故，细小的事故。蒂芥，即芥蒂，比喻让人不快的小事。此处细故、蒂芥均指鹏鸟入室之事。

[102] 何足以疑：有什么值得疑虑的呢？

二、七发（节选）（枚乘）

客曰："将以八月之望[1]，与诸侯远方交游[2]兄弟，并往观涛乎广陵之曲江[3]。至则未见涛之形也。徒[4]观水力之所到，则恤然足以骇矣[5]。观其所驾轶[6]者，所擢拔[7]者，所扬汩[8]者，所温汾[9]者，所涤汔[10]者，虽有心略辞给[11]，固未能缕形其所由然也[12]。怳兮忽兮[13]，聊兮栗兮[14]，混汩汩[15]兮，忽兮慌兮[16]，俶兮傥兮[17]，浩瀇瀁兮[18]，慌旷旷兮[19]。秉意[20]乎南山，通望乎东海[21]。虹洞兮苍天[22]，极虑乎崖涘[23]。流揽[24]无穷，归神日母[25]。汩乘流而下降兮[26]，或不知其所止。或纷纭其流折兮[27]，忽缪往而不来[28]。临朱汜[29]而远逝兮，中虚烦而益怠[30]。莫离散而发曙兮[31]，内存心而自持。于是澡概[32]胸中，洒练五藏[33]，澹澉[34]手足，颒濯[35]发齿。揄弃恬怠[36]，输写淟浊[37]，分决狐疑[38]，发皇耳目[39]。当是之时，虽有淹病滞疾[40]，犹将伸伛起躄[41]，发瞽披聋而观望之也[42]。况直眇小烦懑[43]，酲醲病酒之徒哉[44]！故曰发蒙解惑[45]，不足以言也。"太子曰："善，然则涛何气[46]哉？"

客曰："不记[47]也。然闻于师曰，似神而非者三[48]：疾雷闻百里[49]；江水逆流[50]，海水上潮[51]；山出内云[52]，日夜不止。衍溢漂疾[53]，波涌而涛起。其始起也，洪淋淋焉[54]，若白鹭之下翔[55]。其少进也，浩浩溰溰[56]，如素车白马帷盖之张[57]。其波涌而云乱[58]，扰扰焉如三军之腾装[59]。其旁作而奔起也[60]，飘飘焉如轻车之勒兵[61]。六驾蛟龙[62]，附从太白[63]。纯驰浩蜺[64]，前后骆驿[65]。颙颙卬卬[66]，椐椐强强[67]，莘莘将将[68]。壁垒重坚[69]，沓杂似军行[70]。訇隐匈磕[71]，轧盘涌裔[72]，原不可当[73]。观其两旁，则滂渤怫郁[74]，闇漠感突[75]，上击下律[76]，有似勇壮之卒[77]，突怒[78]而无畏。蹈壁冲津[79]，穷曲随隈[80]，逾岸出追[81]。遇者死，当者坏。初发乎或围之津涯[82]，荄轸谷分[83]。回翔青篾[84]，衔枚檀桓[85]。弭节伍子之山[86]，通厉骨母之场[87]。凌赤岸[88]，篲扶桑[89]，横奔似雷行[90]。诚奋厥武[91]，如振如怒[92]。沌沌浑浑[93]，状如奔马[94]。混混庉庉[95]，声如雷鼓。发怒庢沓[96]，清升踰跇[97]，侯波奋振[98]，合战于藉藉之口[99]。鸟不及飞，鱼不及回[100]，兽不及走[101]。纷纷翼翼[102]，波涌云乱，荡取南山[103]，背击北岸[104]。覆亏[105]丘陵，平夷西畔[106]。险险戏戏[107]，崩坏陂池[108]，决胜乃罢[109]。汩汩潺湲[110]，披扬流洒[111]。横暴之极，鱼鳖失势，颠倒偃侧[112]，沋沋湲湲[113]，蒲伏连延[114]。神物怪疑[115]，不可胜言。直使人踣[116]焉，洄暗凄怆焉[117]。此天下怪异诡观[118]也，太子能强起观之乎?”太子曰：“仆病，未能也。”

［节选自（梁）萧统编、（唐）李善注：《文选》，上海古籍出版社，1986年版］

注释

[1] 八月之望：农历八月十五。

[2] 交游：朋友。

[3] 广陵之曲江：广陵，地名，今江苏扬州。曲江，水名，指当时流经广陵城下的长江，后来淤没。

[4] 徒：只。

[5] 则恤然足以骇矣：恤（xù）然，惊恐的样子。骇，害怕。此句连同上句的意思是，只见水力所到，使人非常吃惊，足以让人害怕。

[6] 驾轶：超越，此指一浪高过一浪。

[7] 擢（zhuó）拔：高耸突起。

[8] 扬汩（gǔ）：水波激荡的样子。

[9] 温汾：指水流结聚回转。

[10] 涤汔（qì）：冲刷。

[11] 心略辞给：心略，心智谋略。辞给，敏捷的言辞。

[12] 固未能缕形其所由然也：缕形，详细描绘。此句连同上句的意思是，即使有心智谋略、敏捷的言辞，也无法详细描述水力前前后后的样子。

[13] 怳兮忽兮：即怳忽，同“恍惚”。形容水力浩荡无边，看不真切的样子。

[14] 聊兮栗兮：即聊栗，惊恐的样子。

[15] 混汩汩：水相合而疾流的样子。

[16] 忽兮慌兮：与“怳兮忽兮”同义。慌，同“恍”。

[17] 俶（tì）兮傥（tǎng）兮：即俶傥，卓异独特的样子。

[18] 浩瀇瀁兮：浩，浩大。瀇（wǎng）瀁（yǎng），水广大的样子，义近“汪洋”。

[19] 慌旷旷兮：慌（huǎng），义同恍惚。旷旷，空阔的样子。此句意思是，汪洋一片，空阔辽远。

[20] 秉意：集中注意力。

[21] 通望乎东海：通，彻。通望，一直望到。此句连同上句的意思是，将注意力集中到南山下江涛最壮观的地方，一直追随江涛望到东海。

[22] 虹洞兮苍天：虹洞，水天相连的样子。此句意思是，水势汹涌，与天相连。

[23] 极虑乎崖涘：极虑，极尽思虑。涘（sì），水边。此句意思是，观涛者竭尽思虑，想看到潮水的尽头。

[24] 流揽：同“流览”。

[25] 归神日母：归神，集中心神。日母，太阳。此句意思是，观涛者观赏奇景没有穷尽，最后将心神随浪头而集中到太阳升起的地方。

[26] 汩乘流而下降兮：汩（yù），水流迅疾的样子。此句意思是，江涛随着江流迅速地往下流去。

[27] 或纷纭其流折兮：纷纭，浪头纷乱的样子。折，曲折。此句意思是，有的浪头混乱曲折地奔流。

[28] 忽缪往而不来：缪（liǎo），通“缭”，纠结在一起。此句意思是，有的浪头忽然纠结在一起流去而不返回来。

[29] 朱汜（sì）：地名，未详所在。一说南方水涯。

[30] 中虚烦而益怠：中，心里。益，更加。此句意思是，观涛者见浪涛远去，心中空虚烦闷，精神更加疲惫。

[31] 莫离散而发曙兮：莫，通“暮”。离散，心神散乱。发曙，天发亮。此句意思是，观涛后，精神被惊涛骇浪所摄，晚上心神一直散乱，到天亮才能安定下来。

[32] 澡概：洗涤，冲刷。概，通“溉”。

[33] 洒练五藏：洒练，洗汰。五藏，对人体内部器官的总称。藏，通“脏”。

[34] 澹澉（gǎn）：洗涤。

[35] 靧（huì）濯：洗涤。

[36] 揄弃恬怠：揄弃，抛弃。恬怠，安逸懒散。

[37] 输写淟浊：输写，排除。写，通“泻”。淟（tiǎn）浊，污垢。

[38] 分决狐疑：分决，分辨决断。狐疑，怀疑。

[39] 发皇耳目：皇，明。此句意思是，使耳聪目明。

[40] 淹病滞疾：淹，久。滞，停。此句意思是，缠身很久的疾病。

[41] 犹将伸伛起躄：伸伛（yú），使驼背的人伸直。起躄（bì），使跛脚的人站起来。

[42] 发瞽披聋而观望之也：发瞽（gǔ），使盲人开眼。披聋，使聋子恢复听觉。

[43] 况直眇小烦懑：直，只。眇，小。烦懑（mèn），心烦气闷。

[44] 酲醲病酒之徒哉：酲（chéng）醲（nóng），与病酒同意，指酒醉后的烦闷之感。此句连同上句意思是，更何况只是患一些心烦气闷病酒等小病的人，更会振作精神，前往观看。

[45] 发蒙解惑：启发愚昧，解除疑惑。

[46] 气：气象，景象。

[47] 不记：没有记载。

[48] 似神而非者三：江涛具有似神而非神的三大特征。

[49] 疾雷闻百里：江涛似疾雷，百里之外都能听见。

[50] 江水逆流：江水倒流。

[51] 海水上潮：海水往上涨。

[52] 山出内云：内，通“纳”。此句意思是，山上吞吐云气。

[53] 衍溢漂疾：衍溢，江水涨满的样子。漂疾，江水急流的样子。

[54] 洪淋淋焉：洪，指江涛。淋淋，指水从山上往下飞溅的样子。此句

意思是，洪浪如山，飞洒直下。

[55] 若白鹭之下翔：像白鹭往下飞翔一样。

[56] 浩浩溰溰：浩浩，江涛深广的样子。溰（ái）溰，同“皑皑”，江涛洁白的样子。此句意思是，江涛看去，只见白茫茫的一片。

[57] 如素车白马帷盖之张：帷盖，车帷和车盖。张，张设。此句意思是，此时江涛像白马驾着素车，车上张设着帷盖。

[58] 云乱：像云一样纷乱。

[59] 扰扰焉如三军之腾装：扰扰焉，纷乱的样子。腾装，奔腾前进，装备整齐。此句意思是，江涛像云彩一样纷乱，如同三军整装奔腾前进。

[60] 其旁作而奔起也：旁作，指江涛从两旁涌起。此句意思是，江涛又从两旁涌起而奔腾上扬。

[61] 飘飘焉如轻车之勒兵：轻车，一种兵车，此处指将帅所乘的指挥车。勒兵，统率部队。此句意思是，两旁涌出的浪涛到处飘动，像将帅坐在兵车上指挥自己的部队一样。

[62] 六驾蛟龙：江涛像六条驾车的蛟龙。

[63] 附从太白：附从，跟从。太白，河伯，河神。

[64] 纯驰浩蜺：纯，纯粹，直接；一说同“屯”，聚集。浩，同“皓”。蜺（ní），同“霓”。此句意思是，江涛纯然像白色的虹霓在奔驰。

[65] 骆驿：连续不断。

[66] 颙（yóng）颙卬（áng）卬：形容江涛高大的样子。

[67] 椐（jū）椐强（jiāng）强：形容江涛一个接一个、紧紧相随的样子。

[68] 莘（shēn）莘将（qiāng）将：形容江涛互相激荡的样子。

[69] 壁垒重坚：形容江涛像军营壁垒，重重叠叠，非常坚固。

[70] 沓杂似军行：沓（tà）杂，众多的样子。军行，军队行列。此句意思是，江涛像军队的行列一样众多。

[71] 訇（hōng）隐（yìn）匈礚（kē）：都是象声词，形容江涛发出巨大的轰鸣声。

[72] 轧盘涌裔：轧（yà），排挤。盘，盘桓。涌裔（yì），江涛流动的样子。此句意思是，江涛翻滚奔腾，气势浩大。

[73] 原不可当：原，本来。当，抵挡。

[74] 滂（pāng）渤怫（fú）郁：指江涛上下翻滚，像发怒一般。

[75] 闇漠感突：闇漠，昏暗不明的样子。感，同“撼”。感突，指江涛冲起的样子。此句意思是，江涛汪洋一片，左冲右突。

[76] 上击下律：律（lù），当作“硉”，滚石从高处滚下。此句意思是，江涛向上冲击，突然又像滚石一样从半空落下。

[77] 卒：士兵。

[78] 突怒：奔突奋勇。

[79] 蹈壁冲津：蹈（dǎo），踩，踏。津，渡口。此句意思是，践踏壁岸，冲击渡口。

[80] 穷曲随隈：穷，尽。隈（wēi），与“曲”同义，指江岸弯曲的地方。此句意思是，江涛冲向所有的江岸弯曲之处。

[81] 逾岸出追：逾，跨越。出，超出。追（duī），古“堆”字，指沙堆。此句意思是，江涛跨越两岸，超出沙堆。

[82] 初发乎或围之津涯：或围，地名，不详所在。此句意思是，江涛最初从或围的渡口岸出发。

[83] 荄轸谷分：荄（gāi），同“陔”，山陇。轸（zhěn），转动。此句意思是，江涛随水岸而转弯，遇山谷而分流。

[84] 回翔青蔑：回翔，回旋。青蔑，地名，不详所在。此句意思是，江涛流到青蔑，开始回旋。

[85] 衔枚檀桓：衔枚，古代行军时，为免喧哗，让士兵在口中衔枚。枚，几寸长的竹片或木片，形似筷子。檀桓，地名，不详所在。此句意是，江涛流到檀桓，像士兵口中衔着枚一样，静悄悄的。

[86] 弭节伍子之山：弭节，停下马鞭，此指水流缓慢前行。伍子之山，山名，因伍子胥而得名。

[87] 通厉骨母之场：通厉，远行。骨母，可能是“胥母”之误，吴地有胥母山，指祭祀伍子胥的地方。此句连同上句的意思是，江涛流到伍子山，开始缓慢前行，一直远行到胥母之场。

[88] 凌赤岸：凌，超越。赤岸，地名。

[89] 篲扶桑：篲（huì），扫。扶桑，神话中的日出之处。此句连同上句的意思是，江涛超越赤岸，扫向扶桑。形容江涛气势宏大。

[90] 横奔似雷行：横冲直撞，如疾雷般迅速。

[91] 诚奋厥武：诚，确实。厥，它的。武，威武。此句意思是，江涛确实奋发出它的威武。

[92] 如振如怒：振，同“震”。此句意思是，江涛像在示威，像在发怒。

[93] 沌沌浑浑：波涛翻滚，互相追逐的样子。

[94] 状如奔马：形状像奔腾的骏马。

[95] 混混庉（tún）庉：指波涛的声音。

[96] 庢沓：庢（zhì），阻碍。沓（tà），沸腾而出。

[97] 清升踰跇：清升，清波升起。踰跇（yì），超越。

[98] 侯波奋振：侯波，阳侯之波，即大波。此句意思是，大的波浪突然奋起震动。

[99] 藉藉之口：港口名，不详所在。

[100] 回：回转。

[101] 兽不及走：走，逃跑。此句连同上两句的意思是，鸟来不及飞走，鱼来不及回转，兽来不及逃跑。从侧面表现江涛的迅猛。

[102] 纷纷翼翼：纷纷，众多的样子。翼翼，壮盛的样子。

[103] 荡取南山：荡，冲荡。取，通“趋”，趋向。

[104] 背击北岸：背击，回击。此句连同上句意思是，江涛先冲向南山，

然后又反过来回击北岸。

[105] 覆亏：倾覆破坏。

[106] 平夷西畔：平夷，横扫。畔，岸。此句连同上句的意思是，江涛将山陵倾覆，横扫西岸。

[107] 险险戏戏：险险，危险的样子。戏（xī）戏，倾危的样子。

[108] 陂（bēi）池（tuó）：堤岸。此句连同上句的意思是，江涛特别危险，将堤岸冲垮。

[109] 决胜乃罢：指江涛取得胜利，才肯罢休。

[110] 沩汩潺湲：沩（jié）汩（yù），波涛相击的样子。潺（chán）湲（yuán），水流的样子。

[111] 披扬流洒：指波涛汹涌，浪花四溅。

[112] 颠倒偃侧：偃，仰跌。侧，侧身躺下。此句意思是，鱼鳖或东倒西歪，或仰身朝天，或侧身而躺。

[113] 沋（yóu）沋湲湲：指鱼鳖歪歪倒倒的样子。

[114] 蒲伏连延：蒲伏，同“匍匐”，伏地而行的样子。连延，连续不断。

[115] 怪疑：感到奇怪怀疑。

[116] 踣（bó）：向前跌倒。

[117] 洄暗凄怆焉：洄暗，神志不清的样子。此句连同上句的意思是，这景象简直叫人害怕，向前跌倒，被吓得昏头昏脑，又惊又悲。

[118] 诡观：奇观。

三、归田赋（张衡）

游都邑以永久[1]，无明略以佐时[2]。徒临川以羡鱼[3]，俟河清乎未期[4]。感蔡子之慷慨[5]，从唐生以决疑[6]。谅天道之微昧[7]，追渔父以同嬉[8]。超埃尘以遐逝[9]，与世事乎长辞[10]。

于是仲春令月[11]，时和气清[12]。原隰郁茂[13]，百草滋荣[14]。王雎鼓翼[15]，鸧鹒[16]哀鸣。交颈颉颃[17]，关关嘤嘤[18]。于焉逍遥[19]，聊[20]以娱情。

尔乃龙吟方泽[21]，虎啸山丘[22]，仰飞纤缴[23]，俯钓长流[24]。触矢而毙[25]，贪饵吞钩[26]。落云间之逸禽[27]，悬渊沉之魦鰡[28]。

于时曜灵俄景[29]，系以望舒[30]。极般游[31]之至乐，虽日夕而忘劬[32]。感老氏之遗诫[33]，将回驾乎蓬庐[34]。弹五弦之妙指[35]，咏周孔之图书[36]。挥翰墨以奋藻[37]，陈三皇之轨模[38]。苟纵心于物外[39]，安知荣辱之所如[40]？

[选自（梁）萧统编、（唐）李善注：《文选》，上海古籍出版社，1986年版]

注释

[1] 游都邑以永久：游，游宦，在外做官。都邑，指东汉都城洛阳。永

久，长久。

[2] 无明略以佐时：明略，高明的谋略。佐时，辅佐当时的国君。

[3] 徒临川以羡鱼：徒，空，白白地。临川羡鱼，语出《淮南子·说林训》："临流而羡鱼，不如归家织网。"此句意思是，自己空有辅佐时君的愿望。

[4] 俟河清乎未期：俟（sì），等待。河清，相传黄河一千年清一次，一般这是清明盛世的标志。未期，难以预期。此句意思是，等待政治清明，未可预期。

[5] 感蔡子之慷慨：蔡子，指战国时的蔡泽。慷慨，指心中郁郁不得意。

[6] 从唐生以决疑：唐生，指战国时的唐举，他善于看相。决疑，决断疑虑。此句连同上句的意思是，有感于蔡泽郁郁不得意时曾经请唐举为他相面之事，也想请人为自己决断疑虑。

[7] 谅天道之微昧：谅，确实，实在。天道，世道。微昧，幽暗。

[8] 追渔父以同嬉：追，追随。渔父，《楚辞·渔父》中的人物，他避世隐身，独钓江湖，自得其乐。嬉，游乐。此句连同上句的意思是，世道实在幽暗，只好追随渔父避世归隐，与他一同游乐。

[9] 超埃尘以遐逝：超，超脱。埃尘，污浊的世俗。遐逝，远去。

[10] 与世事乎长辞：世事，世俗之事，即官场。长辞，永别。此句连同上句的意思是，超脱污浊的世俗，与官场彻底告别。

[11] 仲春令月：仲春，农历二月。令月，美好的月份。

[12] 时和气清：指气候温暖而清爽。

[13] 原隰郁茂：原，指高而平坦的土地。隰（xí），低湿的平地。郁茂，指草木茂盛。

[14] 百草滋荣：百草，形容草木之多。滋，生长。荣，草开花。此句连同上句的意思是，原野草木茂盛，各色鲜花盛开。

[15] 王雎鼓翼：王雎（jū），鸟名，雎鸠。鼓翼，鼓动翅膀。

[16] 鸧（cāng）鹒（gēng）：同"仓庚"，即黄莺。

[17] 交颈颉颃：交颈，指亲昵的样子。颉（xié）颃（háng），鸟上下飞翔的样子。

[18] 关关嘤嘤：象声词，指鸟的鸣叫声。

[19] 于焉逍遥：于焉，在这里。逍遥，优游自在的样子。

[20] 聊：暂且。

[21] 尔乃龙吟方泽：尔乃，于是。吟，吟唱。方泽，大泽。

[22] 虎啸山丘：啸，撮口而呼。此句连同上句的意思是，自己归隐田园，无拘无束，非常适意、畅快，就像龙、虎回到山泽间一样，能尽情地放声长啸。

[23] 纤缴（zhuó）：系在箭尾的细丝绳，这里指箭。

[24] 俯钓长流：俯，低头。长流，长河。此句连同上句的意思是，作者回到田园，可以自由地打猎、垂钓。

[25] 触矢而毙：触矢，射中。此句意思是，空中之鸟被箭射中而毙命。

[26] 贪饵吞钩：贪饵，贪吃诱饵。吞钩，把钓钩吞食进去。

[27] 落云间之逸禽：落，射落。逸禽，飞得高远的鸟。此句意思是，高飞的鸟被射中从半空中落下。

[28] 悬渊沉之魦鰡：悬，钓起。渊沉，深水。魦（shā）鰡（liú），均为鱼名。此句意思是，将魦鱼、鰡鱼等从深水中钓起。

[29] 曜灵俄景：曜（yào）灵，太阳。俄景，西斜的太阳。俄，倾斜的样子。景，同“影”。

[30] 系以望舒：系以，接着。望舒，本指神话中为月亮驾车的御者，这里指代月亮。此句连同上句的意思是，在这时太阳开始西斜，接着月亮也出来了。

[31] 般游：游乐。

[32] 忘劬：忘记疲劳。劬（qú），劳苦。

[33] 老氏之遗诫：老子遗留下的训诫，老子《道德经》说：“驰骋畋猎，令人心发狂。”

[34] 将回驾乎蓬庐：回驾，驾车返回。蓬庐，茅屋，指自己比较简陋的住处。此句意思是，于是驾车返回自己的茅屋中。

[35] 弹五弦之妙指：五弦，指五弦琴，相传为舜所制。指，同“旨”，意趣。

[36] 咏周孔之图书：咏，吟诵。周孔，指周公、孔子。此句连同上句的意思是，回到家中，有时弹弹五弦琴，体会其中的意趣，有时吟诵周公、孔子的典籍。

[37] 挥翰墨以奋藻：挥翰墨，拿笔墨。奋藻，驰骋辞藻，指写文章。

[38] 陈三皇之轨模：陈，陈述。三皇，传说中远古时的三位帝王，一般指伏羲、神农、黄帝。轨模，法则。此句连同上句的意思是，拿起笔写文章，陈述三皇的法则。

[39] 苟纵心于物外：苟，且。纵，放纵。物外，世俗之外。

[40] 安知荣辱之所如：安，哪里。如，往，归。此句连同上句的意思是，暂且放纵自己的心神于世俗之外，哪里还会在乎荣辱得失的结果呢。

参考书目

[1]（梁）萧统编，（唐）李善注．文选．上海：上海古籍出版社，1986

[2] 朱东润主编．中国历代文学作品选（上编第一册）．上海：上海古籍出版社，1979

[3] 吴功正主编．古文鉴赏辞典．南京：江苏文艺出版社，1987

[4] 费振刚，仇仲谦，刘南平校注．全汉赋校注．广州：广东教育出版社，2005

第5讲

两汉史传文学

一、鸿门宴（节选）[1]（司马迁）

沛公军霸上[2]，未得与项羽相见。沛公左司马[3]曹无伤使人言于项羽曰："沛公欲王关中[4]，使子婴[5]为相，珍宝尽有之[6]。"项羽大怒，曰："旦日飨士卒[7]，为击破沛公军！"

当是时，项羽兵四十万，在新丰鸿门[8]，沛公兵十万，在霸上。范增[9]说项羽曰："沛公居山东时，贪于财货，好美姬[10]。今入关，财物无所取，妇女无所幸[11]，此其志不在小。吾令人望其气[12]，皆为龙虎[13]，成五采[14]，此天子气也[15]。急击勿失。"

楚左尹项伯[16]者，项羽季父也，素善留侯张良[17]。张良是时从沛公，项伯乃夜驰之沛公军[18]，私见张良，具告以事[19]，欲呼张良与俱去，曰："毋从俱死也。"张良曰："臣为韩王送沛公[20]，沛公今事有急，亡去不义[21]，不可不语[22]。"良乃入，具告沛公。沛公大惊，曰："为之奈何[23]？"张良曰："谁为大王为此计者[24]？"曰："鲰生[25]说我曰：'距关[26]，毋内诸侯[27]，秦地可尽王也。'故听之。"良曰："料大王士卒足以当[28]项王乎？"沛公默然，曰："固[29]不如也，且为之奈何？"张良曰："请往谓项伯，言沛公不敢背项王也。"沛公曰："君安与项伯有故[30]？"张良曰："秦时与臣游，项伯杀人，臣活之[31]。今事有急，故幸[32]来告良。"沛公曰："孰与君少长[33]？"良曰："长于臣。"沛公曰："君为我呼入，吾得兄事之[34]。"张良出，要[35]项伯。项伯即入见沛公。沛公奉卮酒为寿[36]，约为婚姻[37]，曰："吾入关，秋毫[38]不敢有所近，籍吏民[39]，封府库，而待将军。所以遣将守关者，备他盗之出入与非常也[40]。日夜望将军至，岂敢反乎！愿伯具言臣之不敢倍德也[41]。"项伯许诺，谓沛公曰："旦日不可不蚤自来谢项王[42]。"沛公曰："诺。"于是项伯复夜去，至军中，具以沛公言报项王。因言曰[43]：“沛公不先破关中，公岂敢入乎？今人有大功而击之，不义也，不如因善遇之[44]。”项王许诺。

沛公旦日从百余骑[45]来见项王。至鸿门，谢曰：“臣与将军戮力[46]而攻秦，将军战河北，臣战河南，然不自意[47]能先入关破秦，得复见将军于此。今者有小人之言，令将军与臣有隙[48]。”项王曰：“此沛公左司马曹无伤言之；不然，籍何以生此[49]？”项王即日因留沛公与饮。项王、项伯东向坐[50]，亚父南向坐。亚父者，范增也。沛公北向坐，张良西向侍。范增数目项王[51]，举所佩玉玦[52]以示之者三，项王默然不应。范增起，出召项庄[53]，谓曰：“君王为人不忍[54]，若[55]入前为寿，寿毕，请以剑舞，因击沛公于坐，杀之。不者[56]，若属皆且为所虏[57]。”庄则入为寿。寿毕，曰：“君王与沛公饮，军中无以为乐，请以剑舞。”项王曰：“诺。”项庄拔剑起舞，项伯亦拔剑起舞，常以身翼蔽沛公[58]，庄不得击。于是张良至军门，见樊哙[59]，樊哙曰：“今日之事何如？”良曰：“甚急。今者项庄拔剑舞，其意常在沛公也。”哙曰：“此迫矣，臣请入，与之同命[60]。”哙即带剑拥盾入军门。交戟[61]之卫士欲止不内，樊哙侧其盾以撞，卫士仆地，哙遂入，披帷[62]西向立，瞋目[63]视项王，头发上指[64]，目眦尽裂[65]。项王按剑而跽[66]曰：“客何为者[67]？”张良曰：“沛公之参乘[68]樊哙者也。”项王曰：“壮士[69]！赐之卮酒。”则与斗[70]卮酒。哙拜谢，起，立而饮之。项王曰：“赐之彘肩[71]。”樊哙覆其盾于地，加彘肩上[72]，拔剑切而啖[73]之。项王曰：“壮士，能复饮乎？”樊哙曰：“臣死且不避，卮酒安足辞[74]！夫秦王有虎狼之心，杀人如不能举[75]，刑人如恐不胜[76]，天下皆叛之。怀王[77]与诸将约曰：‘先破秦入咸阳者王之[78]。’今沛公先破秦入咸阳，毫毛不敢有所近，封闭宫室，还军霸上，以待大王来。故遣将守关者，备他盗出入与非常也。劳苦而功高如此，未有封侯之赏，而听细说[79]，欲诛有功之人。此亡秦之续[80]耳，窃为[81]大王不取也。”项王未有以应，曰：“坐。”樊哙从良坐。坐须臾[82]，沛公起如厕[83]，因招樊哙出。

沛公已出，项王使都尉陈平[84]召沛公。沛公曰：“今者出，未辞也，为之奈何？”樊哙曰：“大行不顾细谨[85]，大礼不辞小让[86]。如今人方为刀俎[87]，我为鱼肉，何辞为！”于是遂去。乃令张良留谢。良问曰：“大王来何操[88]？”曰：“我持白璧[89]一双，欲献项王；玉斗[90]一双，欲与亚父。会其怒[91]，不敢献，公为我献之。”张良曰：“谨诺[92]。”

当是时，项王军在鸿门下，沛公军在霸上，相去四十里。沛公则置车骑[93]，脱身独骑，与樊哙、夏侯婴、靳强、纪信等四人持剑盾步走[94]，从郦山[95]下，道芷阳间行[96]。沛公谓张良曰：“从此道至吾军，不过二十里耳。度[97]我至军中，公乃入。”

沛公已去，间至军中[98]。张良入谢，曰：“沛公不胜杯杓[99]，不能辞，谨使臣良奉白璧一双，再拜献大王足下，玉斗一双，再拜奉大将军足下[100]。”项王曰：“沛公安在？”良曰：“闻大王有意督过之[101]，脱身独去，已至军矣。”项王则受璧，置之坐上。亚父受玉斗，置之地，拔剑撞而破之，曰：“唉[102]！竖子不足与谋[103]。夺项王天下者，必沛公也，吾属今为之虏矣。”

沛公至军，立诛杀曹无伤。

[节选自（西汉）司马迁著、刘兴林点注：《史记》，中国友谊出版公司，1993年版]

注释

[1] 本篇节选自《史记·项羽本纪》，标题为后人所加。

[2] 军霸上：军，驻扎军队，动词。霸上，亦作“灞上”，指灞水西边的白鹿原，在今陕西省西安市东，是古代的军事要地。

[3] 左司马：司马为掌军政之官，此处称左司马，即刘邦将司马一职分由左右两官担任。

[4] 欲王关中：王（wàng），作动词用，称王。关中，秦都咸阳，汉都长安，因称函谷关以西为关中。此句意思是，（刘邦）想在关中称王。

[5] 子婴：子婴，秦始皇嬴政之孙。秦二世嬴胡亥被赵高威逼自杀后，胡亥兄嬴扶苏之子嬴子婴为秦王，车裂赵高，在位四十六天因兵败而投降刘邦，后为项羽所杀。

[6] 珍宝尽有之：珍宝全部归其所有。

[7] 旦日飨士卒：旦日，明天。飨（xiǎng），犒赏，用酒肉款待。

[8] 新丰鸿门：新丰，在今陕西西安临潼区东，秦朝时属骊邑，汉代置县，改名新丰。鸿门，山坡名，在新丰东十七里，今称“项王营”。

[9] 范增：项羽的主要谋士，被项羽尊为“亚父”。

[10] 好美姬：好，喜欢。姬，古时妇人的美称，也用来称美女。好美姬，贪爱女色。

[11] 妇女无所幸：妇女，此处专指美貌女子。幸，君王与女子发生两性关系。此句意思是，（刘邦）没有与那些美貌的关中女子发生两性关系。

[12] 望其气：气，指刘邦行止之处上空的云气。望其气，秦汉时方士的迷信说法，认为只要观察某人头上的云气，就可以预知他的吉凶。

[13] 为龙虎：为，形成。龙虎，指龙与虎的形状。龙，一种虚构的神秘动物，古人称帝王为真龙天子。虎，真实动物，人们认为它是百兽之王。此处像龙虎形状的云气象征刘邦有成为帝王的气象。

[14] 五采：青、赤、黄、白、黑五种颜色，古人以这五种颜色为正色，其他颜色为间色。

[15] 此天子气也：这是（预示刘邦将要成为）帝王的云气呀。

[16] 左尹项伯：左尹，令尹为楚国最高的官职，左尹为令尹的属官。项伯，名缠，字伯，项羽族叔。

[17] 素善留侯张良：素善，向来关系密切。张良，字子房，刘邦的重要谋士，与萧何、韩信并称为“西汉三杰”，后来封于留（今江苏沛县东南），

故称“留侯”。此句意思是，（项伯）与留侯张良一向关系密切。

[18] 之沛公军：之，到。此句意思是，到刘邦军营里。

[19] 具告以事：即“以事具告”，将项羽将要袭击刘邦的事情详细告诉了张良。

[20] 臣为韩王送沛公：臣，古人自谦的称呼。张良原是韩国贵族，曾请项羽叔父项梁立韩公子为韩王，自己为申徒（相当于国相），后来刘邦令韩王成留守阳翟，张良奉韩王命与刘邦一同进武关。张良此语即指此事。

[21] 亡去不义：偷偷溜走不够义气。

[22] 不可不语：不能不告知一声。

[23] 为之奈何：对这件事怎么办呢。

[24] 为此计者：设想出这个计谋的人。

[25] 鲰生：鲰（zōu），小杂鱼，引申为鄙陋。鲰生，骂人语，意为无知鄙陋的小人。

[26] 距关：距，通“拒”。关，指函谷关。距关，凭关守御。

[27] 毋内诸侯：内，同“纳”，接纳，让人进关。此句意思是，不要让项羽等诸侯进入函谷关。

[28] 当：挡，阻挡，抵挡。

[29] 固：本来。

[30] 君安与项伯有故：安，何，如何。有故，有老交情。此句意思是，你是如何与项伯有交情的呢?

[31] 臣活之：活，使动用法，使……活下来。此句意思是，我使他活了下来。

[32] 幸：幸亏，有幸。

[33] 孰与君少长：孰，谁。此句意思是，（他）和你相比，谁年轻，谁年长?

[34] 兄事之：事，侍奉，对待，用作动词。此句意思是，以对待兄长的礼节来对待他。

[35] 要：坚约，此处有强邀之意。

[36] 奉卮酒为寿：卮（zhī），酒杯。为寿，古时向长者敬酒，并致词祝其多福多寿。此句意思是，（刘邦两手恭敬地）端起一杯酒为项伯祝福。

[37] 约为婚姻：相互约定将来结为儿女亲家。

[38] 秋毫：动物秋天换毛时长出的细毛，比喻极其微小的东西。

[39] 籍吏民：籍，登记造册，用作动词。此句意思是，将秦官吏和百姓登记造册。

[40] 备他盗之出入与非常也：备，防备。非常，指意外变故。

[41] 愿伯具言臣之不敢倍德也：倍，通“背”。倍德，忘恩负义。此句意思是，希望项伯（在项王面前）详细诉说我刘邦不敢忘恩负义。

[42] 旦日不可不蚤自来谢项王：蚤，同“早”。谢，谢罪，道歉。

[43] 因言曰：于是进而说道。

[44] 因善遇之：就此客客气气对待他。

[45] 从百余骑：从，使……跟从。此句意思是，（刘邦）使一百多个骑兵跟随着自己。

[46] 戮力：并力，勉力。

[47] 不自意：自己也没有料想到。

[48] 隙：嫌隙，矛盾，隔阂。

[49] 籍何以生此：籍，项羽自称，项羽名籍，字羽。何以生此，怎么会做下这些（伤感情的）事呢。

[50] 东向坐：古代室内座次以坐西面东为尊。

[51] 数目项王：目，以眼色示意。此句意思是，（范增）多次向项王使眼色（即示意项羽赶快杀掉刘邦）。

[52] 玉玦（jué）：环形开口的玉。古人常用它表示决断、决绝。

[53] 项庄：项羽从弟。

[54] 不忍：心肠不硬，心软。

[55] 若：你。

[56] 不者：否则，不然的话。

[57] 若属皆且为所虏：你们这些人都将被刘邦所俘虏侮辱。

[58] 以身翼蔽沛公：（项伯）像鸟张开翅膀遮护小鸟那样用身体掩护刘邦。

[59] 樊哙（kuài）：沛人，屠狗为业，与刘邦一同起义，后封舞阳侯。

[60] 与之同命：与刘邦同生死。

[61] 交戟：戟，古兵器名，合戈矛为一体，可以直刺与横击。交戟，持戟交叉，表示禁止出入。

[62] 披帷：揭开帷帐。

[63] 瞋（chēn）目：张目怒视。

[64] 头发上指：头发向上竖起。

[65] 目眦（zì）尽裂：眼眶都裂开了。

[66] 按剑而跽：按剑，手握剑把（准备随时拔剑厮杀）。跽（jì），跪而挺腰直身。按剑而跽是随时可以起身拼杀的姿势。

[67] 客何为者：你是干什么来的。此句喝问来者，极显紧张气氛。

[68] 参乘：即“骖乘”，坐在车右担任警卫的武士。

[69] 壮士：勇壮之人，此处指樊哙。

[70] 斗：应为衍文。

[71] 彘（zhì）肩：猪的前腿。

[72] 加彘肩上：将未煮熟的猪腿放在反放在地上的盾牌上。

[73] 啖（dàn）：吃。

[74] 卮酒安足辞：喝杯酒哪里值得推辞。

[75] 杀人如不能举：举，尽。此句意思是，杀人多得数不过来。

[76] 刑人如恐不胜：胜，尽。此句意思是，加刑于人唯恐方法不能

用尽。

[77] 怀王：楚怀王。历史上有两个楚怀王。一个为战国时期的熊槐，被骗客死秦国；一个是秦末的熊心，熊心为熊槐之孙，初被立为“楚怀王”，后被尊为“义帝”，最后被项羽谋杀。后人称熊槐为“前怀王”，称熊心为“后怀王”。此处怀王指熊心。

[78] 先破秦入咸阳者王之：破，打破，打败。王，以……为王，用作动词。此句意思是，谁先打败秦军进入咸阳就以谁为王。

[79] 细说：小人的谗言。

[80] 此亡秦之续：这是走灭亡了的秦国的老路。

[81] 窃为：窃，私下里，暗地里。窃为，私下里认为。

[82] 须臾：一会儿。

[83] 如厕：上厕所。

[84] 都尉陈平：都尉，武官名。陈平，阳武（今河南省原阳县）人，当时跟随项羽，第二年背楚归汉，后来官至丞相。

[85] 大行不顾细谨：大行（xíng），大事。细谨，细枝末节。此句意思是，做大事的人不拘小节。

[86] 大礼不辞小让：辞，回避。让，谦让，礼让。此句意思是，讲究大节的人不在乎小小的礼让。

[87] 刀俎：刀和砧板，此处喻指掌握主动权的项羽一方。

[88] 来何操：操，手拿，携带。此句意思是，（大王）来的时候带了什么礼物？

[89] 白璧：璧，中间有孔的圆形玉。白璧，白色的玉。

[90] 玉斗：玉制的大酒杯。

[91] 会其怒：会，遭逢，巧合。会其怒，适逢其怒，意为碰上他们气恼的当儿。

[92] 谨诺：谨，表示郑重和恭敬。诺，答应，应诺。谨诺，意为遵命。

[93] 置车骑：置，放置，留下。此句意思是，将随行的车骑丢在那里。

[94] 与樊哙、夏侯婴、靳强、纪信等四人持剑盾步走：夏侯婴，刘邦的同乡，跟随刘邦起兵，后因功封汝阴侯。靳强，刘邦的将领，后因功封汾阳侯。纪信，刘邦的将领，项羽围荥阳时，纪信假扮刘邦出城投降，掩护刘邦逃脱，自己则被项羽烧死。步走，徒步逃走。

[95] 郦山：即骊山，在今陕西西安临潼区东面。

[96] 道芷阳间行：道，取道。芷阳，秦县名，治所在今陕西省西安市东面。间行，抄小路走近道。

[97] 度（duó）：估计。

[98] 间至军中：从小路回到自己的军营。

[99] 不胜杯杓：杓（sháo），取酒之器。杯杓，代指酒。此句意思是，禁不起酒力，即喝醉了。

[100] 再拜奉大将军足下：大将军，指范增。足下，古时对尊者的敬称。

[101] 有意督过之：督过，责备过错。此句意思是，存心找他的岔子。

[102] 唉：叹恨之词。

[103] 竖子不足与谋：竖子，小子。此句意思是，这小子不值得为他出谋划策。

二、苏武传（节选）[1]（班固）

律知武终不可胁，白单于[2]。单于愈益欲降之[3]，乃幽[4]武置大窖中，绝不饮食[5]。天雨雪[6]，武卧啮雪与旃毛并咽之[7]，数日不死。匈奴以为神[8]，乃徙武北海[9]上无人处，使牧羝[10]，羝乳乃得归[11]。别[12]其官属常惠等，各置他所。

武既至海上，廪食[13]不至，掘野鼠去屮（草）实而食之[14]。杖汉节[15]牧羊，卧起操持，节旄[16]尽落。积五、六年，单于弟於靬王弋射海上[17]。武能网纺缴[18]，檠弓弩[19]，於靬王爱之，给其衣食。三岁余，王病，赐武马畜、服匿、穹庐[20]。王死后，人众徙去。其冬，丁令盗武牛羊[21]，武复穷厄[22]。

初，武与李陵俱为侍中[23]，武使匈奴明年[24]，陵降，不敢求武[25]。久之，单于使陵至海上，为武置酒设乐[26]，因谓武曰："单于闻陵与子卿素厚[27]，故使陵来说足下[28]，虚心欲相待[29]。终不得归汉，空自苦亡人之地[30]，信义安所见乎[31]？前长君为奉车[32]，从至雍棫阳宫[33]，扶辇下除[34]，触柱折辕[35]，劾大不敬[36]，伏剑[37]自刎，赐钱二百万以葬。孺卿从祠河东后土[38]，宦骑与黄门驸马争船[39]，推堕驸马河中溺死，宦骑亡，诏[40]使孺卿逐捕不得，惶恐饮药而死。来时，大夫人已不幸[41]，陵送葬至阳陵[42]。子卿妇年少，闻已更嫁矣。独有女弟[43]二人，两女一男[44]，今复十余年，存亡不可知。人生如朝露[45]，何久自苦如此！陵始降时，忽忽如狂[46]，自痛负汉[47]，加以老母系保宫[48]，子卿不欲降，何以过陵[49]？且陛下春秋高[50]，法令亡常[51]，大臣亡罪夷灭[52]者数十家，安危不可知，子卿尚复谁为乎[53]？愿听陵计，勿复有云[54]。"武曰："武父子亡功德，皆为陛下所成就[55]，位列将[56]，爵通侯[57]，兄弟亲近，常愿肝脑涂地[58]。今得杀身自效[59]，虽蒙斧钺汤镬[60]，诚甘乐之[61]。臣事君，犹子事父也。子为父死亡所恨。愿勿复再言。"陵与武饮数日，复曰："子卿壹听陵言[62]。"武曰："自分[63]已死久矣！王必欲降武[64]，请毕今日之欢，效死于前[65]！"陵见其至诚，喟然叹曰："嗟乎！义士！陵与卫律之罪上通于天[66]。"因泣下沾衿[67]，与武决[68]去。

陵恶[69]自赐武，使其妻赐武牛羊数十头。后陵复至北海上，语武："区脱捕得云中生口[70]，言太守以下吏民皆白服，曰上崩[71]。"武闻之，南乡[72]号哭，欧[73]血，旦夕临数月[74]。

昭帝即位数年[75]，匈奴与汉和亲[76]。汉求武等，匈奴诡言武死[77]。后汉使复至匈奴，常惠请其守者与俱[78]，得夜见汉使，具自陈过[79]。教使者谓单于，言天子射上林[80]中，得雁，足有系帛书[81]，言武等在某（荒）泽中。使者大喜，如惠语以让单于[82]。单于视左右而惊，谢汉使[83]曰："武等实在[84]。"于是李陵置酒贺武曰："今足下还归，扬名于匈奴，功显于汉室，虽古竹帛[85]所载，丹青所画[86]，何以过子卿[87]！陵虽驽怯[88]，令汉且贳陵罪[89]，全其老母[90]，使得奋大辱之积志[91]，庶几乎曹柯之盟[92]，此陵宿昔[93]之所不忘也。收族[94]陵家，为世大戮[95]，陵尚复何顾乎[96]？已矣！令子卿知吾心耳。异域之人，壹别长绝[97]！"陵起舞，歌曰："径万里兮度沙幕[98]，为君将兮奋匈奴[99]。路穷绝兮矢刃摧[100]，士众灭兮名已隤[101]。老母已死，虽欲报恩将安归！"陵泣下数行，因与武决。单于召会[102]武官属，前以降及物故[103]，凡随武还者九人。

武以始元六年[104]春至京师。诏武奉一太牢谒武帝园庙[105]，拜为典属国[106]，秩中二千石[107]，赐钱二百万、公田二顷、宅一区[108]。常惠、徐圣、赵终根皆拜为中郎[109]，赐帛各二百匹。其余六人老归家，赐钱人十万，复终身[110]。常惠后至右将军，封列侯，自有传。武留匈奴凡十九岁，始以强壮出，及还，须发尽白。

［节选自（汉）班固撰：《汉书》，浙江古籍出版社，2001年版］

注释

[1] 本篇节选自《汉书·李广苏建传》，苏武传附在其父苏建传后，因此传中写到苏武的时候，除有特殊需要外，一般不写出苏武的姓氏。

[2] 白单于：白，禀告。单于，匈奴最高首领的称号，全称应作"撑犁孤涂单于"，匈奴语"撑犁"是"天"，"孤涂"是"子"，"单于"是"广大"之意，通常简称为"单于"。

[3] 愈益欲降之：更加想要使他投降。

[4] 幽：幽禁，软禁。

[5] 绝不饮食：断绝供应，不给水喝，不给东西吃。

[6] 天雨雪：雨，动词，下，降。此句意思是，天空下雪了。

[7] 武卧啮雪与旃毛并咽之：啮，咬，啃。旃，同"毡"，毛织的毡毯。并咽之，将它们一起吞下去。

[8] 以为神：省介词宾语"之"，即"以之为神"。此句意思是，以为苏武是神仙；一说以为苏武得到了神仙的帮助。

[9] 北海：当时匈奴的北方边境，即今俄罗斯西伯利亚的贝加尔湖。

[10] 羝（dī）：公羊。

[11] 羝乳乃得归：乳，产乳，此处指产子。此句意思是，等到公羊产羊羔的时候才能够回到汉朝。

[12] 别：分开，隔离。

［13］廪（lǐn）食：官府发给的粮食，此处指匈奴供给的粮食。

［14］掘野鼠去屮(草）实而食之：去，通“弆（jǔ)”，收藏。此句有两种理解，一为挖野鼠、收藏草籽来吃，一为挖掘野鼠（在洞里）收藏的草籽来吃，均通。

［15］杖汉节：节，以竹为之，柄长八尺，使臣取信于所出使之国的信物。此句意思是，拄着出使匈奴时从汉朝带来的节旄。

［16］节旄：系在节上的牦牛尾。

［17］单于弟於靬王弋射海上：於（wū）靬（jiān）王，且（jū）鞮（dī）侯单于的弟弟。弋（yì）射，以绳系箭而射。

［18］武能网纺缴：网，结网，编结狩猎用的网。纺缴（zhuó），纺制系在箭尾的丝绳。

［19］檠弓弩：檠，本指矫正弓弩的器具，这里用作动词。此句意思是，用檠来矫正弓弩。

［20］赐武马畜、服匿、穹庐：服匿，盛酒用的瓦器，状如罂，小口，大腹，方底。穹庐，大型的圆顶帐篷。

［21］丁令盗武牛羊：丁令，即丁零，匈奴族的别支。卫律当时为丁零王，因为劝降不成，出于报复目的，指使族人偷盗苏武的牛羊。

［22］穷厄：贫穷困窘。

［23］武与李陵俱为侍中：李陵，西汉名将李广的孙子，字少卿，汉武帝时为骑都尉，天汉二年（公元前 99 年），率兵五千与匈奴主力作战，虽杀敌甚众，但终因寡不敌众，力竭而降。侍中，官名，为皇帝侍从。

［24］明年：第二年。

［25］不敢求武：求，访求。此句意思是，李陵因自己投降匈奴，感到羞愧，所以不敢访求苏武。

［26］置酒设乐：安排酒席，陈设歌舞。

［27］素厚：一向交情很好。

［28］说足下：说（shuì），劝说。足下，此处为李陵对苏武的尊称。

［29］虚心欲相待：虚心，心无成见。此句意思是，（单于）想要真心善待你。

［30］空自苦亡（wú）人之地：白白地在荒无人烟的地方受苦。

［31］信义安所见乎：诚信忠义又有谁知道呢？

［32］前长君为奉车：长君，对别人长兄的尊称，此指苏武的大哥苏嘉。奉车，官名，即奉车都尉，皇帝出行时，负责车马的侍从官。

［33］从至雍棫阳宫：雍，汉代县名，在今陕西省凤翔县南。棫（yù）阳宫，本为秦宫，在雍地东面，今陕西扶风东北。

［34］扶辇下除：辇（niǎn），后世专称天子的车为辇。除，指殿阶。此句意思是，扶着皇帝的车驾下殿阶。

［35］触柱折辕：辇车撞到柱子上，将车辕折断。

［36］劾大不敬：劾（hé），揭发，审判，定罪。大不敬，不敬皇帝的罪

名，被封建王朝视为十恶之一，犯此罪者当斩。此句意思是，（苏武的哥哥）被定犯了不敬皇帝之罪。

[37] 伏剑：用剑自杀。

[38] 孺卿从祠河东后土：孺卿，苏武的弟弟苏贤字孺卿。从祠，随从汉武帝祭祀。河东，郡名，在今山西省夏县北。后土，土地神。

[39] 宦骑与黄门驸马争船：宦骑（jì），骑着马的宦官。黄门驸马，黄门本指皇宫之门，汉武帝时为养御马之地；驸马本指皇帝副车之马，汉武帝时置驸马都尉，简称“驸马”，掌副车之马，因此驸马成为官名，魏晋以后，皇帝的女婿照例加此封号，后人逐渐淡忘该词本义，以为驸马只是帝婿的专称罢了。

[40] 诏：皇帝发布的命令。

[41] 大夫人已不幸：大，通“太”。大夫人，指苏武的母亲。不幸，死亡的委婉说法。

[42] 阳陵：汉代县名，汉景帝陵墓所在地，在今陕西咸阳市东。

[43] 女弟：古人常称妹妹为“女弟”。

[44] 两女一男：指苏武的两个女儿和一个儿子。

[45] 人生如朝露：朝露，早晨的露水，一见太阳就被晒干，存在的时间极为短暂。此句意思是，人生短暂得好像早晨的露水一样。

[46] 忽忽如狂：忽忽，若有所失，迷离恍惚的样子。此句意思是，迷离恍惚，（痛苦得）像疯了一样。

[47] 自痛负汉：自痛，感到内疚。负汉，背叛汉朝。此句意思是，（李陵）因背叛了汉朝而自感愧疚。

[48] 系保宫：系（jì），拘禁。保宫，汉代囚禁大臣及其家属的居室。

[49] 何以过陵：有什么地方能超过（当时）我李陵呢。

[50] 陛下春秋高：陛，帝王宫殿的台阶。陛下，对皇帝的尊称，此处指汉武帝。春秋，年岁，年纪。春秋高，年纪大了。

[51] 法令亡（wú）常：法律政令没有常规。

[52] 夷灭：灭族，酷刑。有夷三族、夷九族之别。三族，一谓父母、兄弟、妻子，一谓父族、母族、妻族；九族，指直系血亲自高祖至玄孙的九代，亦株连旁系血亲至从兄弟。

[53] 尚复谁为乎：还为谁（守忠义）呢。

[54] 勿复有云：不要再有什么说的了。

[55] 成就：用作动词，意为提拔、栽培。

[56] 位列将：职位排在诸将领中。此处指苏武的父亲苏建曾为右将军，苏武本人为中郎将，兄苏嘉为奉车都尉，弟苏贤为骑都尉。

[57] 爵通侯：爵，爵位，此处用作动词，意为封爵。通侯，刘邦建国以后，袭用秦爵二十等，奖赏有功之人，数字越大，爵位越高，其中十九级是关内侯（秦时称“伦侯”），二十级是彻侯，均为列侯，汉武帝后因避讳，将彻侯改称“通侯”，言其爵位上通于天子。此处指苏建，因为他曾被封为平

陵侯。

[58] 肝脑涂地：形容惨死，此处用来表示竭尽忠诚，任何牺牲均在所不惜。

[59] 杀身自效：牺牲自己，报效朝廷。

[60] 虽蒙斧钺汤镬：虽蒙，即使蒙受、遭受。斧钺（yuè），此处用作动词，意为被斧钺砍头。汤镬（huò），开水锅，此处用作动词，意为将人放进开水锅烫煮。

[61] 诚甘乐之：的确甘心这样，乐意这样。

[62] 壹听陵言：一定要听一听我李陵的话。

[63] 分（fèn）：料想，断定。

[64] 王必欲降武：王，指李陵，匈奴封其为右校王。此句意思是，右校王你一定要使我苏武投降（的话）。

[65] 效死于前：效死，效命，效力至死。此句意思是，在你面前献出自己的生命。

[66] 上通于天：上达于天听，极言罪大恶极。

[67] 泣下沾衿：衿，同“襟”。此句意思是，（愧疚的）泪水流下来打湿了衣襟。

[68] 决：同“诀”，辞别，分别。

[69] 恶（wù）：本意为厌恶、讨厌，此处指惭愧、不好意思。

[70] 区脱捕得云中生口：区（ōu）脱，匈奴语，意为边境。云中，汉代云中郡，在今内蒙古自治区。生口，活口，此处指俘虏。

[71] 崩：天子死亡的委婉说法。

[72] 南乡：乡，同“向”。南乡，意为向南。

[73] 欧：通“呕”。

[74] 旦夕临数月：临，哭吊。此句意思是，早晚哀哭，达数月之久。

[75] 昭帝即位数年：昭帝，汉武帝的小儿子刘弗陵在公元前 87 年即位，次年改元始元，始元六年，与匈奴和议才告成功。数年，过了几年。

[76] 和亲：汉族封建王朝与少数民族首领以及少数民族首领之间具有一定政治目的的联姻。

[77] 诡言武死：诈称苏武已经死掉。

[78] 请其守者与俱：请求看守他的人与他一起（前往）。

[79] 具自陈过：具，完整，完全。陈过，陈述经过。此句意思是，陈述事情的整个经过。

[80] 上林：即上林苑，皇家猎场，在长安西，方圆三百里。

[81] 帛书：写在丝织品上的信。

[82] 如惠语以让单于：让，指责。此句意思是，（使者）按照常惠所教的话语来指责单于（欺骗汉朝）。

[83] 谢汉使：谢，道歉。此句意思是，向汉朝使者道歉。

[84] 武等实在：苏武等人确实活着。

[85] 古竹帛：帛，丝织品。因为古时曾将历史记载在竹片与丝织品上，所以用“古竹帛”代指古代留下来的史书。

[86] 丹青所画：丹，丹砂。青，青雘（huò）。丹与青均为绘画所用的颜料，故人们称图画为“丹青”。此句意思是，古代丹青上所画的杰出人物。

[87] 何以过子卿：何以，即“以何”。过，超过。此句意思是，靠什么超过你苏武（即无法超过你苏武）。

[88] 驽怯：驽，材质庸劣。驽怯，无能与胆怯。

[89] 令汉且贳陵罪：令，假令，假使。贳（shì），宽恕。此句意思是，假使汉朝暂且宽恕我李陵的罪责。

[90] 全其老母：全，保全。其，我，指李陵。此句意思是，不杀我李陵的老母亲。

[91] 奋大辱之积志：奋，奋起，奋发。大辱，奇耻大辱，指兵败被俘。积志，积蓄已久的志向。此句意思是，奋起实现在此奇耻大辱的处境中积蓄已久的志向。

[92] 庶几乎曹柯之盟：庶几，差不多。曹柯之盟，指曹沫劫持齐桓公之事。曹沫，春秋时鲁人，为鲁庄公将领，齐军侵犯鲁国，曹沫三战皆败，鲁庄公被迫割地求和，与齐国在柯地订立盟约，结果在订立盟约时，曹沫执匕首劫持齐桓公，迫使其归还所侵之地。此句意思是，（李陵希望他自己做出）差不多像曹沫劫持齐桓公那类折服敌国的事。

[93] 宿昔：李陵投降匈奴之初，汉朝并未诛杀其家属，后因讹传李陵为匈奴训练军队，与汉为敌，武帝遂将李陵母亲、妻子、兄弟全部处死。此处“宿昔”指李陵已降、其家属尚未被杀之时。一说宿昔通“夙夕”，意为从早到晚。

[94] 收族：收，逮捕囚禁。族，灭族。

[95] 为世大戮：是世上最大的耻辱。

[96] 陵尚复何顾乎：我李陵还有什么可再留恋的呢？

[97] 壹别长绝：这一次分别就是永别了。

[98] 径万里兮度沙幕：径，行军经过，跋涉。度，穿越。沙幕，即沙漠。

[99] 奋匈奴：与匈奴奋勇作战。

[100] 路穷绝兮矢刃摧：路穷绝，指李陵及其军队被困在狭谷之中。矢刃摧，指兵器都被损坏。

[101] 隤（tuí）：败坏。

[102] 召会：召集。

[103] 物故：死亡的委婉说法。

[104] 始元六年：始元，汉昭帝年号。始元六年，即公元前81年。

[105] 奉一太牢谒武帝园庙：太牢，备有一牛、一猪、一羊的祭品。园庙，皇帝墓地所在的宗庙。

[106] 典属国：官名，掌管少数民族事务。

[107] 秩中二千石：秩，官秩。汉代官吏，按照俸禄多少，分为中二千石、二千石、比二千石等不同的等级。中二千石为二千石中最高的一等，月俸一百八十斛（hú）。古代十斗为一斛。

[108] 一区：一处。

[109] 徐圣、赵终根皆拜为中郎：徐圣、赵终根，随苏武出使的官吏。中郎，秦、西汉掌管宿卫宫禁，侍从皇帝左右，无员额，秩比六百石。

[110] 复终身：复，免除徭役。复终身，意为终身免除徭役。

参考书目

[1] 王伯祥选注．史记选．北京：人民文学出版社，1982

[2] 郁贤皓主编．中国古代文学作品选简编．北京：高等教育出版社，2004

[3] 朱东润主编．中国历代文学作品选．上海：上海古籍出版社，1979

[4] 徐中玉，金启华主编．中国古代文学作品选．上海：华东师范大学出版社，1999

[5] 陈茂同．历代职官沿革史．上海：华东师范大学出版社，1988

[6] 陈茂同．中国历代选官制度．上海：华东师范大学出版社，1994

第6讲

魏晋南北朝诗歌

一、白马篇（曹植）

白马饰金羁[1]，连翩[2]西北驰。借问谁家子？幽并游侠儿[3]。少小去乡邑[4]，扬声沙漠垂[5]。宿昔秉良弓[6]，楛矢何参差[7]！控弦破左的[8]，右发摧月支[9]。仰手接飞猱[10]，俯身散马蹄[11]。狡捷[12]过猴猿，勇剽若豹螭[13]。边城多警急，胡虏数迁移[14]。羽檄[15]从北来，厉马登高堤[16]。长驱蹈匈奴[17]，左顾陵鲜卑[18]。弃身锋刃端[19]，性命安可怀[20]？父母且不顾[21]，何言子与妻？名编壮士籍[22]，不得中顾[23]私。捐躯赴国难[24]，视死忽如归[25]。

（选自逯钦立辑校：《先秦汉魏晋南北朝诗》，中华书局，1983年版）

注释

[1] 白马饰金羁：饰，装饰。羁（jī），马络头。此句意思是，白色的骏马装饰着金闪闪的马络头。

[2] 连翩：迅急的样子。

[3] 幽并游侠儿：幽并，幽州、并州，指现在河北、山西、陕西部分地方。游侠儿，指重义气、轻生死的青年男子。

[4] 乡邑：家乡。

[5] 扬声沙漠垂：扬声，扬名。垂，通“陲”，边远地区。此句连同上句的意思是，他们从小离开家乡，在沙漠边陲扬名。

[6] 宿昔秉良弓：宿昔，往日。秉，操持。

[7] 楛矢何参差：楛（hù）矢，箭名，指箭杆用楛木做成。参差，不整齐的样子。

[8] 控弦破左的：控弦，拉弓。破，射中。左的，左边的箭靶子。

[9] 右发摧月支：摧，毁坏。月支，西北少数民族的古族名，这里指上

面画有他们图饰的箭靶。

[10] 飞猱：飞，形容动作敏捷。猱（náo），猿猴。此句意思是，迎面仰射，射中敏捷的猿猴。

[11] 俯身散马蹄：散，摧裂。马蹄，一种箭靶名。此句意思是，低身俯射，射中箭靶马蹄。

[12] 狡捷：狡猾敏捷。

[13] 勇剽若豹螭：剽（piāo），动作迅猛。螭（chī），传说中像龙一样的猛兽。此句连同上句的意思是，狡猾敏捷赛过猿猴，勇猛迅疾如同豹螭。

[14] 胡虏数迁移：虏，对敌人的蔑称。数，多次。迁移，指入侵。此句连同上句的意思是，边塞频频传来紧急情况，来自西北的敌人多次入侵。

[15] 羽檄：指插有羽毛的紧急文书。

[16] 厉马登高堤：厉马，指策马快跑。此句连同上句的意思是，告急的文书从北方传来，游侠健儿立即策马登上高堤。

[17] 长驱蹈匈奴：蹈，践踏。匈奴，古代北方少数民族。

[18] 左顾陵鲜卑：顾，回头看。陵，侵犯。鲜卑，古代东北的少数民族。此句连同上句的意思是，长驱直捣匈奴的军营，掉转头来，又战胜了鲜卑的骑兵。

[19] 弃身锋刃端：弃身，舍身。端，事物的一头，此指刀尖。此句意思是，游侠健儿为了国家，将自己投身于锋利的刀刃中。

[20] 性命安可怀：哪里把性命放在心上。

[21] 父母且不顾：且，尚且。顾，关心。

[22] 壮士籍：指记载士兵基本情况的名册。

[23] 中顾：心中顾念。

[24] 捐躯赴国难：献身国家，奔赴国难。

[25] 视死忽如归：把死看作如同回家一样。

二、桃花源记（并诗）（陶渊明）

晋太元[1]中，武陵[2]人捕鱼为业；缘[3]溪行，忘路之远近。忽逢桃花林，夹岸数百步，中无杂树，芳华鲜美，落英缤纷[4]。渔人甚异之[5]。复前行，欲穷[6]其林。林尽水源，便得一山。山有小口，仿佛若有光。便舍船从口入。初极狭，才通人[7]，复行数十步，豁然开朗[8]。土地平旷，屋舍俨然[9]。有良田、美池、桑竹之属。阡陌交通[10]，鸡犬相闻。其中往来种作[11]，男女衣著，悉如外人[12]。黄发垂髫[13]，并怡然[14]自乐。见渔人，乃大惊，问所从来[15]，具[16]答之。便要[17]还家，为设酒杀鸡作食。村中闻有此人，咸来问讯[18]。自云先世避秦时乱[19]，率妻子邑人[20]，来此绝境[21]，不复出焉，遂与外人间隔。问今是何世，乃[22]不知有汉，无论魏晋[23]。此人一一为具言所闻[24]，皆叹惋[25]。余人各复延[26]至其家，皆出酒食。停数日，辞去。此中人语云："不足为外人道也。"既出，得其船，便扶向路[27]，处处志[28]之。及郡下[29]，诣太守说如此[30]。太守即遣人随其往[31]，寻向所志[32]，遂迷[33]，不复得路。南阳刘子骥[34]，高尚士也，闻之，欣然规往[35]，未果[36]，寻[37]病终。后遂无问津者[38]。

嬴氏乱天纪[39]，贤者避其世。黄绮之商山[40]，伊人亦云逝[41]。往迹浸复湮[42]，来径遂芜废[43]。相命肆农耕[44]，日入从所憩[45]。桑竹垂余荫，菽稷随时艺[46]。春蚕收长丝，秋熟靡王税[47]。荒路暧交通[48]，鸡犬互鸣吠。俎豆犹古法[49]，衣裳无新制[50]。童孺[51]纵行歌，斑白欢游诣[52]。草荣识节和[53]，木衰知风厉[54]。虽无纪历志[55]，四时自成岁。怡然有余乐，于何劳智慧[56]。奇踪隐五百[57]，一朝敞神界[58]。淳薄既异源[59]，旋复还幽蔽[60]。借问游方士[61]，焉测尘嚣外[62]。愿言蹑轻风[63]，高举寻吾契[64]。

（选自逯钦立校注：《陶渊明集》，中华书局，1979年版）

注释

[1] 太元：东晋孝武帝的年号，共二十一年（公元376—396年）。

[2] 武陵：郡名，郡治在今湖南常德。

[3] 缘：循，沿着。

[4] 落英缤纷：落英，落花。缤纷，繁多交杂的样子。

[5] 渔人甚异之：甚，特别。异，感到奇怪。

[6] 穷：尽。

[7] 才通人：才，仅。通人，一人通过。

[8] 豁然开朗：形容由狭隘幽暗一变而为开阔光亮。

[9] 俨然：整齐有序的样子。

[10] 阡陌交通：阡陌，田间小道，南北方向的称"阡"，东西方向的称"陌"。交通，交错相通。

[11] 其中往来种作：种作，指种地劳作。此句意思是，在桃花源里来来往往种地劳作的人。

[12] 男女衣著，悉如外人：衣著（zhuó），指身上的穿戴，包括衣服、鞋、袜、帽子等。悉，都，全。此句意思是，桃花源里的男男女女的穿戴都和外面的人一样。

[13] 黄发垂髫：黄发，指老年人，老年人头发转黄，故称。垂髫（tiáo），指儿童，古代儿童垂发作为装饰，故称。

[14] 怡然：快乐的样子。

[15] 问所从来：询问渔人来的地方。

[16] 具：详细。

[17] 要：同"邀"，邀请。

[18] 咸来问讯：咸，都。讯，消息。

[19] 自云先世避秦时乱：云，说。先世，祖先。此句意思是，桃花源里

的人说他们祖先是为躲避秦朝时的战乱才来到这里的。

[20] 邑人：同乡人。

[21] 绝境：与外界隔绝的地方。

[22] 乃：竟然。

[23] 无论魏晋：无论，更不用说。此句连同上句的意思是，桃花源里的人竟然不知道汉朝，更不用说魏晋了。

[24] 此人一一为具言所闻：为，给。具言，详细地说。此句意思是，这个人（渔人）把自己所听说的一一详细地说给他们听。

[25] 叹惋：感叹惋惜。

[26] 延：请。

[27] 便扶向路：扶，沿着。向路，前时来的路。

[28] 志：标记，这里指做标记。

[29] 及郡下：及，回到。郡下，武陵郡。

[30] 诣太守说如此：诣，到。太守，郡的行政长官。此句意思是，渔人回来后，马上向太守报告他所见到的一切情况。

[31] 太守即遣人随其往：即，立即。其，他，指渔人。此句意思是，太守马上派人跟随渔人前往桃花源。

[32] 寻向所至：寻，寻找。向，前面。此句意思是，寻找渔人前面到过的地方。

[33] 遂迷：竟然迷路。

[34] 刘子骥：人名，东晋隐士。

[35] 欣然规往：欣然，高兴的样子。规往，计划前往。

[36] 未果：没有实现。

[37] 寻：不久。

[38] 后遂无问津者：问津，问路，这里是访求。此句意思是，后来再没有人去访求桃花源的所在。

[39] 嬴氏乱天纪：嬴氏，秦始皇为嬴姓，故称。天纪，日月星辰的运行规律，这里指社会的正常秩序。此句意思是，秦政暴虐，扰乱了天下的正常秩序。

[40] 黄绮之商山：黄绮，指商山四皓中的夏黄公、绮里季。商山，山名，在今陕西省商县西南。

[41] 伊人亦云逝：伊人，彼人，指桃花源中人。云，语助词，无实义。逝，去，指逃隐。此句连同上句的意思是，桃花源里的人也像夏黄公、绮里季他们一样，不满秦朝暴政，逃隐至此。

[42] 往迹浸复湮：往迹，来往桃花源的踪迹。浸，渐渐。湮（yān），埋没，淹没。此句意思是，他们逃往桃花源的踪迹渐渐被淹没。

[43] 来径遂芜废：来径，往来的道路。芜废，荒废。

[44] 相命肆农耕：相命，互相劝勉。肆，致力于。

[45] 日入从所憩：日入，太阳落山。憩（qì），休息。

[46] 菽稷随时艺：菽，豆。稷，高粱。随时，根据季节。艺，种植。

[47] 秋熟靡王税：靡，无。此句连同上句的意思是，一年四季自己的劳动成果归自己享用，无须交纳任何赋税。

[48] 荒路暧交通：荒路，道路荒芜。暧，昏暗不明。交通，来往。此句意思是，因无人行走来往，道路荒废。

[49] 俎豆犹古法：俎（zǔ）豆，古代祭祀时的礼器。犹，还。古法，依照过去的仪式。

[50] 新制：新的样式。

[51] 童孺（rú）：儿童。

[52] 斑白欢游诣：斑白，头发黑白相杂，这里指老年人。游诣，游玩。

[53] 草荣识节和：草荣，草木开花。节和，季节暖和，指春天。

[54] 木衰知风厉：风厉，风猛烈，这里指秋天。

[55] 纪历志：历书。

[56] 于何劳智慧：哪里用得着什么智慧。

[57] 奇踪隐五百：五百，五百年，指从秦朝到晋太元年间。

[58] 一朝敞神界：一朝，一天。敞，敞开。此句连同上句的意思是，奇异的踪迹隐蔽了五百年之久，这一天终于敞开了这神奇的世界。

[59] 淳薄既异源：淳，淳厚，指桃花源的民风。薄，浇薄，指世俗社会的民风。

[60] 旋复还幽蔽：旋，立即。幽蔽，隐蔽，指与外界隔绝。此句连同上句的意思是，桃花源与世俗社会的民风不同，一淳朴，一浇薄，无法合流，因此又马上隐蔽起来。

[61] 游方士：游于方内的人，指世俗之人。

[62] 焉测尘嚣外：尘嚣外，世俗之外，即桃花源。此句连同上句的意思是，请问世俗之人，你们哪能测度到世外的世界呢？

[63] 愿言蹑轻风：言，语助词，无实义。蹑，践，踏。

[64] 高举寻吾契：高举，高飞。寻，寻找。吾契，与我契合的人。此句连同上句的意思是，希望乘风远举，寻找与我志意契合的人。

三、石壁精舍[1]还湖中作（谢灵运）

昏旦变气候[2]，山水含清晖[3]。清晖能娱人[4]，游子憺忘归[5]。出谷日尚早[6]，入舟阳已微[7]。林壑敛暝色[8]，云霞收夕霏[9]。芰荷迭映蔚[10]，蒲稗相因依[11]。披拂趋南径[12]，愉悦偃东扉[13]。虑澹物自轻[14]，意惬理无违[15]。寄言摄生客[16]，试用此道推[17]。

（选自逯钦立辑校：《先秦汉魏晋南北朝诗》，中华书局，1983年版）

注释

[1] 石壁精舍：精舍，书斋的别称，后指佛寺。石壁精舍，指谢灵运在

自己的始宁庄园别墅附近修建的佛寺。

[2] 昏旦变气候：昏旦，早晚。变气候，气候变化不同。

[3] 山水含清晖：清晖，明朗的阳光。此句连同上句的意思是，山上早晚气候冷暖多变，山水景物都沐浴在明朗的阳光下，变化多姿。

[4] 娱人：使人快乐。

[5] 游子憺忘归：游子，本指离家在外或久居外乡的人，这里指游山玩水的人。憺，安适的样子。此句连同上句的意思是，作者陶醉于山水景物中，安然自适，忘记了回家。

[6] 出谷日尚早：出谷，从山谷出来。日尚早，天色还早。

[7] 入舟阳已微：入舟，进入船中。阳已微，日光已经昏暗。此句连同上句的意思是，走出山谷时天色还早，等到进入船上时天色已经昏暗了。

[8] 林壑敛暝色：林壑，林峦山壑。敛，聚合。暝色，暮色。

[9] 云霞收夕霏：夕霏，傍晚天空中云霞的余氛。此句连同上句的意思是，傍晚，林峦山壑之中，暮色渐渐聚合，天空中的飞云流霞的余氛，正向天边收拢。

[10] 芰荷迭映蔚：芰（jì），菱角。荷，荷花。迭映蔚，重叠而相互映照。

[11] 蒲稗相因依：蒲（pú），菖蒲。稗（bài），稻田里的一种杂草。相因依，相互依靠。

[12] 披拂趋南径：披拂，用手拨开路边的草木。趋南径，向南边的路快步前进。

[13] 愉悦偃东扉：偃，歇息。扉（fēi），门扇，这里指房间。此句连同上句的意思是，从船上下来，拨开路边草木，向南路迈进，回到家里，高兴地躺在东房歇息。

[14] 虑澹物自轻：虑澹，思虑淡泊。物自轻，自然看轻身外之物。此句意思是，只要思虑淡泊，就会把一切外物都看得很轻。

[15] 意惬理无违：意惬（qiè），心理满足。理，自然之理。此句意思是，只要自己心里常常感到惬意满足，那么就会觉得自然之理无违于自己的意愿。

[16] 摄生客：注意养生的人。

[17] 试用此道推：道，指上文“虑澹物自轻，意惬理无违”这两句所说的道理。推，推究。这里，诗人要把他所领悟的人生真谛告诉那些养生之人，让他们不妨试用这种道理去加以推究。

四、拟行路难十八首（其六）（鲍照）

对案[1]不能食，拔剑击柱长叹息[2]。丈夫生世会[3]几时？安能蝶躞垂羽翼[4]！弃置罢官去，还家自休息。朝出与亲辞[5]，暮还在亲侧。弄儿床前戏，看妇机中织。自古圣贤尽贫贱，何况我辈孤且直[6]！

（选自逯钦立辑校：《先秦汉魏晋南北朝诗》，中华书局，1983年版）

注释

[1] 案：古代放食物的小几，这里代指酒食。

[2] 拔剑击柱长叹息：拔剑击柱，拔出宝剑击打柱子。此句连同上句的意思是，对着酒食咽不下去，拔出宝剑击打柱子，长声叹息。

[3] 会：当。

[4] 安能蝶躞垂羽翼：蝶（dié）躞（xiè），小步走路的样子，这里指小心谨慎的样子。垂羽翼，鸟的羽毛下垂的样子，这里指失意丧气的样子。此句连同上句的意思是，大丈夫活在世上当有多久呢，怎能小心翼翼、垂头丧气呢！

[5] 朝出与亲辞：朝（zhāo），早上。亲，父母亲。

[6] 孤且直：孤，出身孤寒。直，正直。

五、之宣城出新林浦向板桥（谢朓）

江路西南永[1]，归流东北骛[2]。天际识归舟[3]，云中辨江树。旅思倦摇摇[4]，孤游昔已屡[5]。既欢怀禄[6]情，复协沧洲趣[7]。嚣尘自兹隔[8]，赏心于此遇[9]。虽无玄豹姿，终隐南山雾[10]。

（选自曹融南校注集说：《谢宣城集校注》，上海古籍出版社，1991年版）

注释

[1] 永：长。

[2] 归流东北骛：归流，指江水流入大海。骛（wù），奔驰。

[3] 天际识归舟：天际，天边。归舟，指驶向京城的船。

[4] 旅思倦摇摇：旅思，旅途的思绪。摇摇，心神不安的样子。

[5] 孤游昔已屡：昔，从前。屡，多次。此句连同上句的意思是，旅途思绪绵绵，既感疲倦，又心神不宁，这样的孤游已经历过多次了。

[6] 怀禄：怀恋禄位。

[7] 复协沧洲趣：协，适合。沧洲，语出扬雄《檄灵赋》："世有黄公者，起于苍州，精神养性，与道浮游。"后指代隐者所居之所。沧洲趣，指隐居的意趣。此句连同上句的意思是，去宣城任太守，既能满足自己怀恋禄位的心情，又适合自己隐居的意趣。

[8] 嚣尘自兹隔：嚣尘，指繁杂的世俗之事。自兹，从此。隔，隔断。

[9] 赏心于此遇：赏心，指令心灵愉悦的事。此句连同上句的意思是，世俗繁杂之事从此隔断，赏心的事情将在宣城遇到。

[10] 虽无玄豹姿，终隐南山雾：语出《列女传》陶答子的妻子之口，她说："妾闻南山有玄豹，雾雨七日而不下食者，何也？欲以泽其毛而成文章也，故藏而远害。"这两句意思是，自己虽然没有玄豹的姿态，但是现在远离京城，终如玄豹隐于南山雾中一样，可以藏身远祸了。

六、拟咏怀（其七）（庾信）

榆关[1]断音信，汉使绝经过[2]。胡笳落泪曲[3]，羌笛断肠歌[4]。纤腰减束素[5]，别泪损横波[6]。恨心终不歇[7]，红颜无复多[8]。枯木期填海[9]，青山望断河[10]。

（选自逯钦立辑校：《先秦汉魏晋南北朝诗》，中华书局，1983年版）

注释

[1] 榆关：古关名，这里泛指北方边塞。

[2] 汉使绝经过：汉使，汉朝使者，这里指故国的使者。绝，断绝。此句连同上句的意思是，自己身处异国他乡，音信断绝，故国的使者也不见到来。

[3] 胡笳落泪曲：胡笳，北方民族的乐器。落泪曲，指曲子听了使人落泪。

[4] 羌笛断肠歌：羌笛，北方民族的乐器。断肠歌，指乐曲听了更叫人伤心断肠。此句连同上句的意思是，自己羁留北朝，一听到胡笳、羌笛所演奏的乐曲，就伤心落泪，悲痛不已。

[5] 纤腰减束素：纤腰，细腰。束素，束腰的白绢。此句意思是，腰身因悲伤而消瘦，变得更加纤细了。

[6] 别泪损横波：横波，指眼睛。此句意思是，自己因离开了故国而痛哭不已，以致眼睛都哭坏了。

[7] 恨心终不歇：恨心，离恨之心。歇，止。

[8] 红颜无复多：红颜，年轻时的红润脸色。此句连同上句的意思是，离别之恨不曾停止，自己红润的脸色不复再现，变得憔悴了。

[9] 枯木期填海：期，希望。此句语出《山海经》关于精卫鸟衔西山木石以填东海的神话故事，意思是自己南归故国的希望就像枯木填海一样，难以实现。

[10] 青山望断河：断，堵塞。此句语出《水经注》关于河神劈山的神话故事，意思是自己南归故国的愿望如同希望青山有一天崩裂把黄河堵塞一样渺茫。

参考书目

[1] 朱东润主编．中国历代文学作品选（上编第二册）．上海：上海古籍出版社，1979

[2] 吴泽顺编注．陶渊明集．长沙：岳麓书社，1996

[3] 吴小如，王运熙等撰．汉魏六朝诗鉴赏辞典．上海：上海辞书出版社，1992

[4] 赵幼文校注．曹植集校注．北京：人民文学出版社，1998

[5] 曹融南校注集说．谢宣城集校注．上海：上海古籍出版社，1991

第7讲 魏晋南北朝骈文

一、陶征士诔[1]（颜延之）

夫璇玉致美[2]，不为池隍之宝[3]；桂椒信芳[4]，而非园林之实[5]。岂其[6]深而好远哉，盖云殊性而已[7]。故无足而至[8]者，物之藉也[9]；随踵而立[10]者，人之薄也[11]。

若乃巢高之抗行[12]，夷皓之峻节[13]，故已父老尧、禹[14]，锱铢周汉[15]。而绵世浸远[16]，光灵不属[17]，至使菁华[18]隐没，芳流歇绝[19]，不其惜乎[20]！虽今之作者[21]，人自为量[22]，而首路同尘、辍途殊轨者多矣[23]，岂所以昭末景、泛余波[24]！

有晋征士寻阳[25]陶渊明，南岳之幽居者[26]也。弱不好弄[27]，长实素心[28]。学非称师[29]，文取指达[30]。在众不失其寡[31]，处言愈见其默[32]。少而贫病，居无仆妾[33]。井臼弗任[34]，藜菽不给[35]。母老子幼，就养勤匮[36]。远惟田生致亲之议[37]，追悟毛子捧檄之怀[38]。初辞州府三命[39]，后为彭泽令[40]。道不偶物[41]，弃官从好[42]。

遂乃解体世纷[43]，结志区外[44]，定迹深栖[45]，于是乎远。灌畦鬻蔬[46]，为供鱼菽之祭[47]；织絢纬萧[48]，以充粮粒之费。心好异书[49]，性乐酒德[50]。简弃烦促[51]，就成省旷[52]。殆所谓国爵屏贵、家人忘贫者与[53]？有诏征为著作郎[54]，称疾不到。春秋[55]若干，元嘉[56]四年月日，卒于寻阳县之某里。近识[57]悲悼，远士[58]伤情。冥默福应[59]，呜呼淑贞[60]。

夫实以诔华[61]，名由谥高[62]，苟允[63]德义，贵贱何筭焉[64]。若其宽乐令终[65]之美，好廉克己之操，有合谥典[66]，无愆前志[67]。故询[68]诸友好，宜谥曰靖节征士。其辞曰：

物尚孤生[69]，人固介立[70]。岂伊时遘[71]，曷云世及[72]？嗟乎若士[73]，望古遥集[74]。韬此洪族[75]，蔑彼名级[76]。睦亲[77]之行，至自非敦[78]；然诺[79]之信，重于布言[80]。廉深简洁[81]，贞夷粹温[82]。和而能峻[83]，博而不繁[84]。依世尚同[85]，诡时则异[86]，有一于此，两非默置[87]。岂若夫子[88]，因心违事[89]，畏荣好古[90]，薄身厚志[91]。世霸虚礼[92]，州壤推风[93]。孝惟义养[94]，道必怀邦[95]。人之秉彝[96]，不隘不恭[97]。爵同下士，禄等上农[98]。度量难钧[99]，进退可限[100]。长卿弃官[101]，稚宾自免[102]。子之悟之[103]，何悟之辩[104]！赋诗归来[105]，高蹈独善[106]。

亦既超旷，无适非心[107]。汲流旧巘[108]，葺宇家林[109]。晨烟暮蔼[110]，春煦秋阴[111]，陈书辍卷[112]，置酒弦琴[113]。居备勤俭[114]，躬兼贫病[115]。人否其忧[116]，子然其命[117]。隐约就闲[118]，迁延辞聘[119]。非直也明[120]，是惟道性[121]。

纠缠斡流[122]，冥漠报施[123]，孰云与仁[124]，实疑明智[125]。谓天盖高[126]，胡諐斯义[127]？履信曷凭[128]，思顺何置[129]？年在中身[130]，疢维痁疾[131]，视死如归，临凶若吉[132]。药剂弗尝，祷祀非恤[133]。傃幽告终[134]，怀和长毕[135]。呜呼哀哉！

敬述[136]靖节，式尊遗占[137]。存不愿丰[138]，没无求赡[139]。省讣却赙[140]，轻哀薄敛[141]。遭壤以穿[142]，旋葬而窆[143]。呜呼哀哉！

深心追往[144]，远情逐化[145]。自尔介居[146]，及我多暇[147]。伊好之洽[148]，接阎邻舍[149]。宵盘昼憩[150]，非舟非驾[151]。念昔宴私[152]，举觞相诲[153]。独正者[154]危，至方则碍[155]。哲人卷舒[156]，布在前载[157]。取鉴[158]不远，吾规子佩[159]。尔实愀然[160]，中言而发[161]。违众速尤[162]，迕风先蹶[163]。身才非实[164]，荣声有歇[165]。睿音永矣[166]，谁箴余阙[167]？呜呼哀哉！

仁焉而终[168]，智焉而毙[169]。黔娄既没[170]，展禽亦逝[171]。其在先生，同尘往世[172]。旌此靖节[173]，加彼康惠[174]。呜呼哀哉！

［选自（梁）萧统编、（唐）李善注：《文选》，中华书局，1977 年版］

注释

［1］陶征士诔：这是陶渊明去世后，好友颜延之为他写的一篇记述其生平、概括其性格和品行的悼念性文章，表达了作者的哀伤怀念之情。征士，不接受朝廷征聘做官的人。诔，一种文体的名称，主要用以叙述逝者生平、旌表其德行、抒发作者的哀痛之情。该文包括序文和正文两个部分，序文用散文，正文用骈文，内容各有侧重，但又相互补充。

［2］璇玉致美：璇（xuán）玉，美玉。致美，极为美丽。

［3］不为池隍之宝：隍，无水的护城壕。池隍，护城河。此句连同上句的意思是，璇玉极为美丽，但不是护城河中的宝物。

［4］桂椒信芳：桂，桂树，此指桂皮。椒，花椒。信，确实。芳，香。

［5］而非园林之实：实，果实。此句连同上句的意思是，桂皮花椒确实很香，但并非园林中的果实。

[6] 其：通“期”，期望。

[7] 盖云殊性而已：盖，发语词，无实义。云，说。殊性，特殊的本性。此句连同上句的意思是，这难道是期望幽深而喜爱遥远的地方吗？完全是由于各自特殊的本性不同而已。

[8] 无足而至：比喻稀罕的东西。语出《韩诗外传》：“夫珠出于江海，玉出于昆山，无足而至者，由主君之好也。”

[9] 物之藉也：藉，凭借。此句连同上句的意思是，没有腿而自动前来的，是事物的凭借。言外之意是事物只要具有内在的美的品质，就一定会出现在人们的面前，为人们所喜爱。

[10] 随踵而立：踵，脚后跟。随踵，脚跟脚。随踵而立，形容人员众多。

[11] 人之薄也：薄，轻视。此句连同上句的意思是，脚碰脚站立的，是人们所轻视的，因为他没有独立的个性。

[12] 若乃巢高之抗行：若乃，至于。巢，巢父，上古尧时的隐者。高，伯成子高，相传是上古禹时的隐者。抗行，高尚的品行。

[13] 夷皓之峻节：夷，伯夷，殷周之间人，他不满周武王灭商，与其弟叔齐在商朝灭亡后隐居首阳山，不食周粟而死。皓，指商山四皓，秦末隐居在商山的东园公、角里先生、绮里季和夏黄公四个老人。峻节，高尚的节操。

[14] 父老尧禹：父老，此指普通老百姓，意动用法，意思是把尧、禹看成和普通老百姓一样的人。语本《后汉书·郅恽传》。

[15] 锱铢周汉：锱铢，古代两种重量单位，二十四铢为一两，六铢为一锱，这里是意动用法，轻视的意思。周汉，周朝和汉朝。此句意思是，把周朝和汉朝看成是如同锱铢那样无足轻重。

[16] 绵世浸远：绵世，联绵的世代，指过去的年代。浸，渐。

[17] 光灵不属：光灵，光芒与灵气，比喻高尚的品德。不属，不连接延续，指无人继承。

[18] 菁华：同“精华”，这里指隐士们的高尚德行。

[19] 芳流歇绝：芳流，散发着香气的流水。此句与上句同义，亦指隐士们的高尚情操至此断绝。

[20] 不其惜乎：不其，难道不。其，同“岂”，此处为倒装语。此句连同上两句的意思是，隐士们的高风亮节因此隐灭断绝，难道不是很可惜吗！

[21] 作者：这样做的人，这里指隐士。

[22] 人自为量：各有自己的限度。

[23] 而首路同尘、辍途殊轨者多矣：首，“道”字之误。同尘，与世俗相同。语出《老子》四章“和其光，同其尘”。辍（chuò）途，中途停顿。殊轨，不同的道路。此句连同上两句的意思是，虽然今天这样做的人，各有各的限度，但混迹世俗、中途停顿而走向不同道路的人是很多的了。

[24] 岂所以昭末景、泛余波：昭，明亮，彰显。末景，暮色。这里的“末景”与“余波”均指隐士的高风亮节。此句的意思是，怎么能以此来使暮

色光亮，使余波泛起呢！

[25] 寻阳：今江西九江，陶渊明的故乡。

[26] 南岳之幽居者：南岳，这里指庐山，在今江西九江市东。幽居，隐居。

[27] 弱不好弄：弱，幼年。弄，嬉戏。语出《左传·僖公九年》："夷吾弱不好弄，长亦不改。"

[28] 长实素心：长，年长。素心，心地淳朴。此句连同上句的意思是，陶渊明幼年不喜玩耍，年长后还是心地淳朴。

[29] 学非称师：称师，称扬师道。此句意思是，求学上没有得到名师指点。

[30] 文取指达：指达，意旨明达。此句意思是，陶渊明写文章只求文章意思表达明了，不求修饰。

[31] 在众不失其寡：不失其寡，不失其独特的操守。此句意思是，在众人当中能坚持自己的独立操守。

[32] 处言愈见其默：处言，在众人发表意见时。见，表现。默，沉静。此句的意思是，在众人发表意思时越发表现出他的沉静。

[33] 仆妾：仆人和女奴。

[34] 井臼弗任：臼，舂米的器具。井臼，指打水和舂米。弗任，担负不了。

[35] 藜菽不给：藜，一种野菜。菽（shū），豆。不给，不够用。

[36] 就养勤匮：就养，指奉养父母。勤，勤劳。匮，少。此句意思是，奉养父母，虽然辛勤劳动，但仍然物品匮乏。

[37] 远惟田生致亲之议：惟，思虑。田生，战国时齐人田过。致，送达。致亲，即奉养双亲。《韩诗外传》卷七载，齐宣王问田过，君与父谁重？田过回答说父亲更重要，但又说没有君王给的土地、俸禄和爵位，又无法奉养双亲，因此侍奉君主，是为了奉养双亲。此句的意思是，思索很久以前田过关于事君是为了奉养双亲的议论。

[38] 追悟毛子捧檄之怀：毛子，东汉人毛义。檄，官方任命文书。据《后汉书》卷三十九载，毛义家贫，母亲在世时，他得到官方任命他做县令的檄文，非常高兴，但他母亲去世后，他立即辞去官职，并屡次拒绝官方的征召。此句意思是，追想并领悟了毛义手捧官方任命文书喜形于色的情怀。

[39] 三命：多次任命。

[40] 彭泽令：彭泽，地名，在今江西北部。令，县令。

[41] 道不偶物：道，指陶渊明的道德操守。偶物，与世俗相合。此句意思是，陶渊明的道德操守与世俗观念不相合。

[42] 从好：顺从自己的喜好。此句意思是，陶渊明放弃做官，顺从自己崇尚自由自在的爱好。

[43] 遂乃解体世纷：遂乃，于是。解体，犹言脱身。世纷，世俗的纷扰。

[44] 结志区外：结志，集中志向。区外，世外，指远离世俗的地方。

[45] 定迹深栖：定迹，确定踪迹。深栖，在山林深处隐居。此句连同下句的意思是，陶渊明决定在山林深处隐居，于是远离了世俗社会。

[46] 灌畦鬻蔬：灌，浇水。畦（qí），菜圃中划分的长行，此指菜地。鬻（yù），通“育”，栽培。

[47] 为供鱼菽之祭：鱼菽之祭，用鱼和豆作为祭品的祭祀。此句连同上句的意思是，灌溉菜地，栽培蔬菜，为祭祀供应鱼和豆子作为祭品。

[48] 织絇纬萧：絇（qú），古时鞋头可系带的装饰，有孔，可以穿系鞋带。纬，织。萧，蒿，草名。纬萧，指编织蒿草做成席茹。此句连同下句的意思是，编织鞋头和席茹，以之作为换回粮食的费用。

[49] 异书：奇书。

[50] 酒德：晋刘伶有《酒德颂》一文，故“酒德”即为酒。

[51] 简弃烦促：简，简省。烦促，迫促。

[52] 就成省旷：就成，成就。省旷，简约旷达。此句连同上句的意思是，陶渊明行事简省而不迫促，因而成就了他简约旷达的处世作风。

[53] 殆所谓国爵屏贵、家人忘贫者与：殆，大概。国爵屏贵，语出《庄子・天运》“至贵国爵屏焉”，意思是最可宝贵的东西得到后，国家给的爵位都可以摒弃。家人忘贫，语出《庄子・则阳》“故圣人其穷也，使家人忘其贫”，意思是圣人在贫穷时，亦能使其家人忘记贫穷。此句意思是，陶渊明这种淡泊名利、向往田园生活的价值取向，大概就是人们所说的最宝贵的东西得到后，国家给的爵位都可以摒弃，家里人也可以忘记贫困的人吧？

[54] 有诏征为著作郎：诏，皇帝的命令。著作郎，官名。

[55] 春秋：年龄。

[56] 元嘉：南朝宋文帝年号。元嘉四年为公元427年。

[57] 近识：近处相识的朋友。

[58] 远士：远方的士人。

[59] 冥默福应：即福应冥默。冥默，黑暗沉默。福应，得福的报应。古人迷信，认为行善可以得福。此句的意思是，得福的报应暗默不灵。

[60] 淑贞：淑，善。贞，正。淑贞，即善良正直。

[61] 实以诔华：实，指一生的行事。华，显示华美。此句意思是，一个人生前的行事用诔文来显示其华美。

[62] 名由谥高：谥（shì），根据死者生前的行事品德评定的称号。此句的意思是，一个人身后的名节由谥号来表示崇高。

[63] 允：符合。

[64] 贵贱何算焉：何算，怎能计较。此句连同上句的意思是，如果符合道德礼义，怎能再去计较贵贱呢。

[65] 宽乐令终：宽乐，豁达乐观。令终，保持名节而终。

[66] 谥典：谥法的典章条文。谥法上说：“宽乐令终曰‘靖’，好廉克己曰‘节’。”

[67] 无愆前志：愆（qiān），违背。前志，前人的著录，指谥典。此句连同上面几句的意思是，陶渊明具有豁达乐观、持节而终的美德和喜好清廉、克制自己的操守，完全符合谥法的条文，没有违背前人的著录。

[68] 询：征询。

[69] 物尚孤生：尚，崇尚。孤，独立。

[70] 人固介立：固，固守，坚持。介立，特立。此句连同上句的意思是，物崇尚独立而生，人当坚守自己的特性。

[71] 岂伊时遘：伊，语气词。遘，遇到。

[72] 曷云世及：曷，何，怎么。世及，世代都有。此句连同上句的意思是，哪里能时时遇到，又怎能世代都有呢。

[73] 若士：像这个人，这里指陶渊明。

[74] 望古遥集：古，指古代的隐士。集，聚。遥集，遥相呼应。此句连同上句的意思是，感叹像这样的隐士，与古代的隐士遥相呼应。

[75] 韬此洪族：韬，掩藏。洪族，大族。陶渊明的曾祖陶侃曾官至大司马。

[76] 蔑彼名级：蔑，蔑视。名级，名望等级。此句连同上句的意思是，隐藏名门大族的家世，轻视那名望和等级。

[77] 睦亲：和睦亲人。此指陶渊明当年为养家糊口，听从亲友的劝告入仕做官的行为。

[78] 至自非敦：至自，来自。敦，勉强。此句连同上句的意思是，陶渊明和睦亲人的行为，来得并不勉强。

[79] 然诺：履行诺言。

[80] 布言：季布的诺言。据《汉书·季布传》记载，季布特别信守诺言，当时有谚语说："得黄金百，不如得季布诺。"这里是说陶渊明履行诺言的信用比季布还靠得住。

[81] 廉深简洁：廉，方正。深，沉稳。简，简朴。洁，高洁。

[82] 贞夷粹温：贞，正直。夷，平和。粹，纯粹。温，随和。

[83] 峻：高大。此指陶渊明虽然性情随和，但又有原则操守。

[84] 博而不繁：此指他学问渊博，但不繁杂。

[85] 依世尚同：依照世俗就会被人认为是与人苟同。

[86] 诡时则异：违背世俗就会被人认为是标新立异。

[87] 两非默置：两种情况都难以默然处之。

[88] 夫子：指陶渊明。

[89] 因心违事：因心，顺着自己的本心。违事，违背世俗。

[90] 畏荣好古：畏荣，畏惧荣耀。好古，喜好古代。

[91] 薄身厚志：薄身，看轻自己的地位。厚志，看重自己的志愿。

[92] 世霸虚礼：世霸，当世的霸者，指当权者。虚礼，虚心地以礼相待。

[93] 州壤推风：州壤，州县地方。推风，推崇高风亮节。

[94] 义养：合乎礼义地奉养父母。

[95] 道必怀邦：怀邦，怀念国家。此句连同上句的意思是，尽孝唯有按礼义奉养父母，行道必定怀念国家。

[96] 秉彝：秉持自己的本性。

[97] 不隘不恭：不隘，不狭隘。不恭，不恭敬，此指对权势者不恭敬。此句连同上句的意思是，陶渊明秉持自己的本性，既不狭隘，也不卑躬屈膝。

[98] 禄等上农：上农，上等农夫。此句连同上句的意思是，陶渊明的地位与下层士人一样，俸禄也与上等农夫等同。

[99] 度量难钧：度量，气量，胸襟。钧，古代重量单位，此处用为动词，衡量。

[100] 进退可限：进退，此指做官和退隐。可限，可以限量，指有自己的准则和操守。

[101] 长卿弃官：长卿，司马相如的字。他原在朝廷任武骑常侍，梁孝王来朝后，他即称病弃官，投奔梁孝王。

[102] 稚宾自免：稚宾，即汉代人郇相，稚宾是他的字。郇相在汉成帝至王莽时做官，后多次称病去官。

[103] 子之悟之：子，指陶渊明。悟之，领悟弃官归隐的道理。

[104] 辩：明察，此指对弃官归隐的道理懂得透彻。

[105] 赋诗归来：赋诗，写诗。归来，指辞官归隐。陶渊明辞去彭泽令，写有《归去来兮辞》。

[106] 高蹈独善：高蹈，超然世外，归隐田园。独善，即独善其身，意本《孟子·尽心上》“穷则独善其身”。

[107] 无适非心：适，往。非心，不适合心意。此句连同上句的意思是，既是超然旷达，就无往而不适合自己的心意。

[108] 汲流旧巘：汲流，汲水。旧巘（yǎn），旧日家山。此句意思是，在旧日的山前引流汲水。

[109] 葺宇家林：葺（qì）宇，用茅草覆盖房屋。家林，家乡的树林。此句意思是，在家乡的树林边修缮房屋。

[110] 晨烟暮蔼：蔼（ǎi），轻雾。此句意思是，早晨炊烟升腾，傍晚轻雾笼罩。

[111] 春煦秋阴：春煦，春天温暖的阳光。此句意思是，春天阳光温暖，秋天天气阴沉。

[112] 陈书辍卷：辍，停止，指停止翻动书卷。此句意思是，虽然桌子上摆着书，但陶渊明并不翻动。

[113] 置酒弦琴：置酒，摆酒。此句意思是，摆酒弹琴。

[114] 居备勤俭：居家全靠勤劳节俭。

[115] 躬兼贫病：躬，自身。此句意思是，他自己既贫困又多病。

[116] 人否其忧：否，否定，此指不能忍受。此句意思是，一般人不能忍受这种忧愁。

［117］子然其命：然，认可，安于。此句意思是，您（陶渊明）安于这个命运。

［118］隐约就闲：隐约，穷困。闲，指隐退。此句意思是，生活穷困而去隐退得闲。

［119］迁延辞聘：迁延，逍遥自在。辞聘，辞去官方的征聘。

［120］非直也明：非直，不只是。明，指明哲保身。

［121］是惟道性：道性，有道德、有修养的本性。此句连同上句的意思是，这不只是为了明哲保身，更因为本身具有道德修养的本性。

［122］纠纆斡流：纠纆，三股线拧成的绳。斡流，旋转流动。此四字语出贾谊《鹏鸟赋》。此句意思是，祸福如绳拧结，旋转变化不定。

［123］冥漠报施：冥漠，渺茫。报施，做事的报应。此句意思是，人做事的报应渺茫难测。

［124］孰云与仁：孰，谁。与仁，赞许仁人。

［125］实疑明智：明智，指明智之士。此句连同上句的意思是，谁说都赞许仁人，明智之士的话实在值得怀疑。

［126］谓天盖高：谓，说。语出《诗经·小雅·正月》："谓天盖高，不敢不局。"

［127］胡愆斯义：胡，何，为什么。愆（qiān），违反。斯，这。此句连同上句的意思是，都说天高高在上，为什么却违反这个道义。

［128］履信曷凭：履信，履行信用。曷凭，为何没有凭验。

［129］思顺何置：思顺，思虑顺从天道。何置，为何被弃置。

［130］中身：古人以百年为人生之期，故中身指五十岁左右。

［131］疢维痁疾：疢（chèn），热病，泛指疾病。维，语气词。痁（shān），疟疾。此句连同上句的意思是，陶渊明五十岁左右，身患疟疾等多种疾病。

［132］临凶若吉：临凶，面临死亡。此句连同上句的意思是，陶渊明视死如归，面临死亡好像遇上吉祥事。

［133］祷祀非恤：祷祀，以祭品向神灵祈祷，古人迷信向神灵祈祷可以逢凶化吉。恤，顾及，考虑。此句连同上句的意思是，陶渊明患病后不吃药物，也不考虑向神灵祈祷。

［134］傃幽告终：傃（sù），向。幽，幽冥。此句意思是，向着幽冥走完了人生。

［135］怀和长毕：怀和，怀抱着冲淡平和的心态。长毕，长辞人间，指逝世。

［136］敬述：恭敬地述说。

［137］式尊遗占：式，发语词。尊，同"遵"，遵守。遗占，遗嘱。占，口述的话。

［138］存不愿丰：存，活着的时候。丰，指生活富足。

［139］没无求赡：没，死后。赡（shàn），丰富。此句意思是，死后丧礼

不求奢华。

[140] 省讣却赙：讣，讣告。却，推却，拒绝。赙（fù），助人办丧事的礼物。此句意思是，省去了讣告，也不受丧礼。

[141] 轻哀薄敛：轻哀，轻轻的哀伤。薄敛，从俭装敛。

[142] 遭壤以穿：遭壤，随便找个地方。穿，指挖坟穴。

[143] 旋葬而窆：旋，立刻。窆（biǎn），下棺落葬。

[144] 追往：追念往日。

[145] 远情逐化：远情，深远的情意。逐，追随。化，变化，这里指死者。此句连同上句的意思是，心中深深地追念往日的情景，深远的情意追念着已逝去的人。

[146] 自尔介居：尔，你，指陶渊明。介居，独居，隐居。

[147] 暇：空闲。

[148] 伊好之洽：伊，发语词。洽，和睦融洽。

[149] 接阎邻舍：阎，巷门，亦指里巷。接阎，近居。此句连同上句的意思是，你我关系和睦融洽，屋舍相接，相邻而居。

[150] 宵盘昼憩：宵，夜晚。盘，盘桓，指长时间在一起游玩。憩，休息。

[151] 非舟非驾：指不用舟船，也不用车马，因为住得很近。

[152] 宴私：私人宴会。

[153] 举觞相诲：觞（shāng），古代喝酒用的器具。相诲，相互劝导。

[154] 独正者：独立正直的人。

[155] 至方则碍：至方，非常方正。碍，阻碍。此句连同上句的意思是，独立正直的人危险，过于方正的人又容易遭遇阻碍。

[156] 哲人卷舒：哲人，才能见识出众的人。卷舒，卷，卷起。舒，打开。这里比喻隐退和仕进。

[157] 布在前载：布，陈述。前载，前人的记载。

[158] 取鉴：借鉴。

[159] 吾规子佩：规，模仿，效法。佩，佩带，借指行为举止。此句连同上句的意思是，可以借鉴的例子不远，我将效法你的行为举止。

[160] 尔实愀然：尔，你。实，确实。愀然，脸色改变的样子。

[161] 中言而发：中言，肺腑之言。此句连同上句的意思是，你确实改变了脸色，说出了自己的肺腑之言。

[162] 违众速尤：违众，违背众人。速尤，很快招致怨恨。尤，怨恨。

[163] 迕风先蹶：迕（wǔ）风，逆风。蹶（jué），倒下。此句意思是，逆风的草木最先倒下。

[164] 身才非实：身才，人身和才干。非实，不坚守，指没有真才实学。

[165] 荣声有歇：歇，停止，消歇。此句连同上句的意思是，人身才干如果不坚实，美好的名声就会消歇。

[166] 睿音永矣：睿（ruì）音，明哲的言论。永，这里指永别。

[167] 谁箴余阙：箴（zhēn），规劝。阙，过失。此句连同上句的意思是，您明哲的言论永远听不到了，谁来规劝我的过失。

[168] 仁焉而终：实践仁义的人与世长辞。

[169] 智焉而毙：充满智慧的人已经去世。

[170] 黔娄既没：黔娄，人名，春秋时的高士，一生淡泊名利。既没，已经去世。

[171] 展禽：人名，即柳下惠，春秋时鲁国大夫，品德高尚，淡泊仕进。

[172] 同尘往世：同尘，同道。往世，过去的时光，这里指古代的贤士。此句连同上句的意思是，先生您将同古代的贤者同道并行。

[173] 旌此靖节：旌，表彰。靖节，朋友们赠给陶渊明的谥号。

[174] 加彼康惠：加，超过。康，黔娄的妻子给黔娄取的谥号。惠，展禽的谥号。此句连同上句的意思是，用“靖节”的谥号来对您予以表彰，已经超过了以“康”、“惠”为谥号的黔娄和展禽。

二、玉台新咏序[1]（徐陵）

夫凌云概日[2]，由余之所未窥[3]；千门万户，张衡之所曾赋[4]。周王璧台之上[5]，汉帝金屋之中[6]，玉树[7]以珊瑚为枝，珠帘以玳瑁为押[8]，其中有丽人焉。其人也，五陵豪族[9]，充选掖庭[10]；四姓良家[11]，驰名永巷[12]。亦有颍川、新市、河间、观津[13]，本号娇娥[14]，曾名巧笑[15]。楚王[16]宫里，无不推其细腰；卫国佳人，俱言讶其纤手[17]。阅诗敦礼[18]，岂东邻之自媒[19]；婉约风流，异西施之被教[20]。弟兄协律[21]，生小学歌；少长河阳[22]，由来能舞。琵琶新曲[23]，无待石崇[24]；箜篌杂引[25]，非关曹植[26]。传鼓瑟于杨家[27]，得吹箫于秦女[28]。

至若宠闻长乐[29]，陈后知而不平[30]；画出天仙，阏氏览而遥妒[31]。至如东邻巧笑[32]，来侍寝于更衣[33]；西子微颦[34]，得横陈于甲帐[35]。陪游馺娑[36]，骋纤腰于《结风》[37]；长乐鸳鸯[38]，奏新声于度曲[39]。妆鸣蝉之薄鬓[40]，照堕马之垂鬟[41]。反插金钿[42]，横抽宝树[43]。南都石黛[44]，最发双蛾[45]；北地燕支[46]，偏开两靥[47]。亦有岭上仙童，分丸魏帝[48]；腰中宝凤[49]，授历轩辕[50]。金星将婺女争华[51]，麝月与常娥竞爽[52]。惊鸾冶袖[53]，时飘韩掾之香[54]；飞燕长裾[55]，宜结陈王之佩[56]。虽非图画，入甘泉而不分[57]；言异神仙，戏阳台而无别[58]。真可谓倾国倾城[60]，无对无双者也。加以天时[61]开朗，逸思雕华[62]，妙解文章，尤工[63]诗赋。琉璃砚匣[64]，终日随身；翡翠笔床[65]，无时离手。清文满箧[66]，非惟芍药之花[67]；新制[68]连篇，宁止蒲萄之树[69]。九日登高[70]，时有缘情之作[71]；万年公主[72]，非无累[73]德之辞。其佳丽也如彼，其才情也如此。

既而椒宫宛转[74]，柘观阴岑[75]，绛鹤晨严[76]，铜蠡昼静[77]。三星未夕[78]，不事怀衾[79]；五日犹赊[80]，谁能理曲[81]。优游少托[82]，寂寞多闲。厌长乐之疏钟[83]，劳中宫之缓箭[84]。纤腰无力，怯南阳之捣衣[85]；生长深宫，笑扶风之织锦[86]。虽复投壶玉女[87]，为观尽于百娇[88]；争博齐姬[89]，心赏穷于六箸[90]。无怡神于暇景[91]，惟属意[92]于新诗。庶得代彼皋苏[93]，蠲兹愁疾[94]。但[95]往世名篇，当今巧制[96]，分诸麟阁[97]，散在鸿都[98]，不藉[99]篇章，无由披览[100]。于是燃脂暝写[101]，弄笔晨书，选录艳歌[102]，凡[103]为十卷。曾无参于雅颂[104]，亦靡滥于风人[105]，泾渭[106]之间，若斯[107]而已。

于是丽[108]以金箱，装之宝轴[109]。三台妙迹[110]，龙伸蠖屈[111]之书；五色华笺[112]，河北胶东之纸。高楼红粉[113]，仍定鱼鲁之文[114]；辟恶生香[115]，聊防羽陵之蠹[116]。灵飞六甲[117]，高檀玉函[118]；鸿烈[119]仙方，长推丹枕[120]。至如青牛帐[121]里，余曲既终；朱鸟窗[122]前，新妆已竟[123]。方当开兹缥帙[124]，散此条绳[125]，永对玩于书帏[126]，长迴圈于纤手。岂如邓学《春秋》[127]，儒者之功难习；窦专黄老[128]，金丹之术[129]不成。固胜西蜀豪家[130]，托情穷于《鲁殿》[131]；东储甲观[132]，流咏止于《洞箫》[133]。娈彼诸姬[134]，聊同弃日[135]，猗欤彤管[136]，无或讥焉。

（选自许逸民校点：《徐陵集校笺》，中华书局，2008年版）

注释

[1] 玉台新咏序：《玉台新咏》是徐陵编辑的一部选录梁以前作品的诗歌总集，内容主要为歌咏女性。这是徐陵为该书写的序言。

[2] 夫凌云概日：凌云，超越层云。概日，系挂在太阳上。一说凌云、概日均为楼台名。此句的意思是，楼台宫室高耸入云。《周书·武帝纪》有“概日凌云”之语。

[3] 由余之所未窥：由余，春秋时戎王之臣，他到秦国聘问时曾观览秦国的宫室台观之美，见《史记·秦本纪》。此句连同上句的意思是，楼台宫室高耸入云，那是由余聘问秦国时所不能见到的。

[4] 张衡之所曾赋：张衡，东汉著名辞赋家。他所写的《西京赋》形容宫室的众多，有“门千户万”之句。

[5] 周王璧台之上：周王，指周穆王。他曾为盛姬造重璧之台，事见《穆天子传》。

[6] 汉帝金屋之中：汉帝，指汉武帝刘彻。他幼时曾说若能娶得阿娇为妻，“当作金屋贮之”，事见《汉武故事》。此句连同上句的意思是，宫女们所住的宫室犹如周王造的璧台和汉武帝藏娇的金屋。

[7] 玉树：用玉石珍宝制成的树。

[8] 珠帘以玳瑁为押：玳瑁，海中动物，形似龟。押（yā），置于窗帘两端镇帘的东西。据说当年汉武帝起神屋时，庭前植玉树，以珊瑚为枝；又以白珠为帘，以玳瑁为帘押，事见《汉武故事》。此句连同上句的意思是，宫女们所住的宫室装饰非常豪华。

［9］五陵豪族：五陵，指汉高祖等的五座陵园，在今陕西西安北。因由陵置县，豪门贵族多在此建宅居住。

［10］充选掖庭：掖庭，皇宫中的旁舍，为后宫妃嫔所居。此句连同上句的意思是，居住在五陵的豪门大族的子女被选中作为妃嫔送往掖庭。

［11］四姓良家：四姓，指东汉外戚中的樊、郭、阴、马四个姓氏，见《后汉书·明帝纪》。一说指北魏时的卢、崔、郑、王四姓。良家，清白人家。

［12］驰名永巷：永巷，指宫中妃嫔住所，秦称掖廷为永巷。此句连同上句的意思是，四大姓中的良家女子被选为嫔妃，在永巷中声名传扬。

［13］亦有颍川、新市、河间、观津：颍川，郡名，在今河南省禹县。新市，地名，在今湖北京山东北。河间，汉郡国名，在今河北献县。观津，汉置县名，在今河北武邑东南。

［14］娇娥：美丽的女子。娥，秦晋一带称美女为娥。

［15］巧笑：语出《诗经·卫风·硕人》“巧笑倩兮，美目盼兮”。魏文帝时有宫人名叫段巧笑。

［16］楚王：指楚灵王。《韩非子·二柄》：“楚灵王好细腰，而国中多饿人。”

［17］俱言讶其纤手：讶，惊讶。纤手，纤细的手。《诗经·葛屦》：“掺掺纤手，可以缝裳。”《毛传》：“掺掺，犹纤纤也。”此句意思是，卫国的佳人，人人都同声惊讶她们纤细的手。

［18］阅诗敦礼：敦，勉力笃行。此句意思是，宫女们阅读诗篇，笃行礼教。

［19］岂东邻之自媒：东邻之自媒，语出宋玉《登徒子好色赋》，该文说有东邻美女登墙窥视他三年，即欲自媒求嫁之意。此句连同上句的意思是，这些宫女知书达理，哪里像东邻美女那样自求婚嫁。

［20］异西施之被教：西施，春秋时越国（今浙江诸暨）美女。被教，接受调教。《越绝书》卷八记载，西施去吴国前，曾在越国美人宫接受调教。此句连同上句的意思是，宫女们姿容婉约而性情风流，与西施的接受调教有所不同。

［21］弟兄协律：弟兄，此处指李延年兄妹。协律，通晓音律。《汉书·外戚传》记载，李延年通晓音律，其女弟（妹妹）擅长歌舞，汉武帝召见其妹，因见其妹妙丽善舞而封为李夫人，李延年也被任命为协律都尉。

［22］少长河阳：河阳，据唐颜师古注，当作“阳阿”，汉县名，在今河南孟县西。一说在山西阳城。此处用西汉赵飞燕事，据《汉书·外戚传》，赵飞燕本以宫人身份被赐予阳阿主家学歌舞，后遇微服出访的汉成帝，被召入宫中，立为皇后。这几句是说宫女们都有能歌善舞的天赋。

［23］琵琶新曲：石崇所作的《王明君辞序》中说，王昭君远嫁匈奴时令琵琶马上作乐，“造新曲，多哀怨之声”。

［24］无待石崇：石崇，西晋人。此句连同上句的意思是，宫女们创作的琵琶新曲，不等待石崇为其写序。

[25] 箜篌杂引：箜篌，古代的一种拨弦乐器。引，乐曲的一种体裁。三国魏曹植作有《箜篌引》乐府。

[26] 非关曹植：曹植，三国魏著名诗人。此句连同上句的意思是，宫女们拨弄箜篌演奏乐府，与曹植写的《箜篌引》乐府没有什么关系。

[27] 传鼓瑟于杨家：鼓瑟，弹奏瑟。杨家，指西汉杨恽家。杨恽在其《报孙会宗书》中说："妇，赵女也，雅善鼓瑟。"此句意思是，鼓瑟的技艺传自杨恽之家。

[28] 得吹箫于秦女：箫，古代的一种管乐。秦女，指秦穆公的女儿弄玉。据《列仙传》记载，弄玉嫁给善吹箫的萧史，后吹箫引来凤凰，便一起乘凤仙去。此句意思是，吹箫的技艺得之于秦穆公的女儿弄玉。此句连同上一句都是称赞宫女们技艺高超。

[29] 宠闻长乐：宠闻，受宠被人听到。长乐，汉代皇后所居宫名。

[30] 陈后知而不平：陈后，指汉武帝陈皇后。据《汉书·外戚传》记载，陈皇后擅宠十余年，后来卫子夫得到汉武帝宠幸，她听说后心中很是不平，甚至"几死者数焉"。此句连同上句的意思是，至于受宠的消息传到了长乐宫，陈皇后闻知后忿忿不平。

[31] 阏氏览而遥妒：阏（yān）氏（zhī），匈奴单于的王后。据桓谭《新论·述策》，当年高祖刘邦在平城被匈奴围困，无法突围。陈平便使人对阏氏说，汉朝有许多美女，现在刘邦正派人回去迎娶，迎娶后准备献给单于，单于得到汉朝美女后必定喜欢而对你疏远，如果刘邦能突围出去，则不向单于进送美女。阏氏妇女有"妒媔之性"，于是帮助刘邦脱困。此句连同上句的意思是，画出个天仙模样，让阏氏见了遥生嫉妒。

[32] 东邻巧笑：东边邻居的美女。西汉司马相如《美人赋》："臣之东邻，有一女子云发丰艳，蛾眉皓齿。"

[33] 来待寝于更衣：待寝，服侍（君王）就寝。更衣，换衣服。据《汉书·外戚传》，卫子夫就是因服侍汉武帝更衣而得到宠幸的。此句连同上句的意思是，又如东邻美女笑容满面，前来服侍（君王）更衣就寝。

[34] 西子微颦：西子，即西施。颦（pín），皱眉。据《庄子·天运》，西施有心病，尝捧心而皱眉，人见之皆以为美。

[35] 得横陈于甲帐：横陈，横躺着。甲帐，汉武帝所造的帐幕。据《汉武故事》，汉武帝所造的帐幕有甲乙之分，甲帐居神，乙帐自居。此句连同上句的意思是，西施微皱眉头，得以横躺在甲帐之中。

[36] 驳（sà）娑（suō）：宫殿名，在汉建章宫中。

[37] 骋纤腰于《结风》：纤腰，细腰。《结风》，楚地曲名。此句连同上句的意思是，在驳娑殿奉陪游玩，和着《结风》乐曲舞动细腰。

[38] 长乐鸳鸯：长乐，长久游乐。鸳鸯，宫殿名。据《飞燕外传》，汉成帝曾据此殿偏房，召见飞燕的妹妹合德。

[39] 奏新声于度曲：新声，刚创作的歌曲。度曲，按曲谱歌唱。此句连同上句的意思是，长久地在鸳鸯殿中游乐，按照曲谱演奏刚创作的歌曲。

[40] 妆鸣蝉之薄鬓：妆，梳妆。鸣蝉之薄鬓，发鬓如同蝉的翅膀一样薄。据《中华古今注》，魏文帝宫人莫琼树“始制为蝉鬓，望之缥缈如蝉翼。”

[41] 照堕马之垂鬟：堕马，即堕马髻，古代妇女一种偏垂一边的发型，是东汉梁冀妻子孙寿创制的，见《汉书·梁冀传》。垂髻，垂下来的发髻。此句连同上句的意思是，宫女们梳妆好像蝉翅膀一样轻薄的发鬓，映照出偏垂一边的堕马垂髻。

[42] 金钿：镶嵌金花的首饰。

[43] 横抽宝树：宝树，步摇类的首饰，形状如同树枝。此句连同上句的意思是，宫女们头上反插着嵌镶金花的首饰，横抽出如同树枝的步摇。

[44] 南都石黛：南都，泛指南方。石黛，画眉用的青色颜料。

[45] 最发双蛾：发，显现。双蛾，双眉。此句连同上句的意思是，南方出产的石黛，最能显现出双眉的神采。

[46] 燕支：即今之胭脂。据说为古代燕国所产，故名。

[47] 偏开两靥：偏，通“遍”。靥（yè），面颊上的酒窝，此指面颊。此句连同上句的意思是，北方出产的胭脂，使得两颊都容光焕发。

[48] 分丸魏帝：分丸，分发药丸。魏帝，指魏文帝曹丕。曹丕在其《折杨柳行》诗中说，西山上有两个仙童，给他一颗药丸，他服用四五天后，身体生出羽翼。此句连同上句的意思是，也有山岭上的仙童，把药丸分给了魏文帝曹丕。

[49] 宝凤：神奇的凤筒。据说黄帝曾令人制十二筒以听凤之鸣，作为制律的依据。

[50] 授历轩辕：历，历法。轩辕，即黄帝。传说黄帝以律起历，制作历法。此句连同上句的意思是，腰中神奇的凤筒，将历法传给轩辕黄帝。清人纪容舒认为这四句与下文不相关，疑有脱落。

[51] 金星将婺女争华：金星，古代妇女的一种面妆。婺（wù）女，古星名。此句意思是，宫女们脸上的装饰可与婺女星争光。

[52] 麝月与常娥竞爽：麝月，魏晋时妇女的一种面妆，据说是孙吴的邓夫人创制的。常娥，即嫦娥，神话传说中羿的妻子，因偷吃不死之药，升入月宫，此处代指月亮。竞爽，比明亮。此句意思是，宫女们脸上的装饰可与月亮争明。

[53] 惊鸾冶袖：惊鸾，指美女。因三国魏曹植《洛神赋》有“翩若惊鸿”之语。冶袖，美艳的衣袖。

[54] 时飘韩掾之香：韩掾，指晋人韩寿。掾，古代属官通称。据《世说新语·惑溺》记载，晋人韩寿容貌英俊，贾充任他为属官。贾充女儿很喜欢韩寿，与他私通。后贾充见女儿盛妆打扮，又闻见韩寿身上有奇香，而此香是晋武帝赐给他与另一个人的，因而生疑，拷问女儿，得知实情，便将女儿嫁给韩寿。此句连同上句的意思是，美丽的宫女们华艳的衣袖上，不时飘散出韩寿掾官身上的香气。

[55] 飞燕长裾：飞燕，汉成帝赵皇后，因身轻如燕，故号称“飞燕”。

裾，衣袖。

[56] 宜结陈王之佩：陈王，即陈思王曹植。佩，身上佩戴的饰物，一般指玉佩。此句连同上句的意思是，赵飞燕长长的衣袖，应该系结陈思王身上的玉佩。

[57] 入甘泉而不分：甘泉，指汉代的甘泉宫。汉武帝李夫人早卒，武帝思念不已，便画其像于甘泉官。此句连同上句的意思是，这些宫女们虽然不是图画，但进入甘泉宫后即难以分辨。

[58] 神仙：指巫山神女。

[59] 戏阳台而无别：阳台，语出战国楚宋玉《高唐赋》，该赋中说楚怀王游高唐，白天睡觉时梦见巫山神女，神女临走时对楚怀王说："旦为朝云，暮为行雨。朝朝暮暮，阳台之下。"此句连同上句的意思是，虽与神仙有别，但游戏阳台也没有什么不同。以上几句意思是说，宫女们天姿佳丽，应该有正常美好的男欢女爱的生活。

[60] 倾国倾城：语出《汉书·孝武李夫人传》载李延年歌："北方有佳人，绝世而独立。一顾倾人城，再顾倾人国。"后以"倾国倾城"指代容貌绝美的女子。

[61] 天时：当作"天情"，即本来的情性。

[62] 逸思雕华：逸思，超群的思致。雕华，富有才华。此句连同上句的意思是，加上本来性情开朗，思致超群而富有才华。

[63] 工：擅长。

[64] 砚匣：砚，砚台，磨墨器。匣，装东西的用具。

[65] 笔床：笔架。

[66] 清文满箧：清文，清丽的文章。箧，小箱子。

[67] 非惟芍药之花：芍药，花名，形如牡丹。晋傅统的妻子辛萧撰有《芍药花赋》。此句连同上句的意思是，满箱子清丽的文章，不只是题咏芍药之花。

[68] 新制：新巧的创作。

[69] 宁止蒲萄之树：宁，怎，哪里。止，只。葡萄，魏钟会、晋荀勗等人均作有《蒲萄赋》。蒲萄，即葡萄。此句连同上句的意思是，连篇的新巧之作，哪里只限于赋写葡萄之树。

[70] 九日登高：九日，九月初九为重阳节，旧时这天要登高抒怀。

[71] 缘情之作：指诗。语出陆机《文赋》"诗缘情而绮靡"。

[72] 万年公主：晋武帝的女儿。据《晋书·后妃传》载，万年公主去世后，晋武帝伤心不已，诏令左棻（左思之妹）写作诔文。此句连同下句的意思是，万年公主去世，并非没有表彰逝者德行的文章。

[73] 累：即诔，古代一种表彰死者德行并致哀悼之意的文体。

[74] 椒宫宛转：椒宫，古代皇后所住之房。其房以椒和泥涂壁，取多子之义。宛转，房室曲折深远。

[75] 柘观阴岑：柘观，即柘馆，在汉上林苑内。阴岑，阴暗寂静。此句

连同上句的意思是，不久以后椒房宛转曲折，柘馆阴沉寂静。

[76] 绛鹤晨严：绛鹤，红色鹤形的锁。严，指门关得很严实。

[77] 铜蠡昼静：铜蠡（luó），铜制的衔门环的螺形底座。蠡，即螺。此句连同上句的意思是，配有鹤形红锁的门早晨关得严实，衔门环的螺形底座白天寂静无声。

[78] 三星未夕：三星，即参星，二十八宿之一。未夕，未在深夜出现。

[79] 不事怀衾：怀衾，抱着被子。此句连同上句的意思是，三星未在深夜出现，宫女们不会去抱被就寝。

[80] 五日犹赊：五日，据《礼记·内则》载，古代有妾五天侍奉一次夫君的制度。赊，时间漫长。

[81] 谁能理曲：理曲，弹奏乐曲。此句连同上句的意思是，五天犹觉得时间漫长，谁还有心情弹奏乐曲。

[82] 少托：少有寄托。

[83] 厌长乐之疏钟：长乐，汉宫名，为帝母所居。疏钟，稀疏的钟声。

[84] 劳中宫之缓箭：缓箭，指计时器漏壶中缓慢移动的指针。此句连同上句的意思是，听厌了长乐宫中稀疏的钟声，看倦了室内计时器漏壶中缓慢移动的指针。

[85] 怯南阳之捣衣：怯，害怕。南阳，郡名，治所在宛县，即今河南南阳。捣衣，用木棒敲打放在石头上的衣巾，以清洗污渍。

[86] 扶风之织锦：扶风，郡名，辖境相当于今陕西乾县以西、秦岭以北地区。织锦，前秦苻坚时，晋人窦滔为秦州刺史，因罪被流放，其妻苏蕙织锦为回文诗以寄相思之情。事见《晋书·窦滔妻苏氏传》。

[87] 投壶玉女：投壶，古代的一种游戏，向壶中投矢，以投中多少定胜负。玉女，传说中的仙女，此处当指宫中美女。

[88] 为观尽于百娇：百娇，当作"百矫"，亦即"百骁"，指投壶时用一箭投壶，投中后即返回再投，可累至百次。此句连同上句的意思是，虽然又有投壶的美女，以百发百中尽情欢乐。

[89] 争博齐姬：博，古代的一种游戏，用六根竹片和十二只棋来玩。齐姬，齐地的女子。

[90] 心赏穷于六箸：穷，尽。箸，竹片。此句连同上句的意思是，争着玩游戏的齐地女子，在六箸上用尽心思。

[91] 怡神于暇景：怡神，精神愉悦。暇景，闲暇的景致。

[92] 属意：留意，专注。

[93] 皋苏：木名，相传木汁味甜，食之不饥，可以消除疲劳。

[94] 蠲兹愁疾：蠲（juān），免除。此句连同上句的意思是，（宫女们游戏写诗）可以用来代替皋苏，稍稍排解忧愁和疾病。

[95] 但：只。

[96] 巧制：新巧的创作。

[97] 麟阁：即麒麟阁，在长安未央宫左边，是西汉萧何修建的用以收藏

朝廷图书的地方。

[98] 鸿都：东汉皇家藏书之所。

[99] 藉：借助。

[100] 披览：翻阅观看。

[101] 于是燃脂暝写：脂，油膏。暝，夜晚。此句连同下句的意思是，于是便在夜晚点起油灯来抄录，早晨磨墨来书写。

[102] 艳歌：描写女性、表达女性思想感情的诗歌。

[103] 凡：共。

[104] 雅颂：《诗经》中的两类诗歌。《雅》为宫廷乐曲，《颂》为宗庙祭祀乐曲。

[105] 亦靡滥于风人：靡滥，没有滥用。风人，诗人。《诗经》中有《国风》一类诗歌，后世因称诗人为“风人”。此句连同上句的意思是，不曾参考《雅》、《颂》，也没有滥用诗人的名称。

[106] 泾渭：即泾水和渭水，在今陕西境内，泾水清，渭水浊。

[107] 斯：这。

[108] 丽：排放。

[109] 装之宝轴：宝轴，宝贵的书轴。古代常把书装成卷轴形。此句连同上句的意思是，于是就将这些作品排放在精致的箱中，装裱成珍贵的书轴。

[110] 三台妙迹：汉置尚书台为中台，御史台为宪台，谒者台为外台，合称“三台”。妙迹，美妙的书法。

[111] 龙伸蠖屈：龙伸，像龙一样伸展。蠖（huò）屈，像蠖一样屈伸其体。蠖，昆虫名，这里形容书法笔势飞动。

[112] 五色华笺：指青、赤、黄、白、黑等五种颜色的纸张。

[113] 红粉：指涂脂抹粉的女子。

[114] 仍定鱼鲁之文：鱼鲁之文，指因形相近而容易写错的文字。如“鲁”易写成“鱼”，“虚”易写成“虎”等。此句连同上句的意思是，身住高楼的红粉女子，依然校订了“鲁”、“鱼”等易错的文字。

[115] 辟恶生香：辟恶，排除邪气。生香，指芸香生发香气。芸香是一种有强烈气味可以驱除恶味的香草。

[116] 羽陵之蠹：羽陵，古地名。蠹，一种蛀蚀衣物的小虫。

[117] 灵飞六甲：两种成仙的方术。语出《汉武内传》，传说汉武帝得西王母所授的六甲、灵飞等十二种方术，便将其盛以黄金之箱，封以白玉之函。

[118] 高檀玉函：高檀，以檀香木制成的盒子装载，并放在高高的地方。玉函，玉制的书套。

[119] 鸿烈：即刘安及其门客所著的《淮南鸿烈》，又称《淮南子》，书中多有成仙之说。

[120] 长推丹枕：丹枕，枕中丹书。丹书，即仙书，仙方多用红色朱砂书写，故称。此句连同上句的意思是，《淮南鸿烈》中所记的仙方，在枕中得以长久流传。

[121] 青牛帐：以青牛为图画的帷帐。据《列异传》，老子乘青牛出函谷关。后道家作法设帐，常画青牛于上。

[122] 朱鸟窗：据《博物志》记载，西王母降落在九华殿，与汉武帝分食仙桃，东方朔当时正从宫殿南厢房的朱鸟窗中窥视西王母。

[123] 竟：完毕。

[124] 缥帙：缥，青白色的丝织品。帙，包书的布套。

[125] 散此条绳：条绳，丝带。此句连同上句的意思是，正当打开这用青白色丝织品制成的书套，解开缚在上面的丝带。

[126] 永对玩于书帏：永，长时间。对玩，相对玩赏。书帏，四面有帏帐的书房。

[127] 邓学《春秋》：邓，指东汉和熹邓皇后，《后汉书·皇后纪》上称她“昼修妇业，暮诵经典”。《春秋》，儒家五经之一。

[128] 窦专黄老：窦，指汉文帝窦皇后。黄老，指黄帝、老子的学说。据《汉书·外戚传》，窦皇后不仅自己特别喜欢黄老学说，还要儿子及其他窦姓亲戚都读《老子》。

[129] 金丹之术：炼丹之术。

[130] 固胜西蜀豪家：固，本来。西蜀，今四川一带。据《三国志·蜀书·刘琰传》，刘琰初任固陵太守，后迁车骑将军，生活非常奢华，身边有侍女数十，皆能为声乐，又教她们都诵读《鲁灵光殿赋》。

[131] 托情穷于《鲁殿》：鲁殿，宫殿名，汉恭王刘条所筑。东汉王延寿写有《鲁灵光殿赋》。此句连同上句的意思是，本来就胜过西蜀的豪族人家，寄托情致只尽于诵读《鲁灵光殿赋》。

[132] 东储甲观：储，即储君，太子。东储，东宫太子。因太子常住东宫，故称。甲观，汉太子东宫中观名。

[133]《洞箫》：指汉王褒写的《洞箫赋》。据《汉书·王褒传》，汉元帝为太子时很喜欢王褒写的《洞箫赋》，令后宫贵人及左右随从都要诵读。

[134] 娈彼诸姬：娈，美好的样子。此句借用《诗经·邶风·泉水》中的成句。

[135] 聊同弃日：弃日，遣日，打发日子。此句连同上句的意思是，这些才貌双全的宫女，姑且一同以此打发时日。

[136] 猗欤彤管：猗欤，叹美之声。彤管，古代女史记事所用的红色管子的笔。语出《诗经·邶风·静女》。此句连同下句的意思是，书写的彤管实在美丽，当不会有人讥讽吧。

三、哀江南赋序[1]（庾信）

粤以戊辰之年[2]，建亥之月[3]，大盗移国[4]，金陵瓦解[5]。余乃窜身荒谷[6]，公私涂炭[7]。华阳奔命[8]，有去无归[9]。中兴道销[10]，穷于甲戌[11]。三日哭于都亭[12]，三年囚于别馆[13]。天道周星[14]，物极不反[15]。傅燮之但悲身世[16]，无处求生；袁安之每念王室[17]，自然流涕。昔桓君山之志事[18]，杜元凯[19]之平生，并有著书，咸能自序[20]。潘岳之文采[21]，始述家风；陆机[22]之辞赋，先陈世德[23]。信年始二毛[24]，即逢丧乱，藐是流离[25]，至于暮齿[26]。《燕歌》远别[27]，悲不自胜[28]；楚老相逢[29]，泣将何及！畏南山之雨[30]，忽践秦庭[31]；让东海之滨[32]，遂餐周粟[33]。下亭[34]漂泊，高桥羁旅[35]。楚歌[36]非取乐之方，鲁酒无忘忧之用[37]。追为此赋[38]，聊以记言，不无危苦[39]之辞，惟以悲哀为主。

日暮途远[40]，人间何世[41]！将军一去，大树飘零[42]；壮士不还[43]，寒风萧瑟。荆璧睨柱[44]，受连城而见欺[45]；载书横阶[46]，捧珠盘而不定[47]。钟仪[48]君子，入就南冠之囚[49]；季孙行人[50]，留守西河[51]之馆。申包胥之顿地[52]，碎之以首[53]；蔡威公之泪尽[54]，加之以血。钓台移柳[55]，非玉关之可望[56]；华亭鹤唳[57]，岂河桥之可闻[58]！

孙策以天下为三分[59]，众才一旅[60]；项籍用江东之子弟[61]，人惟八千。遂乃[62]分裂山河，宰割天下[63]。岂有百万义师，一朝卷甲[64]，芟夷斩伐[65]，如草木焉？江、淮无涯岸[66]之阻，亭壁无藩篱之固[67]。头会箕敛[68]者，合纵缔交[69]；锄耰棘矜[70]者，因利乘便[71]。将非江表王气[72]，终于三百年[73]乎？是知并吞六合[74]，不免轵道之灾[75]；混一车书[76]，无救平阳之祸[77]。呜呼，山岳崩颓[78]，既履[79]危亡之运；春秋迭代[80]，必有去故[81]之悲。天意人事[82]，可以凄怆[83]伤心者矣！况复舟楫[84]路穷，星汉非乘槎可上[85]；风飚[86]道阻，蓬莱无可到之期[87]。穷者欲达其言[88]，劳者须歌其事[89]。陆士衡闻而抚掌[90]，是所甘心[91]；张平子见而陋之[92]，固其宜矣[93]！

[选自（清）倪璠注、许逸民校点：《庾子山集注》，中华书局，1980年版]

注释

[1] 哀江南赋序：这是庾信为自己创作的《哀江南赋》写的序言，为庾信晚年所作。文章概述了赋作的大意，重点说明了创作《哀江南赋》的背景和缘起，虽属赋的一个部分，但又可独立成篇。

[2] 粤以戊辰之年：粤，发语词。以，在。戊辰之年，梁武帝（萧衍）太清三年，即公元549年。

[3] 建亥之月：夏历十月。

[4] 大盗移国：大盗，此指侯景。侯景原为北魏将军，后降梁。太清二年（公元548年），侯景起兵叛梁，并攻陷梁都城建康（今南京市），梁武帝饿死。侯景先立简文帝萧纲，继立豫章王萧栋，不久又废萧栋自立。后为梁将陈霸先、王僧辩所败，为部将所杀。移国，易国，篡国。

[5] 金陵瓦解：金陵，即今江苏南京市。瓦解，比喻崩溃。

[6] 窜身荒谷：窜，逃亡。荒谷，地名，在今湖北江陵县西。此处借指江陵。据《北史·庾信传》，侯景作乱，台城陷落，庾信逃奔江陵。

[7] 公私涂炭：公私，公室和私门。涂炭，陷入泥水和炭火之中，比喻处境艰危。

[8] 华阳奔命：华阳，指江陵。因江陵在华山之阳，故称。奔命，奔走应命，此指奉命出使。

[9] 有去无归：建康被侯景攻占后，梁元帝萧绎在江陵自立。承圣三年（公元 554 年），庾信奉命出使西魏。当年十一月，西魏攻陷江陵，元帝被杀。庾信从此被强留北方，终不得归，故说“有去无归”。

[10] 中兴道销：中兴，由衰落而重新变为强盛。道销，国运销亡。此指梁元帝平定侯景之乱，作者欣感国家有望；但随即元帝被杀，又使希望破灭。

[11] 穷于甲戌：穷，尽。甲戌，即梁元帝承圣三年（公元 554 年），这年西魏攻陷江陵，元帝被杀。此句连同上句的意思是，在甲戌年，国家中兴的希望完全破灭。

[12] 都亭：城郭附近的亭舍。三国时，魏兵攻蜀，后主刘禅投降。驻守永安城的蜀将罗宪听到消息后，率部下到都亭哭了三天。事见《晋书·罗宪传》。庾信借此事表达自己对梁朝覆亡的悲痛。

[13] 别馆：正馆以外的客馆。庾信出使西魏后，西魏攻梁，元帝被杀，庾信被西魏强行扣留，成了囚徒，不能居外交使臣的正馆，而住在正馆以外的馆舍。此处暗用了鲁人叔孙婼（chuò）的典故。春秋时，晋国攻打鲁国，鲁国派叔孙婼出使晋国，结果被晋国扣留，并把他拘留在箕地的馆舍。事见《左传·昭公二十三年》。

[14] 天道周星：天道，天理。周星，指岁星（木星），岁星每十二周年绕天一周。

[15] 物极不反：事物发展到极点后没有向它的反面转化。古人认为“物极必反”，但梁朝自从江陵失败，却一直未能复兴，故庾信说“物极不反”。此句连同上句的意思是，按照上天的道理，岁星十二年绕天一周，又回到原点，梁朝也应该衰而复兴。但并未复兴。

[16] 傅燮之但悲身世：傅燮，东汉灵州（今宁夏宁武）人，任汉阳太守。被王国、韩逐围攻，城中兵少粮尽。其子劝他弃城归乡。他慨然叹道：天下大乱，我不能养浩然之志，难道享用国家俸禄又想逃避祸难吗？我还往哪里去，一定死在这里。终于临阵战死。事见《后汉书·傅燮传》。此句连同下句的意思是，我庾信也像傅燮一样，只能悲叹自己的身世（不能离魏返梁），而无处求生。

[17] 袁安之每念王室：袁安，东汉汝阳（今河南商水）人，官至司徒。时和帝幼弱，外戚窦宪兄弟专权，他非常忧虑，每次与公卿谈论起国事时总是泪流满面。事见《后汉书·袁安传》。庾信在这里是以袁安自比，表明自己对梁朝覆亡的悲痛。

[18] 桓君山之志事：桓君山，名谭，字君山，东汉光武时著名文人，著有《新论》二十九篇。志事，有志于事业。

[19] 杜元凯：名预，西晋将，著有《春秋左氏经传集解》。

[20] 自序：写文章叙述自己的生平和志趣。

[21] 潘岳之文采：潘岳，字安仁，西晋诗人，作有《家风诗》。此句连同下句的意思是，潘岳以华美的文采，先叙述其家族的传统风尚。

[22] 陆机：字士衡，西晋诗人，也是辞赋高手。他的祖父陆逊是吴国的丞相，父亲陆抗是吴国的大司马，均有功于国。

[23] 先陈世德：世德，先世的德业。此句连同上句的意思是，陆机以其优美的辞赋，先陈述其先世的德业。言外之意是他要向潘、陆二位先贤学习。

[24] 年始二毛：始，刚刚。二毛，头发杂有黑、白两种颜色，指年已半老。庾信此时才三十六岁。

[25] 藐是流离：藐，通"邈"，远。流离，因灾荒或战乱流落在他乡。

[26] 至于暮齿：暮齿，晚年。此句连同上句的意思是，远远地流落到异国他乡，一直到晚年。

[27]《燕歌》远别：《燕歌》，指《燕歌行》一类抒写感伤离别的作品。以此命名的作品最早为曹丕所作。庾信自己亦曾作过一篇。

[28] 悲不自胜：自胜，自我克制。此句连同上句的意思是，听到远别故国的伤感的《燕歌》，心里悲痛得无法自我控制。

[29] 楚老相逢：楚老，楚地的老者。据《后汉书·逸民传》，东汉桓帝时，朝政黑暗，陈留人张升弃官归乡，路上遇见一位朋友，两人席地而坐，互诉衷肠，谈到悲痛处，相抱而泣。陈留老父走过，见状长叹道："吁！二大夫何泣之悲也？夫龙不隐鳞，凤不藏羽，网罗高悬，去将安所，虽泣何及乎？"这里庾信以楚老自比。此句连同下句的意思是，与故国遗老相逢，也只有相对而泣，但哭泣又有何用？

[30] 畏南山之雨：据《列女传·贤明传》，陶答子妻子不满丈夫贪恋官位，便对陶答子说，我听说南山有玄豹，为了保护自己的皮毛，雾雨天不外出觅食，以此讽劝丈夫不要为了利禄而出去做官。

[31] 忽践秦庭：忽，匆匆。践，至。秦庭，此比喻西魏的首都长安。此句连同上句的意思是，本来像南山豹那样害怕雨雾（洁身远害），却又匆匆来到了西魏首都长安。

[32] 让东海之滨：让位而居于东海之滨。据《史记·齐太公世家》，战国时田和把齐康公迁到海滨，自立为齐国国君。这里隐指北周宇文觉篡夺西魏，改国号为北周。庾信此时在北周做官，不便说篡夺，只能讳言为"让"。

[33] 遂餐周粟：于是吃了周朝的粮食。据《史记·伯夷列传》，周武王灭商，伯夷、叔齐认为是不义之举，于是不食周粟，隐居首阳山。此句连同上句的意思是，北周篡夺了西魏之国，自己本应该像伯夷、叔齐那样表示抗议，但还是屈仕北周，餐食周粟。

[34] 下亭：地名。据《后汉书·独行列传》，孔嵩被征召，夜宿下亭，结果马被人偷走。这里是借此说明旅途漂泊之苦。

[35] 高桥羁旅：高桥，一作“皋桥”，在今江苏吴县阊门内。据《后汉书·梁鸿传》，梁鸿曾当过居住在此桥旁的皋伯通家的佣工，住在堂下周围的廊屋下。羁旅，寄迹于外，他乡作客。这里是借此说明在异国他乡过着寄人篱下的生活。

[36] 楚歌：据《史记·留侯世家》，汉高祖想立戚夫人之子赵王如意为太子，但未能如愿，戚夫人哭泣。刘邦便对她说：“为我楚舞，吾为若（你）歌。”

[37] 鲁酒无忘忧之用：鲁酒，鲁国所酿的酒。据许慎注《淮南子》说，楚会诸侯，赵、鲁二国都献酒于楚王。本来赵酒厚而鲁酒薄，但因管酒的官吏向赵国索要酒没有如愿，便将赵酒与鲁酒互换，并报告楚王。楚王因而兴兵包围赵国首都邯郸兴师问罪。此句连同上句的意思是，歌与酒均不能忘忧解愁。

[38] 追为此赋：庾信晚年写作此赋，而梁朝覆亡、他出使西魏是二十年前的事情，故说“追为此赋”。

[39] 危苦：危惧愁苦。语出嵇康《琴赋》：“语其才干，则以危苦为上；赋其声音，则以悲哀为主。”

[40] 日暮途远：日暮，黄昏，比喻年老。途远，路途遥远。语出《史记·伍子胥列传》。

[41] 人间何世：《庄子》书中有《人间世》一篇。此句连同上句的意思是，人生变化无常，不知现在又是一个怎样的世界，路途还很遥远，自己已经年老，难有作为了。

[42] 大树飘零：比喻溃散。《后汉书·冯异传》载，军队每到一处停下来，各位将领坐在一起争功，这时冯异经常独自靠在树下，人们把他叫做“大树将军”。这里用典只用其字面意思，不用故事原意，作者以“将军”自比。此句意思是，自己离开江陵以后，梁朝的军队便溃败了。

[43] 壮士不还：壮士，指燕国人荆轲。《战国策·燕策》载，荆轲入秦刺秦王，燕太子丹在易水上为他饯行，高渐离击筑（一种乐器），荆轲歌曰：“风萧萧兮易水寒，壮士一去兮不复还。”此句意思是，他离梁去魏，就像荆轲那样一去不回。

[44] 荆璧睨柱：荆璧，即和氏璧，因是楚人卞和在楚国荆山得到的玉，故称荆璧。睨柱，眼睛斜视着柱子。《史记·廉颇蔺相如列传》载，秦昭王听说赵国得到和氏璧后，提出以秦国的十五座城换和氏璧。赵王即派蔺相如持璧入秦，将璧交给秦王。蔺相如见秦王根本无意以城换璧，便假称璧上有瑕疵，要指给秦王看。蔺相如趁机取回璧后说，我看大王您无意以城换璧，所以我把璧取回来；如果大王您一定要逼迫我，我的头和玉都会撞碎在柱子上。说完，就“持其璧睨柱，欲以击柱”。秦王怕他将璧摔破，赶紧答应以城换璧。

[45] 受连城而见欺：连城，相连的城。见欺，被欺骗。指秦王先答应以城换璧，后又准备变卦。此句连同上句的意思是，蔺相如出使赵国不辱使命，

自己出使却被西魏欺骗。

[46] 载书横阶：载书，订立盟约的文书。横阶，登台阶。《史记·平原君列传》载，平原君与楚合纵，楚王长时间犹豫不决。毛遂按剑登台阶而上，责难楚王，楚王才答应签订盟约。毛遂于是捧珠盘给楚王，楚王才歃（shà）血（将血涂在嘴上，表示守信），定下合纵之约。

[47] 捧珠盘而不定：珠盘，用珠子装饰的盘子。古代诸侯结盟要割牛耳以取血，珠盘是用来盛牛耳的。此句连同上句的意思是，毛遂能助楚王订盟，自己出使西魏却不能帮梁朝订盟而还。

[48] 钟仪：春秋时楚国人。

[49] 入就南冠之囚：入，指进入晋国。就，成。南冠之囚，戴着南方帽子的囚犯。《左传》成公七年和成公九年载，郑国人俘虏了楚国人钟仪，并把他献给晋国。钟仪被俘后，一直戴着楚国的帽子。晋侯见到钟仪时便问："南冠而系（被拘禁）者谁也?"晋侯要他弹琴，他弹的仍是楚国的音乐。此句连同上句的意思是，自己本像钟仪一样是楚国人，现在却被强留北朝，有如南冠之囚。

[50] 季孙行人：季孙，春秋时鲁国大夫季孙如意。行人，使者。

[51] 西河：地名，在今陕西省东边。《左传·昭公十三年》载，晋侯与诸侯在平丘举行盟会，季孙如意陪同鲁昭公参加盟会。由于莒人、邾人告鲁侵伐他们，致使他们无力给晋国进贡，晋侯便不准鲁昭公参加此次会议，又将季孙如意扣留并带回晋国。后来晋国准备放他回国，季孙如意以他无礼被扣，要求按照礼节将他送回。晋人威胁他说，如果他不愿意回去，就要把他长期留在西河。这里是用季孙如意的事比喻自己被长期强留在西魏。

[52] 申包胥之顿地：申包胥，春秋时楚国人。顿地，叩头至地。《左传·定公四年》载，吴国攻楚，陷其首都。申包胥到秦国求救，秦哀公不肯出兵。申包胥便站在墙根痛哭七天七夜，粒米未进，终于感动秦哀公，使其答应出兵相救。申包胥磕了九个头表示感谢。

[53] 碎之以首：即碎首，碰破头。

[54] 蔡威公之泪尽：蔡威公，春秋时人。刘向《说苑·权谋》载，蔡威公闭门哭了三天三夜，眼泪哭干后哭出了血。邻居问他为什么这样痛哭？他说"吾国且亡"。这几句的意思是，自己不能像申包胥那样求兵救梁，对于梁朝的覆亡，只能像蔡威公那样以痛哭来表示伤心。

[55] 钓台移柳：钓台，在今武昌。移，一作栘（yí），柳的一种。《晋书·陶侃传》载，陶侃为武昌太守时，曾在钓台整军，又曾检查各军营栽种柳树的情况。

[56] 非玉关之可望：玉关，即玉门关，在今甘肃省敦煌市西北。此句连同上句的意思是，钓台的柳树不是玉门关可以望见的。言外之意是自己无法望见故乡的树木。

［57］华亭鹤唳：华亭，在今上海市松江县境，是西晋诗人陆机的家乡。唳，鸣叫。《晋书·陆机传》载，陆机与其弟陆云俱为成都王司马颖的部下，司马颖进攻长沙王司马乂，命陆机统率前锋，结果兵败于河桥。由于卢志的谗毁，陆机兄弟同时被司马颖杀害于河桥。《世说新语·尤悔》载，陆机临刑时叹息说："欲闻华亭鹤唳，可复得乎？"

［58］岂河桥之可闻：河桥，在今河南孟县南。此句连同上句的意思是，华亭的鹤鸣在河桥是听不到的。言外之意是自己想见故乡的风物而不可得。

［59］孙策以天下为三分：孙策，孙权的哥哥，字伯符。《三国志·吴志·陆逊传》载，陆逊曾说："昔桓王（孙策的谥号是长沙桓王）兵不一旅，而开大业。"天下三分，指魏、蜀、吴三分天下。

［60］一旅：古代以五百人为一旅。

［61］项籍用江东之子弟：项籍，字羽。《史记·项羽本纪》载，项籍随叔父项梁起兵后，派人攻下下县，"得精兵八千人"。江东，指长江下游南岸之地。

［62］遂乃：终能。

［63］宰割天下：宰割，分割，分裂。此句连同上句借用贾谊《过秦论》的原句"宰割天下，分裂山河"。

［64］卷甲：卷起衣甲，此指卷甲溃逃。据《南史·侯景传》，侯景进攻金陵时，梁朝百万大军纷纷溃逃。

［65］芟夷斩伐：芟（chān），割草。夷，平。斩伐，砍伐。此指侯景叛军杀人如割草砍树一样。这几句的意思是，侯景叛乱，攻打金陵，百万梁兵一朝溃败，使得叛军杀人如割草砍树一样，怎么会出现这样的事呢？

［66］涯岸：涯，水边。涯岸，即河岸。

［67］亭壁无藩篱之固：亭，指亭侯。古人常在地形险要处筑亭驻兵以监视寇盗。壁，军营的围墙。藩篱，用竹木编的篱笆和围栏。此句连同上句的意思是，江淮没有起到险阻的作用，修筑的岗亭和营垒还不如篱笆坚固。

［68］头会箕敛：头会（kuài），按人头来计算纳税。箕敛，用簸箕来收取租谷。语出《汉书·张耳陈余传》："头会箕敛，以供军费。"

［69］合纵缔交：合纵，战国时六国联合抗秦叫合纵。此句连同上句的意思是，那些下层官吏趁机向老百姓搜刮钱财，并相互联盟以反抗朝廷。

［70］锄耰棘矜：耰（yōu），碎土平田的农具。棘，同"戟"，一种武器。矜，矛的柄。此四字用贾谊《过秦论》原句。

［71］因利乘便：乘时势之便利。"因利"和"乘便"是同义词组。此句连同上句的意思是，那些拿着低劣武器的下层人民乘机攻打梁王朝。

［72］将非江表王气：将非，莫非，岂不是。江表，江南，此处专指金陵。王气，君王的气运。古人迷信，认为某地出帝王，某地即有王气。

［73］三百年：从吴孙权黄龙元年（公元 229 年）建都建业，经东晋、宋、齐，至梁敬帝太平二年（公元 557 年），金陵作为国都共约三百年。

［74］并吞六合：并吞，兼并。六合，天地四方，指天下。

[75] 不免轵道之灾：轵（zhǐ）道，亭名，在今陕西西安市东北。刘邦入关，秦王子婴在轵道旁降迎。此句连同上句的意思是，因而知兼并天下之后，不免有像秦王子婴降迎轵道那样的灾难。这里是借此叙说江陵陷落后，梁元帝投降西魏。

[76] 混一车书：混一，统一。车书，车子和字。《礼记·中庸》有“车同轨，书同文”。混一车书，即指统一天下。

[77] 无救平阳之祸：平阳，今山西省临汾市。据《晋书》怀帝、愍帝本纪记载，刘聪攻陷洛阳后，将晋怀帝掳至平阳杀害。刘曜攻陷长安后，又将晋愍帝掳至平阳杀害了。此句连同上句的意思是，统一了天下，也无法避免晋帝被杀平阳的祸难。此处借指金陵陷落后，梁武帝和简文帝先后被害。

[78] 山岳崩颓：比喻国家的覆亡。

[79] 履：践，经历遭遇。

[80] 春秋迭代：春秋，指代四时。迭代，更替。春秋迭代，喻指朝代更替。

[81] 去故：离开故土。

[82] 天意人事：天意，指梁朝覆亡出于天意。人事，指人的所作所为，如梁朝的腐朽、军队斗志的涣散。

[83] 凄怆：悲伤。

[84] 楫：船桨。

[85] 星汉非乘槎可上：星汉，天河。槎（chá），用竹木编成的筏子。张华《博物志》载，天河与海相通，有个人便带着粮食乘槎而去，到达天河，与河边牵牛人问答，又如期归来。后世常以乘槎比喻登天。此句连同上句的意思是，何况又是舟船路尽，天河并不是乘槎就可以上去的。此处反用典故，说自己走投无路，要想返回故国已是不可能了。

[86] 风飚：暴风。

[87] 蓬莱无可到之期：蓬莱，传说中的仙山。此句连同上句的意思是，暴风阻断道路，蓬莱没有可到达的时候。这里借以说明自己无法返回故国，就像人们不可能到达仙山一样。

[88] 穷者欲达其言：穷者，指不遇时、抱负不能实现的人。达其言，表达他的想法。

[89] 劳者须歌其事：劳者，从事劳役的人。《左传·宣公十五年》何休的注文有“劳者歌其事”之语。此句连同上句的意思是，不得志的人希望表达他的想法，从事劳役的人应该歌唱他们所干的事情。言外之意是说作者想通过写此赋来表达心中的想法，记下自己的遭遇。

[90] 陆士衡闻而抚掌：陆士衡，即陆机。抚掌，拍手。《晋书·左思传》载，陆机刚到洛阳，打算写《三都赋》，后听说左思也在写，便拍掌大笑，认为他不自量力。但左思写成后，陆机见了十分敬佩，自己便不再写。

[91] 是所甘心：甘心，心甘情愿。此句连同上句的意思是，陆机听说左

思写赋而拍手大笑，当时心里确实是如此。这里借以表明自己这篇赋写得不好，被别人嘲笑，是心甘情愿的。

[92] 张平子见而陋之：张平子，即张衡。陋之，以之为陋，认为不好。班固写作了《两都赋》，张衡认为他写得不好，自己另作《二京赋》。

[93] 固其宜矣：固，本来。宜，应该。这两句也是借用张衡轻视班固之事，表明自己这篇赋作被人批评鄙视，也是理所当然的。

参考书目

[1] （清）许梿选，曹明纲撰．六朝文絜译注．上海：上海古籍出版社，1999

[2] 吴功正主编．古文鉴赏辞典．南京：江苏文艺出版社，1987

[3] 王力主编．古代汉语（下册第一分册）．北京：中华书局，1979

[4] 陈振鹏，章培恒主编．古文鉴赏辞典．上海：上海辞书出版社，1997

第8讲 唐诗（上）

一、从军行[1]（杨炯）

烽火照西京[2]，心中自不平。
牙璋辞凤阙[3]，铁骑绕龙城[4]。
雪暗凋旗画[5]，风多杂鼓声。
宁为百夫长[6]，胜作一书生。

（选自徐明霞点校：《卢照邻集·杨炯集》，中华书局，1980年版）

注释

[1] 从军行：乐府旧题，属《相和歌辞·平调曲》，至唐时乐曲已经亡佚，唐人多用该旧题创作边塞战争题材的诗。

[2] 烽火照西京：烽火，古时边境有战事，在高台上烧火以报警，称“烽火”。西京，指唐代京城长安。此句连同下句的意思是，边境报警的烽火燃起，战情紧急的消息传到长安，青年士子内心难以平静。

[3] 牙璋辞凤阙：牙璋，调兵的符牒，由两块合成，嵌合处呈齿状，故名；这里指奉命出征的将帅。凤阙，汉武帝所建的建章宫上有铜凤，称凤阙，后来常用以泛指帝王宫阙。此句意思是，将帅告别了皇城，奉命出征。

[4] 龙城：汉时匈奴祭祀天神的重要处所。《汉书·匈奴传》：“匈奴……五月大会龙城，祭其先、天地、鬼神。”这里当指敌方要地。

[5] 雪暗凋旗画：凋，使凋落，失色。此句连同下句的意思是，大雪飞扬，使天色暗淡，军旗失去了颜色，风声呼啸，夹杂着阵阵战鼓的声音。

[6] 百夫长：泛指下级军官。

二、山居秋暝（王维）

空山[1]新雨后，天气晚来秋。
明月松间照，清泉石上流。
竹喧归浣女[2]，莲动下渔舟[3]。
随意春芳歇[4]，王孙自可留[5]。

［选自中国社会科学院文学研究所编：《唐诗选》（上），人民文学出版社，1981年版］

注释

［1］空山：幽深寂静的山。王维作诗好用“空”字修饰山林，如“空山不见人”（《鹿柴》）、“夜静春山空”（《鸟鸣涧》）、“空山五柳春”（《过沈居士山居哭之》）等，较好地突出了诗人惆怅空寂的情怀。

［2］竹喧归浣女：竹喧，竹林中充满喧闹声。此句是倒装句，从语法顺序上来说应是“浣女归竹喧”，但诗人依从感觉的顺序来写。此句的意思是，竹林中充满喧闹声，原来是洗衣女回来了。

［3］莲动下渔舟：莲动，莲花摆动。此句结构同上句，意思是，看到莲花摆动，知道是打鱼人坐船归来了。

［4］随意春芳歇：随意，任凭。春芳，春天的芳草。

［5］王孙自可留：王孙，公子，此处是指诗人自己。《楚辞·招隐士》：“王孙兮归来，山中兮不可以久留。”本来《招隐士》是招隐者出山，王维在这里是反用其意。

三、从军行[1]七首（其一）（王昌龄）

烽火城西百尺楼[2]，
黄昏独坐海风秋[3]。
更吹羌笛关山月[4]，
无那金闺万里愁[5]。

（选自李云逸注：《王昌龄诗注》，上海古籍出版社，1984年版）

注释

［1］从军行：王昌龄的这组诗共七首，非一时一地所作，这里选的是第一首。

［2］烽火城西百尺楼：烽火城，设置烽火台的边城。百尺楼，边境上的戍楼。这两种景物皆边境所特有，诗人借此点明了地理环境。

［3］黄昏独坐海风秋：海风，西北边境有不少内陆大湖称作“海”，海风即湖上吹来的风。此句意思是，一名士兵在苍茫暮色中孤独地坐着，海风吹

来，送来阵阵秋意。

[4] 关山月：乐府曲名，属“横吹曲”，《乐府诗集》卷二十三引《乐府解题》：“《关山月》，伤离别也。”

[5] 无那金闺万里愁：无那，无奈。金闺，女子闺阁的美称，这里借指闺中人。此句意思是，万里之外的闺中人愁绪万端，却无可奈何，难以消除。

四、蜀道难（李白）

噫吁戏[1]，危乎高哉！蜀道之难难于上青天！
蚕丛及鱼凫[2]，开国何茫然[3]！
尔来四万八千岁，不与秦塞通人烟[4]。
西当太白有鸟道[5]，可以横绝峨眉巅[6]。
地崩山摧壮士死[7]，然后天梯石栈相钩连。
上有六龙回日之高标[8]，下有冲波逆折之回川。
黄鹤之飞尚不得过，猿猱欲度愁攀援[9]。
青泥何盘盘[10]，百步九折萦岩峦[11]。
扪参历井仰胁息[12]，以手抚膺[13]坐长叹。
问君西游何时还？畏途巉岩[14]不可攀。
但见悲鸟号古木，雄飞雌从绕林间。
又闻子规[15]啼夜月，愁空山。
蜀道之难难于上青天，使人听此凋朱颜[16]！
连峰去天不盈尺，枯松倒挂倚绝壁。
飞湍瀑流争喧豗[17]，砯崖[18]转石万壑雷。
其险也如此，嗟尔远道之人，胡为乎来哉！
剑阁峥嵘而崔嵬[19]，一夫当关，万夫莫开。
所守或匪亲[20]，化为狼与豺，
朝避猛虎，夕避长蛇，磨牙吮血[21]，杀人如麻。
锦城[22]虽云乐，不如早还家。
蜀道之难，难于上青天，侧身西望长咨嗟！

（选自《全唐诗》第三册，中华书局，1960年版）

注释

[1] 噫吁戏：蜀地方言，表示惊叹。宋祁《宋景文笔记》：“蜀人见物惊异，辄曰噫嘻，李太白作《蜀道难》因用之。”

[2] 蚕丛及鱼凫：蚕丛、鱼凫，传说中古蜀国的两个国王。《文选》卷四《三都赋》刘逵注引扬雄《蜀王本纪》曰：“蜀王之先，名蚕丛、柏濩、鱼凫、蒲泽、开明。从开明上到蚕丛，积三万四千岁。”

[3] 茫然：因久远而渺茫，模糊不清。

[4] 不与秦塞通人烟：秦塞，即秦地。通人烟，两地互相往来。公元前306年，秦惠王灭蜀，置蜀郡，蜀秦两地始交通。

[5] 西当太白有鸟道：太白，山名，在今陕西省眉县南，西安西。鸟道，本指鸟在天空划过的痕迹，此处意指羊肠小道。

[6] 可以横绝峨眉巅：横绝，跨越。峨眉，山名，在四川省峨眉县西南，或作“峨嵋”、“蛾眉”。

[7] 地崩山摧壮士死：壮士，传说中的五丁力士。常璩《华阳国志·蜀志》：“秦惠王知蜀王好色，许嫁五女于蜀。蜀遣五丁迎之。还到梓潼，见一大蛇入穴中。一人揽其尾掣之，不禁，至五人相助，大呼拽蛇，山崩时压杀五人及秦五女并将从，而山分为五岭。”此句连同下句的意思是，自从五丁力士拽蛇山崩，分成五岭后，两地人们始修山路、开栈道相交通。

[8] 六龙回日之高标：六龙回日，据上古神话传说，羲和驾六龙载日而行，从东到西，每天周而复始，在这里因蜀道山峰太高而折回。高标，指蜀道最高的山峰。

[9] 愁攀援：害怕攀爬。

[10] 青泥何盘盘：青泥，即青泥岭。《元和郡县志》卷二十二：“青泥岭，在县（案唐时长举县）西北五十三里，接溪山东，即今通路也。悬崖万仞，山多云雨，行者屡逢泥淖，故号青泥岭。”盘盘，曲折盘旋的样子。

[11] 萦岩峦：环绕着山岩和山峰。

[12] 扪参历井仰胁息：扪（mén），抚摸。参（shēn）、井，天上二十八星宿中的两星宿名，古人认为天上的星宿与地上一定的地理区域有对应关系，称作“分野”。参宿对应蜀地，是蜀的分野，井宿对应秦地，是秦的分野。胁息，屏住呼吸不敢出气。此句意思是，山很高，伸手就可以触摸到参、井两个星宿，抬头仰望，深感压抑，于是屏气不敢呼吸。

[13] 膺：胸。

[14] 巉岩：巉（chán），险峻。岩，山石。

[15] 子规：杜鹃鸟的别名，传说为蜀帝杜宇的魂魄所化，常夜鸣，声音悲切，故常借以抒发悲苦哀怨之情。《文选》卷四左思《蜀都赋》：“碧出苌弘之血，鸟生杜宇之魄。”

[16] 凋朱颜：凋，使凋谢。朱颜，红润的容颜。

[17] 喧豗：豗（huī），喧闹。喧豗，水流轰鸣声。

[18] 砯崖：砯（pīng），撞击。砯崖，即水撞崖石发出声音。

[19] 剑阁峥嵘而崔嵬：剑阁，即剑门关，在今四川剑阁县北，是大、小剑山之间的一条栈道。峥嵘、崔嵬，高峻雄伟的样子。

[20] 或匪亲：若不是亲信。晋张载《剑阁铭》：“一人荷戟，万夫趦趄。形胜之地，匪亲勿居。”

[21] 吮血：吸血。

[22] 锦城：成都的别称，古时成都以产锦织品闻名，故名。

五、燕歌行[1]（并序）（高适）

开元二十六年[2]，客有从元戎[3]出塞而还者，作《燕歌行》以示，适感征戍之事，因而和焉。

汉家烟尘[4]在东北，汉将辞家破残贼[5]。
男儿本自重横行[6]，天子非常赐颜色[7]。
摐金伐鼓下榆关[8]，旌旆逶迤碣石间[9]。
校尉羽书飞瀚海[10]，单于猎火照狼山[11]。
山川萧条极边土[12]，胡骑凭陵杂风雨[13]。
战士军前半死生[14]，美人帐下犹歌舞！
大漠穷秋塞草腓[15]，孤城落日斗兵稀。
身当恩遇常轻敌[16]，力尽关山未解围。
铁衣[17]远戍辛勤久，玉箸应啼别离后[18]。
少妇城南欲断肠[19]，征人蓟北[20]空回首。
边庭飘飖[21]那可度，绝域苍茫无所有[22]！
杀气三时作阵云[23]，寒声一夜传刁斗[24]。
相看白刃血纷纷，死节从来岂顾勋[25]！
君不见沙场征战苦，至今犹忆李将军[26]。

（选自孙钦善校注：《高适集校注》，上海古籍出版社，1984年版）

注释

[1] 燕歌行：乐府旧题，属《相和歌辞·平调曲》，由曹丕首创，多抒写征夫思妇题材。高适是唐代边塞诗的重要代表人物，他把边塞之苦、战争之痛、离人之愁等内容统统纳入诗歌，极大地拓展了此类诗歌的题材。

[2] 开元二十六年：即公元738年。

[3] 元戎：即张守珪，开元二十三年（公元735年），张守珪因与契丹作战有功，由河北节度副使任辅国大将军兼御史大夫。开元二十六年（公元738年），其部将与奚族余部作战失败，张守珪谎报战绩，反说打了胜仗，并贿赂前去调查此事的牛仙童。高适当是从"客"处获知实情，有感而发，故和诗一首。

[4] 汉家烟尘：汉家，指唐王朝，这是唐代诗人常用的借汉喻唐的写法。烟尘，烽烟尘土，指战争。

[5] 残贼：凶残的敌人。此句连同上句的意思是，唐王朝的东北边境发生战事，将士们辞别家人前去讨伐凶残的敌人。

[6] 横行：指唐王朝将士所向披靡、无人可挡的气概。《史记·季布列传》载樊哙语："臣愿将十万众，横行匈奴中。"典当出此。

[7] 赐颜色：给脸面。一说给予厚遇。

[8] 摐金伐鼓下榆关：摐（chuāng），撞击。金，指铃、钲一类的铜响

器，敲击这些响器以壮行色或指挥军队进退。伐，击。下，到，去。榆关，山海关。

[9] 旌旆逶迤碣石间：旌旆（pèi），旗帜。逶迤，连绵不绝。碣石，山名，在今河北省。此句连同上句的意思，将士们敲钲击鼓向山海关进发，穿行在碣石山的蜿蜒行道上，军旗猎猎，队伍连绵不绝。这两句描写出征队伍的雄壮和整肃。

[10] 校尉羽书飞瀚海：校尉，武官名，这里泛指统兵将领。羽书，粘插有羽毛的紧急文书。瀚海，沙漠。

[11] 单于猎火照狼山：单于，匈奴首领，这里是指当时与唐交战的契丹、奚族首领。猎火，古代游牧民族打仗前，经常以打猎名义举行军事演习，猎火即打猎时燃起的火光，意味着战争即将发生。狼山，内蒙古乌拉特旗、河北易县均有狼山，这里当是泛指敌我双方交战的地方。此句连同上句的意思是，敌情紧急，唐军将领发布的紧急文书飞越沙漠，敌军首领在狼山燃起猎火，召集部队，准备发动进攻。

[12] 山川萧条极边土：山川萧条，边境萧条荒凉。极，穷、尽。极边土，一直到边疆的尽头。此句意思是，整个边境都非常萧条荒凉。

[13] 胡骑凭陵杂风雨：凭陵，亦作“凭凌”，侵犯，欺侮。杂风雨，像狂风夹着暴雨。敌军狂风暴雨般向我们发动进攻。

[14] 战士军前半死生：半死生，死者一半，生者一半，这里强调死。此句连同下句的意思是，唐王朝的士兵在前线出生入死，伤亡惨重，将军们却在营帐里寻欢作乐，欣赏美人唱歌跳舞。

[15] 穷秋塞草腓：穷秋，深秋。塞草，边境上的草。腓（féi），草枯萎发黄的意思。

[16] 身当恩遇常轻敌：恩遇，皇帝的恩惠，照应前面的“天子非常赐颜色”。轻敌，轻视敌人。此句意思是，将士们受到唐皇帝的恩惠和看重，面对强大的敌人，非常勇敢，毫无惧色。

[17] 铁衣：铁甲，这里代指出征的将士。

[18] 玉箸应啼别离后：玉箸，思妇的眼泪。刘孝威《独不见》：“谁怜双玉箸，流面复流襟。”应，恐怕的意思，表猜测。此句意思是，家中的妻子恐怕在与丈夫分手之后就时常在流泪哭泣。

[19] 城南欲断肠：城南，泛指思妇的住处。欲断肠，思妇伤心到了断肠的程度。

[20] 蓟北：蓟州之北，这里泛指边塞。

[21] 边庭飘飖：边境局势动荡不安。

[22] 绝域苍茫无所有：绝域，天涯海角，最远的地方。此句连同上句的意思是，边境局势动荡不安，士兵们很难生活下去，塞外环境难苦，一无所有。

[23] 杀气三时作阵云：三时，一解作春、夏、秋三个季节，一解作早晨、中午、晚上，本文从后说。此句意思是，战场迸发出的杀气一天三时都

弥漫在空中。

[24] 刁斗：古时军队煮饭用的铜锅，容量一斗，白天用来煮饭，晚上用来敲击报更。

[25] 死节从来岂顾勋：节，节义，国家民族大义。勋，功勋，功劳。此句意思是，战士们奋勇杀敌，想到的是国家民族大义，哪里会顾及什么立功封赏呢？

[26] 李将军：指汉代名将李广，他厚爱士卒，与士卒同甘共苦。《史记·李将军列传》载李广曰："（广）饮食与士共之。……士卒不尽饮，广不近水，士卒不尽食，广不尝食。"

六、茅屋为秋风所破歌[1]（杜甫）

八月秋高风怒号，卷我屋上三重茅[2]。
茅飞渡江洒江郊，高者挂罥[3]长林梢，下者飘转沉塘坳[4]。
南村群童欺我老无力，忍能[5]对面为盗贼。
公然抱茅入竹去，唇焦口燥呼不得，归来倚杖自叹息。
俄顷[6]风定云墨色，秋天漠漠向昏黑[7]。
布衾[8]多年冷似铁，娇儿恶卧[9]踏里裂。
床头屋漏无干处，雨脚如麻未断绝。
自经丧乱少睡眠，长夜沾湿何由彻[10]！
安得[11]广厦千万间，大庇天下寒士俱欢颜[12]，风雨不动安如山。
呜呼！何时眼前突兀[13]见此屋，吾庐[14]独破受冻死亦足！
（选自萧涤非选注：《杜甫诗选注》，人民文学出版社，1996年版）

注释

[1] 茅屋为秋风所破歌：杜甫于公元761年作的一首歌行，时诗人居成都浣花溪草堂。歌行体是在汉魏乐府诗基础上发展起来的，篇幅、句式、声律、平仄等都比较自由不受拘束，属古体诗。明代徐师曾《诗体明辨》："放情长言，杂而无方者曰歌；步骤驰骋，疏而不滞者曰行；兼之者曰歌行。"

[2] 三重茅：重（chóng），量词，层。三重茅，几层茅草。三，在这里泛指多。

[3] 挂罥：罥（juàn），结，缠。挂罥，即挂住、缠绕之意。

[4] 塘坳：低洼积水的地方。

[5] 忍能：怎能。

[6] 俄顷：不久，一会儿。

[7] 漠漠向昏黑：漠漠，天气阴沉昏黄的样子。向昏黑，将近黄昏。

[8] 布衾：布被子。

[9] 恶卧：指小孩睡觉时乱蹬乱踢。

[10] 何由彻：怎样才能熬到天亮。

[11] 安得：如何能得到。

[12] 大庇天下寒士俱欢颜：大庇，广泛地庇覆。寒士，身份低微的读书人。此句连同上句的意思是，怎样才能得到千万间宽敞高大的房子，广泛地庇覆天下身份低微的读书人。

[13] 突兀：广厦高耸的样子。

[14] 庐：简易的小屋。

参考书目

[1] 葛兆光注．唐诗选注．北京：人民文学出版社，2007

[2] 徐明霞点校．卢照邻集·杨炯集．北京：中华书局，1980

[3] 葛杰选注．王维孟浩然诗选注．上海：上海古籍出版社，1994

[4] 李云逸注．王昌龄诗注．上海：上海古籍出版社，1984

[5] 詹锳主编．李白全集校注汇释集评．天津：百花文艺出版社，1996

[6] 孙钦善校注．高适集校注．上海：上海古籍出版社，1984

[7] 萧涤非选注．杜甫诗选注．北京：人民文学出版社，1996

第 9 讲

唐诗（下）

一、山石[1]（韩愈）

山石荦确行径微[2]，黄昏到寺蝙蝠飞。
升堂坐阶新雨足[3]，芭蕉叶大支子肥。
僧言古壁佛画[4]好，以火来照所见稀。
铺床拂席置羹饭，疏粝亦足饱我饥[5]。
夜深静卧百虫绝[6]，清月出岭光入扉[7]。
天明独去无道路[8]，出入高下穷烟霏[9]。
山红涧碧[10]纷烂漫，时见松枥皆十围[11]。
当流[12]赤足踏涧石，水声激激风吹衣。
人生如此自可乐，岂必局束为人鞿[13]。
嗟哉吾党二三子[14]，安得至老不更归。

（选自《韩昌黎全集》，中国书店，1991 年版）

注释

[1] 山石：此诗系取诗歌首句前两字为题，并非咏山石，而是一篇诗体的山水游记。作于贞元十七年（公元 801 年），时韩愈在洛阳北惠林寺游玩。

[2] 山石荦确行径微：荦（luò）确，险峻不平的样子。此句连同下句的意思是，山石险峻不平，山路狭窄，（我们在这样的山路上走着，）在蝙蝠飞舞的黄昏时分来到了寺院。

[3] 升堂坐阶新雨足：升堂，进入寺中厅堂。阶，厅堂前的台阶。新雨，刚下过的雨。此句连同下句的意思是，进入厅堂后坐在台阶上，这时刚下过一场充沛的大雨，被雨水冲洗过的芭蕉叶子显得更加硕大，挂在枝头的栀子花苞也显得特别肥壮。

[4] 佛画：画在寺院墙壁上的佛教题材画。

[5] 疏粝亦足饱我饥：粝（lì），糙米。疏粝，粗糙的饭。此句意思是，饮食粗糙，但足以填饱饥饿的肚子。

[6] 百虫绝：一切虫鸣声都消失了。

[7] 清月出岭光入扉：扉（fēi），门。此句意思是，月亮挂在山岭上，将清辉洒在门户上。

[8] 独去无道路：告别僧人而去，无僧人相陪。无道路，因晨雾迷漫，不择道路而行。

[9] 出入高下穷烟霏：出入高下，指在高高低低的山路中行走。穷，尽。烟霏，烟雾。此句意思是，客人在高高低低的山路中行走，始终穿行在烟雾中。

[10] 山红涧碧：山花红艳，涧水碧绿。

[11] 松枥皆十围：枥，同“栎”，落叶乔木。围，两臂合抱为一围，十围形容树很粗大。

[12] 当流：面对水流。

[13] 局束为人靰：局束，拘束，不自由的意思。靰（jī），马缰绳，这里作动词用，即牢笼、控制的意思。

[14] 吾党二三子：指和自己志趣相合的几个朋友。《论语·述而》：“二三子以我为隐乎？”此处系对此语的借用。

二、石头城[1]（刘禹锡）

山围故国周遭在[2]，
潮打空城寂寞回[3]。
淮水东边旧时月[4]，
夜深还过女墙[5]来。

（选自蒋维崧等笺注：《刘禹锡诗集编年笺注》，山东大学出版社，1997年版）

注释

[1] 石头城：在今南京城西北的清凉山上，三国时孙吴就石壁筑城戍守，称“石头城”。此诗是刘禹锡的咏史组诗《金陵五题》的第一首。

[2] 山围故国周遭在：故国，当指旧城金陵，金陵一直是六朝故都，故称“故国”。此句意思是，围绕金陵的群山依旧。

[3] 潮打空城寂寞回：空城，当指石头城。上句先说金陵，这里引出石头城。此句意思是，潮水拍打着城墙的基座，日复一日，年复一年，涌上来，又默默地退下去。

[4] 淮水东边旧时月：淮水，秦淮河。旧时月，目睹了无数次繁华盛衰的明月，颇有“今月曾经照古人”的意味，宇宙永恒，人事短暂。

[5] 女墙：矮墙。

三、李凭箜篌引[1]（李贺）

吴丝蜀桐张高秋[2]，空山凝云颓不流[3]。
江娥啼竹素女愁[4]，李凭中国[5]弹箜篌。
昆山玉碎凤凰叫[6]，芙蓉泣露香兰笑[7]。
十二门前融冷光[8]，二十三丝动紫皇[9]。
女娲炼石[10]补天处，石破天惊逗秋雨[11]。
梦入神山教神妪[12]，老鱼跳波瘦蛟舞。
吴质[13]不眠倚桂树，露脚斜飞湿寒兔[14]。

（选自《李贺诗集》，人民文学出版社，1959 年版）

注释

[1] 李凭箜篌引：李凭，唐时的梨园艺人，著名的箜篌演奏家。箜（kōng）篌（hóu），类似于今天的竖琴而略小的一种弦乐器。箜篌引，汉乐府旧题。清人方世举《李长吉诗集批注》云："白香山'江上琵琶'、韩退之'颖师琴'、李长吉'李凭箜篌'，皆摹写声音至文。韩足以惊天，李足以泣鬼，白足以移人。"

[2] 吴丝蜀桐张高秋：吴丝，指吴地产的质地优良的蚕丝。蜀桐，指蜀地产的质地优良的桐木。两者皆制作乐器的上好材料。张，拧紧弦叫"张"，指准备演奏。高秋，深秋九月。

[3] 空山凝云颓不流：颓，凝滞不动的样子。此句意思是，幽深大山里的云雾因箜篌声传来而凝滞不动，停住了脚步。

[4] 江娥啼竹素女愁：江娥，指湘水女神娥皇和女英。《述异记》云："舜南巡，葬于苍梧，尧二女娥皇、女英泪下沾竹，文悉为之斑。亦名湘妃竹。"素女，传说中的神女，善弹琴。《汉书·郊祀志上》："秦帝使素女鼓五十弦瑟，悲，帝禁不止，故破其瑟为二十五弦。"此句意思是，乐声使江娥感动，素女自愧不如。

[5] 中国：即国中，京城中。

[6] 昆山玉碎凤凰叫：昆山，即昆仑山，传说中的产玉之地。此句以"玉碎"、"凤凰叫"形容高弹时乐声清脆激越。

[7] 芙蓉泣露香兰笑：芙蓉泣露，莲花上的露水缓缓滴落。香兰笑，香兰花开。此句写低弹时的悲沉和急弹时的欢快。

[8] 十二门前融冷光：十二门，指环绕长安城的十二个门。此句意思是，乐声使长安城四面的冷气都融化了而变得温暖。

[9] 二十三丝动紫皇：二十三丝，指箜篌，竖箜篌有二十三弦。紫皇，道教神仙谱系中，天上最高的神之一。

[10] 女娲炼石：典出《淮南子·览冥训》。上古时，天崩地裂，女娲出而炼五色石补天，又烧芦灰堵住肆虐的洪水，天下从此太平，百姓安生。

[11] 石破天惊逗秋雨：石破天惊，即天惊石破之倒装。逗，引出。此句连同上句的意思是，乐声冲击着当年女娲补天的地方，使石破天惊，从而引

来一场秋雨。

[12] 神妪：指传说中的成夫人，能弹箜篌。《搜神记》卷四："永嘉中，有神现兖州，自称樊道基。有妪号成夫人，夫人好音乐，能弹箜篌，闻人弦歌，辄便起舞。"疑用此典。

[13] 吴质：指月宫中砍桂树的吴刚。

[14] 露脚斜飞湿寒兔：露脚，古人误以为露像雨一样由天空降落，故想象其有脚。寒兔，传说月中有玉兔，因月亮晚上出现，呈阴冷状，故称"寒兔"。此句连同上句的意思是，乐声优美动人，传到月宫，深深吸引住了砍桂花树的吴刚，他被乐声所感染，倚靠在桂树上久久不眠，这时，露水斜飞，打湿了玉兔。

四、长恨歌[1]（白居易）

汉皇重色思倾国[2]，御宇[3]多年求不得。
杨家有女[4]初长成，养在深闺[5]人未识。
天生丽质难自弃，一朝选在君王侧[6]。
回眸一笑[7]百媚生，六宫粉黛[8]无颜色。
春寒赐浴华清池[9]，温泉水滑洗凝脂[10]。
侍儿扶起娇无力，始是新承恩泽[11]时。
云鬓花颜金步摇[12]，芙蓉帐暖度春宵。
春宵苦短日高起，从此君王不早朝。
承欢[13]侍宴无闲暇，春从春游夜专夜[14]。
后宫佳丽三千人，三千宠爱在一身。
金屋[15]妆成娇侍夜，玉楼宴罢醉和春。
姊妹弟兄皆列土[16]，可怜[17]光彩生门户。
遂令天下父母心，不重生男重生女。
骊宫[18]高处入青云，仙乐风飘处处闻。
缓歌慢舞凝丝竹，尽日君王看不足。
渔阳鼙鼓[19]动地来，惊破霓裳羽衣曲[20]。
九重城阙烟尘生[21]，千乘万骑西南行[22]。
翠华[23]摇摇行复止，西出都门百余里。
六军[24]不发无奈何，宛转蛾眉[25]马前死。
花钿委地[26]无人收，翠翘金雀玉搔头[27]。
君王掩面救不得，回看血泪相和流。
黄埃[28]散漫风萧索，云栈萦纡[29]登剑阁。
峨嵋山[30]下少人行，旌旗无光日色薄[31]。
蜀江水碧蜀山青，圣主朝朝暮暮情。
行宫[32]见月伤心色，夜雨闻铃肠断声[33]。
天旋日转回龙驭[34]，到此踌躇[35]不能去。

马嵬坡下泥土中，不见玉颜空死处[36]。
君臣相顾尽沾衣，东望都门信马归[37]。
归来池苑皆依旧，太液芙蓉未央柳[38]。
芙蓉如面柳如眉，对此如何不泪垂。
春风桃李花开夜，秋雨梧桐叶落时。
西宫南内多秋草[39]，落叶满阶红不扫。
梨园弟子[40]白发新，椒房阿监青娥老[41]。
夕殿萤飞思悄然，孤灯挑尽[42]未成眠。
迟迟钟鼓初长夜，耿耿[43]星河欲曙天。
鸳鸯瓦[44]冷霜华重，翡翠衾[45]寒谁与共。
悠悠生死别经年，魂魄不曾来入梦。
临邛道士鸿都客[46]，能以精诚致[47]魂魄。
为感君王展转思，遂教方士[48]殷勤觅。
排空驭气[49]奔如电，升天入地求之遍。
上穷碧落下黄泉[50]，两处茫茫皆不见。
忽闻海上有仙山，山在虚无缥缈间。
楼阁玲珑五云[51]起，其中绰约[52]多仙子。
中有一人字太真[53]，雪肤花貌参差是[54]。
金阙西厢叩玉扃[55]，转教小玉报双成[56]。
闻道汉家天子使，九华帐里梦魂惊。
揽衣[57]推枕起徘回，珠箔银屏[58]逦迤开。
云髻[59]半偏新睡觉，花冠[60]不整下堂来。
风吹仙袂[61]飘飖举，犹似霓裳羽衣舞。
玉容寂寞泪阑干[62]，梨花一枝春带雨。
含情凝睇[63]谢君王，一别音容两渺茫。
昭阳殿[64]里恩爱绝，蓬莱宫[65]中日月长。
回头下望人寰[66]处，不见长安见尘雾。
唯将旧物表深情，钿合金钗[67]寄将去。
钗留一股合一扇，钗擘[68]黄金合分钿。
但教心似金钿坚，天上人间会相见。
临别殷勤重寄词，词中有誓两心知。
七月七日长生殿，夜半无人私语时。
在天愿作比翼鸟[69]，在地愿为连理枝[70]。
天长地久有时尽，此恨绵绵无绝期。

[选自中国社会科学院文学研究所编：《唐诗选》（下），人民文学出版社，1978年版]

注释

[1] 此诗作于元和元年（公元806年）冬，时白居易三十五岁，与友

人陈鸿、王质夫到仙游寺游玩。偶然间谈到唐明皇与杨贵妃的悲剧故事，大家感慨万千。王质夫遂请白居易写一首长诗，请陈鸿写一篇传记，二者相辅相成，以传后世。诗的最后两句是“天长地久有时尽，此恨绵绵无绝期”，故诗名曰《长恨歌》。当时长安歌妓以“我诵得白学士《长恨歌》”而身价倍增。

[2] 汉皇重色思倾国：汉皇，本指汉武帝，这里指唐玄宗李隆基，唐人写诗常借汉喻唐。倾国，美女的代称，典出《汉书·外戚传》。李延年以唱歌辞的方式向汉武帝推荐李夫人：“北方有佳人，绝世而独立，一顾倾人城，再顾倾人国。宁不知倾城与倾国，佳人难再得。”李夫人因而得以入宫获宠幸。

[3] 御宇：统治天下。

[4] 杨家有女：指杨贵妃，她是蜀州司户杨玄琰之女，幼时被叔父杨玄珪抚养，小名玉环。

[5] 深闺：旧时富家女子居住的内室。

[6] 一朝选在君王侧：杨玉环原为寿王李瑁妃，后被玄宗李隆基看中，先是使其于开元二十八年（公元740年）出家为道士，住太真宫，改名太真，后于天宝四年（公元745年）册封为贵妃。此处显是“为尊者讳”，对宫闱秽事不直写。

[7] 回眸一笑：眸，眼珠。回眸一笑，转动眼珠，嫣然一笑，常用来形容女子妩媚的表情。

[8] 六宫粉黛：指玄宗后宫所有的妃嫔。

[9] 华清池：在今陕西省临潼区骊山，是著名的温泉区。

[10] 凝脂：凝结的脂肪，形容皮肤白嫩腻滑。

[11] 新承恩泽：开始受到皇帝的宠爱。

[12] 云鬓花颜金步摇：云鬓，指鬓发多而柔美。金步摇，钗的一种，插在发髻上，行走则摇动，故曰“步摇”。《释名·释首饰》：“步摇，上有垂珠，步则摇也。”此句意思是，杨贵妃头发既浓密又柔美，容颜如花，头戴金步摇，显得既优雅又高贵。

[13] 承欢：迎合人意，博取欢心。

[14] 专夜：指每夜都由杨贵妃侍陪。

[15] 金屋：指宠妃所居之屋。据《汉武故事》，武帝年幼时喜欢阿娇，曾对阿娇之母长公主许诺：“若得阿娇作妇，当作金屋贮之。”

[16] 姊妹弟兄皆列土：姊妹弟兄，指杨氏满门。杨玉环得宠后，三个姐姐依次被封为韩国夫人、虢国夫人、秦国夫人，叔伯兄弟皆封官。列土，本意指列土封侯，唐时已不分封，这里指受恩宠如王侯。

[17] 可怜：让人羡慕。

[18] 骊宫：骊山上的华清宫。

[19] 渔阳鼙鼓：渔阳，指渔阳郡，辖地在今天津蓟县，当时属三镇节度使安禄山管辖。鼙（pí）鼓，军队中所用小鼓，这里指战争。

［20］霓裳羽衣曲：唐时由西域传入的著名舞曲，原名《婆罗门曲》。

［21］九重城阙烟尘生：九重城阙，指长安。皇宫有门九重，所在地为京城长安，故名。烟尘，烽烟和战场上扬起的尘土，即指战乱。此句意思是，长安城乱成一片。

［22］西南行：天宝十五年（公元756年）六月，安禄山攻破潼关，唐玄宗带着杨贵妃等仓皇离开长安往西南方向逃往成都。

［23］翠华：帝王仪仗队的旗帜用翠鸟羽毛装饰，故帝王车驾叫翠华。

［24］六军：指玄宗的御林军。

［25］蛾眉：本泛指美女，这里指杨贵妃。

［26］花钿委地：花钿与下句的翠翘、金雀、玉搔头都是指杨贵妃头上的金钗等首饰。委地，摒弃于地。

［27］翠翘金雀玉搔头：翠翘，像翠鸟尾的首饰。金雀，雀形的金钗。玉搔头，即玉簪，据说汉武帝曾取李夫人头上的玉簪搔头，故名。此句连同上句的意思是，杨玉环被杀时，各种首饰弃于地上，无人收拾。

［28］黄埃：黄色的尘埃。

［29］云栈萦纡：云栈，高入云霄的栈道。萦纡，盘旋环绕。

［30］峨嵋山：四川境内名山，在今峨眉山市境内。玄宗从长安逃往成都，并未经过峨眉山，这里当泛指蜀中之山。

［31］日色薄：日色暗淡无光。

［32］行宫：旧时帝王离开京城出行在外时住的宫室。

［33］夜雨闻铃肠断声：郑处诲《明皇杂录》补遗："明皇既幸蜀，西南行，初入斜谷，属霖雨涉旬，于栈道雨中闻铃音，隔山相应。上（指玄宗）既悼念贵妃，采其声为《雨霖铃曲》以寄恨焉。"此句即指此事。

［34］天旋日转回龙驭：天旋日转，指郭子仪率军收复长安，扭转乾坤一事。龙驭，皇帝的车驾。此句意思是，郭子仪收复长安后，玄宗皇帝从成都回长安。

［35］到此踌躇：此，指马嵬坡。踌躇，徘徊。

［36］空死处：空见死处。

［37］信马归：指玄宗因痛苦悲伤而信马由缰，任马前行。

［38］太液芙蓉未央柳：太液，指汉建章宫北的太液池。未央，指汉朝开国丞相萧何营建的未央宫。太液、未央在这里泛指唐时的宫廷池苑。

［39］西宫南内多秋草：西宫，指大明宫西的太极宫。南内，指皇城东南的兴庆宫。《新唐书·宦官传》记载，李辅国胁迫太上皇（李隆基）从兴庆宫迁"西内"（太极宫）。西宫南内，指玄宗晚年所居宫室。此句连同下句暗指玄宗晚景凄凉。

［40］梨园弟子：指唐玄宗在位时亲自训练的一班艺人。《雍录》卷九："梨园在光化门北。……开元二年正月，置教坊于蓬莱宫，上自教法曲，谓之梨园弟子。"

［41］椒房阿监青娥老：椒房，以花椒粉和泥涂壁，温暖而芳香，常为皇

后所居宫殿。阿（ā）监，宫廷中的女官。青娥，年轻的宫女。此句连同上句的意思是，玄宗皇帝当年亲自训练的梨园艺人现已长出了白发，当年在椒房侍奉杨贵妃的女官和宫女现已变老了。

[42] 孤灯挑尽：古时用灯草做芯点油灯，须不断挑灯草以使油灯不灭，灯草挑尽说明夜已深。事实上，古代宫廷和豪门贵族一般不燃油灯，而是燃烛。这里是泛写。

[43] 耿耿：明亮的样子。

[44] 鸳鸯瓦：一俯一仰扣合在一起的一对瓦叫“鸳鸯瓦”。

[45] 翡翠衾：绣有翡翠鸟的被子。

[46] 临邛道士鸿都客：临邛，今四川省邛崃市，唐属剑南道。鸿都，本指洛阳北宫门，此处指长安。此句意思是，有个临邛的道士来到京城长安作客。

[47] 致：招致，招来。

[48] 方士：指道士。

[49] 驭气：驾驭云气，意思是说道士腾云驾雾。

[50] 上穷碧落下黄泉：碧落，道家对天界的称呼。黄泉，人死后所居之地。此句意思是，向上寻遍天界，向下找遍地府。

[51] 五云：五彩祥云。

[52] 绰约：形容柔婉美好。

[53] 太真：杨贵妃为女道士时住太真宫，号太真。

[54] 参差是：好像是。

[55] 玉扃：玉作的门。扃（jiōng），本指门闩或门环，这里指门扇。

[56] 小玉报双成：小玉、双成本是古代神话中的仙女名，这里指杨太真的侍婢。

[57] 揽衣：披衣。

[58] 珠箔银屏：珠箔（bó），用珍珠串成的门帘。银屏，银饰的屏风。

[59] 云髻：高耸的发髻。

[60] 花冠：古时女子所戴的装饰美丽的帽子。

[61] 仙袂：仙女的衣袖，即杨玉环的衣袖。

[62] 阑干：纵横交错的样子。

[63] 凝睇：凝视，注视。

[64] 昭阳殿：汉代宫殿名，赵飞燕姊妹得宠时曾居此殿。

[65] 蓬莱宫：这里指仙宫。

[66] 人寰：人间，人世。

[67] 钿合金钗：即钿合和金钗，据说这是唐玄宗和杨贵妃的定情之物。

[68] 擘（bò）：分开。

[69] 比翼鸟：中国古代传说中的鸟名。又名鹣（jiān）鹣、蛮蛮。据说此鸟一目一翼，雌雄须并翼飞行，故常用以比喻恩爱夫妻。

[70] 连理枝：指两棵树的枝干连生在一起，常用以比喻恩爱夫妻。

五、赤壁[1]（杜牧）

折戟沉沙铁未销[2]，
自将磨洗认前朝[3]。
东风不与周郎便[4]，
铜雀春深锁二乔[5]。

（选自陈允吉校点：《杜牧全集》，上海古籍出版社，1997年版）

注释

［1］赤壁：此诗约作于唐会昌四年（公元844年），时杜牧任黄州刺史。作为三国古战场的赤壁实际在今湖北赤壁市，非诗歌所咏的黄州，因而诗人系借题发挥，在这方面与苏轼《念奴娇·赤壁怀古》有异曲同工之妙。

［2］折戟沉沙铁未销：戟（jǐ），古代将戈与矛合为一体的一种兵器。折戟沉沙，戟折断了沉没在泥沙里，形容惨败。销，消失。

［3］自将磨洗认前朝：将，拿来。磨洗，磨掉锈迹，冲洗干净。此句连同上句的意思是，曹魏军队当年在赤壁之战中被打得大败，沉在泥沙中的兵器都没有消失，我把它们拿来磨掉锈迹，冲洗干净，前朝的旧迹依稀可辨。

［4］东风不与周郎便：周郎，周瑜。《三国志·吴志·周瑜传》："瑜时年二十四，吴中皆呼为周郎。"便，方便。三国赤壁之战，周瑜利用东南风势火攻曹操，使曹操惨败。

［5］铜雀春深锁二乔：铜雀，即铜雀台，又作铜爵台。《三国志·魏志·武帝纪》："建安十五年，冬，作铜爵台。"在今河北临漳古邺城西北隅，与金虎、冰井二台合称"三台"。二乔，即江东有名的美女姊妹大乔和小乔，大乔嫁孙策，小乔嫁周瑜。此句连同上句的意思是，如果当年东南风不给周瑜提供方便，那么赤壁之战胜利的一方当是曹操，大乔、小乔两位江东美女也当被曹操掳到铜雀台做歌妓去了。

六、无题（李商隐）

来是空言去绝踪[1]，月斜楼上五更钟。
梦为远别啼难唤[2]，书被催成墨未浓[3]。
蜡照半笼金翡翠[4]，麝熏微度绣芙蓉[5]。
刘郎已恨蓬山远[6]，更隔蓬山一万重。

（选自叶葱奇疏注：《李商隐诗集疏注》，人民文学出版社，1985年版）

注释

［1］来是空言去绝踪：绝踪，无踪迹可寻。此句意思是，与思念的人梦中相会，来无言去无踪。

［2］梦为远别啼难唤：梦中为远别而伤心流泪，但已难唤回远别之人。

[3] 书被催成墨未浓：书，书信。墨未浓，墨还未完全磨好。此句意思是，因相思而给远别的人写信，匆忙之间，连墨汁没有磨好都顾不上了。

[4] 蜡照半笼金翡翠：半笼，半照的样子。金翡翠，用金丝线绣了翡翠鸟的锦被。此句意思是，烛光摇曳，半明半暗，照在用金丝线绣了翡翠鸟的锦被上。

[5] 麝熏微度绣芙蓉：绣芙蓉，绣了芙蓉图案的帐子。此句意思是，熏炉里麝香的淡淡香味，透过薄薄的纱帐，传到绣了芙蓉图案的帐子里来。

[6] 刘郎已恨蓬山远：刘郎，一说指汉武帝刘彻，刘彻为求仙曾派人到海上寻找仙山；一说为《幽明录》里遇仙的刘晨，刘晨遇仙后因思乡而回家，但再次寻访天台仙女时已缥缈茫然，无从寻找。蓬山，仙山。此句意思是，当年刘郎寻找仙山，已觉路途遥远，缥缈茫然。

参考书目

[1] 葛兆光注．唐诗选注．北京：人民文学出版社，2007

[2] 中国社会科学院文学研究所编．唐诗选（下）．北京：人民文学出版社，1978

[3] 蒋维崧等笺注．刘禹锡诗集编年笺注．济南：山东大学出版社，1997

[4]（清）王琦等评注．三家评注李长吉歌诗．上海：上海古籍出版社，1998

[5] 谢思炜撰．白居易诗集校注．北京：中华书局，2006

[6] 陈允吉校点．杜牧全集．上海：上海古籍出版社，1997

[7] 刘学锴，余恕诚集解．李商隐诗歌集解．北京：中华书局，1988

[8] 叶葱奇疏注．李商隐诗集疏注．北京：人民文学出版社，1985

第10讲 宋词（上）

一、渔家傲[1]·塞下秋来风景异（范仲淹）

塞下[2]秋来风景异，衡阳雁去[3]无留意。四面边声连角起[4]。千嶂[5]里，长烟[6]落日孤城闭。

浊酒[7]一杯家万里，燕然未勒归无计[8]。羌管悠悠霜满地[9]。人不寐[10]，将军白发征夫泪。

（选自胡云翼选注：《宋词选》，上海古籍出版社，1978年版）

注释

[1] 渔家傲：宋庆历元年（公元1041年），范仲淹任陕西经略安抚使，庆历三年（公元1043年）被召回，其间戍边三载，在今陕西、甘肃一带积极防御和抗击西夏党项族政权的侵扰，威名远振。该词即作于这几年间的某个秋天。

[2] 塞下：边塞，这里指西北驻防要地。

[3] 衡阳雁去：雁向今湖南衡阳方向飞去。即秋天北雁南飞，传说飞至衡阳回雁峰而止。宋王象之《舆地纪胜》卷五五《荆湖南路·衡州·景物下》："回雁峰，在州城南。或曰雁不过衡阳。或曰峰势如雁之回。"

[4] 四面边声连角起：边声，边塞的各种声音，如马嘶、风吼、胡乐声、战鼓声等。连，伴随。角，军号声。此句意思是，边塞四方的各种声音伴随着军号声而鸣。

[5] 嶂：如屏障般直立的山峰。

[6] 长烟：长飘直上的烟气。王维《使至塞上》一诗："大漠孤烟直，长河落日圆。"

[7] 浊酒：过滤未净、颜色混浊的米酒。

[8] 燕然未勒归无计：燕然，山名，今蒙古人民共和国的杭爱山。《后汉

书·窦宪传》载，窦宪大破北匈奴，遂登燕然山，“刻石勒功，纪汉威德”，刻石纪功而还。勒，铭刻。此句意思是，还没有像窦宪当年那样在燕然山刻石纪功，因此没有回家的打算。

[9] 羌管悠悠霜满地：羌管，羌笛。悠悠，形容笛声悠扬。霜满地，满地是霜，比喻夜深寒重。

[10] 不寐：睡不着，失眠。

二、破阵子·燕子来时新社（晏殊）

燕子来时新社[1]，梨花落后清明[2]。池上碧苔[3]三四点，叶底[4]黄鹂一两声，日长飞絮[5]轻。

巧笑[6]东邻女伴，采桑径里逢迎[7]。疑怪昨宵春梦好，元是今朝斗草[8]赢，笑从双脸生。

（选自胡云翼选注：《宋词选》，上海古籍出版社，1978 年版）

注释

[1] 新社：社，祭土地神，后成为祀社神的节日，即社日。一年有两个社日，即春社和秋社，一般在立春、立秋后第五个戊日举行。新社，指春社。

[2] 清明：二十四节气之一，约在阳历 4 月 5 日前后，在这一天往往要进行扫墓祭祀活动。此句连同上句的意思是，春社时分，燕子从南方翩翩飞来；清明节还未到，梨花早已缤纷落掉。

[3] 池上碧苔：池塘边长着碧绿的青苔。

[4] 叶底：树叶深处。

[5] 飞絮：飘飞的柳絮。

[6] 巧笑：笑容美妙。语出《诗经·卫风·硕人》：“巧笑倩兮，美目盼兮。”

[7] 径里逢迎：径里，小路上。逢迎，相遇。

[8] 斗草：古代在女孩子中流行的一种游戏，又称“斗百草”，以采集到的品种的多和奇争胜。南朝梁代宗懔《荆楚岁时记》载：“五月五日，谓之浴兰节。荆楚人并踏百草。又有斗百草之戏。”整个下片的意思是，几个姑娘在采桑的路上相遇了，她们本是邻居，看到另一个女伴笑脸盈盈，还疑心她昨晚做了一个好梦，那姑娘解释说是因为自己今天早上斗草斗赢了，所以忍不住笑容满面。

三、雨霖铃·寒蝉凄切（柳永）

寒蝉凄切，对长亭[1]晚，骤雨[2]初歇。都门帐饮无绪[3]，留恋处，兰舟[4]催发。执手相看泪眼，竟无语凝噎[5]。念去去[6]千里烟波，暮霭沉沉楚天阔[7]。

多情自古伤离别，更那堪[8]冷落清秋节。今宵酒醒何处？杨柳岸晓风残月。此去经年[9]，应是良辰好景虚设。便纵有千种风情[10]，更与何人说？

（选自胡云翼选注：《宋词选》，上海古籍出版社，1978年版）

注释

[1] 长亭：古时设在路边供过往行人休歇的亭舍，常作送别之地。

[2] 骤雨：阵雨。

[3] 都门帐饮无绪：都门，指京城。无绪，没有兴致和情绪。此句意思是，在京城门外设帐为恋人饯行，面对美食，却毫无兴致。

[4] 兰舟：船的美称。

[5] 凝噎：哽咽。

[6] 去去：渐行渐远，重复言之，以示路程之远。

[7] 暮霭沉沉楚天阔：暮霭，傍晚的云雾。楚天，楚地的天空，因长江中下游地区古属楚国，故称。此句意思是，傍晚时分，大雨过后，云雾接天，天空显得特别开阔。

[8] 那堪：哪里禁受得住。

[9] 经年：经过一年或多年。

[10] 风情：男女相爱的深情。

四、念奴娇·赤壁[1]怀古（苏轼）

大江东去，浪淘尽、千古风流人物[2]。故垒[3]西边，人道是、三国周郎赤壁[4]。乱石穿空，惊涛拍岸，卷起千堆雪[5]。江山如画，一时多少豪杰。

遥想公瑾[6]当年，小乔[7]初嫁了，雄姿英发。羽扇纶巾[8]，谈笑间、樯橹[9]灰飞烟灭。故国神游[10]，多情应笑我，早生华发[11]。人间如梦，一尊还酹江月[12]。

（选自胡云翼选注：《宋词选》，上海古籍出版社，1978年版）

注释

[1] 赤壁：三国时周瑜破曹操的赤壁，在今湖北赤壁市。苏轼所游为黄州赤鼻矶，因与“赤壁”谐音，故称。

[2] 风流人物：在历史上产生了影响的英雄人物。

[3] 故垒：昔日军队驻扎过的营垒。

[4] 人道是、三国周郎赤壁：苏轼所游实为黄州赤鼻矶，三国的赤壁古战场在今湖北赤壁市，因此诗人在此谨慎地加上了“人道是”三字，即听人说是这样。

[5] 雪：比喻浪花。

[6] 公瑾：周瑜字公瑾。

[7] 小乔：乔公次女，周瑜之妻。乔本作桥，《三国志·吴志·周瑜传》：“（周瑜攻皖后）得桥公两女，皆国色也。策自纳大桥，瑜纳小桥。”

[8] 羽扇纶（guān）巾：手摇羽扇，头戴青丝巾，形容神态从容。

[9] 樯橹：樯，桅杆。橹，比桨大的划船工具，安在船尾或船旁。樯橹，在这里指曹军的战船。一作“强虏”。

[10] 故国神游：即神游故国。

[11] 华发：花白头发。

[12] 一尊还酹江月：尊，即樽，盛酒器，这里用作量词，一樽即一杯。酹（lèi），以酒浇地，表示祭奠。此句意思是，诗人面对江月浇酒于地，以示祭奠。

五、鹊桥仙·纤云弄巧（秦观）

纤云弄巧[1]，飞星传恨[2]，银汉迢迢暗度[3]。金风玉露一相逢[4]，便胜却人间无数。

柔情似水[5]，佳期如梦[6]，忍顾鹊桥归路[7]！两情若是久长时，又岂在朝朝暮暮[8]！

（选自胡云翼选注：《宋词选》，上海古籍出版社，1978年版）

注释

[1] 纤云弄巧：纤云，纤薄柔软的云彩。弄巧，变幻出许多形状和花样。纤云弄巧，暗喻织女织云锦的传说。

[2] 飞星传恨：飞星，流星。传恨，传递牛郎织女间的离愁别恨。

[3] 银汉迢迢暗度：银汉，银河。迢迢，遥远的样子。暗度，悄悄渡过。此句意思是，织女星在不知不觉中渡过了银河。

[4] 金风玉露一相逢：金风玉露，指秋风和白露。此句连同下句的意思是，牛郎织女在秋风白露中一年相会一次，也胜过人间的凡夫俗妇貌合神离的长相厮守。

[5] 柔情似水：男女之间的情意温柔缠绵，这里指牛郎和织女间的柔情。

[6] 佳期如梦：佳期，指情侣间约会的日期。此句意思是，约会的日期像在梦中一样遥不可及。

[7] 忍顾鹊桥归路：忍顾，不忍回头看。此句意思是，怎么忍心回头看那条返回的鹊桥路呢？

[8] 朝朝暮暮：每天早晨和黄昏，这里指朝夕相守。

六、苏幕遮·燎沉香（周邦彦）

燎沉香[1]，消溽暑[2]。鸟雀呼晴[3]，侵晓窥檐语[4]。叶上初阳干宿雨[5]，水面清圆，一一风荷举。

故乡遥，何日去？家住吴门[6]，久作长安旅[7]。五月渔郎[8]相忆否？小楫[9]轻舟，梦入芙蓉浦[10]。

（选自胡云翼选注：《宋词选》，上海古籍出版社，1978年版）

注释

[1] 燎沉香：燎，烧。沉香，一种名贵的香料，置水中则下沉，故名，其香味可辟秽气。

[2] 溽暑：溽（rù），湿润，潮湿。溽暑，指潮湿的暑气。

[3] 呼晴：唤晴。旧有鸟鸣可占晴雨的说法。

[4] 侵晓窥檐语：侵晓，快天亮的时候。侵，渐近。此句意思是，一大清早，诗人就听到鸟雀在屋檐下叽叽喳喳地叫个不停。

[5] 宿雨：经夜的雨水。

[6] 吴门：苏州史称吴门。

[7] 久作长安旅：长安，今西安，唐及以前各代长时间作都城，故后世每用“长安”借指京都，词中是指北宋首都汴京，即今河南开封。旅，羁旅，寄居外地之意。此句连同上句的意思是，我家本在苏州，却长久地寄居在汴京。

[8] 渔郎：打鱼的人，这里指儿时伙伴。

[9] 小楫：小而短的桨，这里意思是用短桨摇。

[10] 芙蓉浦：有荷花的水边。

参考书目

[1] 胡云翼选注．宋词选．上海：上海古籍出版社，1978

[2]（清）上彊村民重编，唐圭璋笺注．宋词三百首笺注．北京：人民文学出版社，2005

[3]（宋）柳永著，薛瑞生校注．乐章集校注．北京：中华书局，1994

[4] 周子瑜选注．柳永周邦彦词选注．上海：上海古籍出版社，1990

[5] 朱德才主编．增订注释苏轼词．北京：文化艺术出版社，1997

[6] 王强编著．周邦彦词新释辑评．北京：中国书店，2006

第 11 讲

宋词（下）

一、声声慢·寻寻觅觅（李清照）

寻寻觅觅[1]，冷冷清清，凄凄惨惨戚戚[2]。乍暖还寒[3]时候，最难将息[4]。三杯两盏淡酒，怎敌他晚来风急！雁过也，正伤心，却是旧时相识[5]。

满地黄花堆积[6]，憔悴损，如今有谁堪摘[7]？守着窗儿，独自怎生[8]得黑！梧桐更兼细雨，到黄昏、点点滴滴。这次第[9]，怎一个愁字了得！

（选自胡云翼选注：《宋词选》，上海古籍出版社，1978 年版）

注释

[1] 寻寻觅觅：寻寻找找，写诗人心中若有所失而寻找什么。

[2] 凄凄惨惨戚戚：戚戚，忧伤的样子。此句连同上两句的意思是，内心茫然若有所失，因而寻寻找找，总想找到什么，却一无所获，周围环境是这样冷清孤寂，使人倍感凄惨忧伤。

[3] 乍暖还寒：天气刚刚暖和又冷起来了，即天气忽热忽冷的意思。

[4] 将息：调养，保养。

[5] 旧时相识：诗人南渡时从北至南，秋季北雁亦南飞，故看到大雁有一种似曾相识的感觉。这里表达一种睹物怀旧的感伤情绪。

[6] 黄花堆积：黄花，菊花。菊花开在地上，长得不高，故云“堆积”。

[7] 有谁堪摘：有谁能够一起去摘赏？

[8] 怎生：怎么。

[9] 次第：情况，光景。

二、满江红[1]·怒发冲冠（岳飞）

怒发冲冠[2]，凭阑处[3]、潇潇雨歇。抬望眼[4]，仰天长啸[5]，壮怀激烈[6]。三十功名尘与土[7]，八千里路云和月[8]。莫等闲[9]、白了少年头，空悲切。

靖康耻[10]，犹未雪[11]；臣子恨，何时灭[12]！驾长车[13]、踏破贺兰山缺[14]。壮志饥餐胡虏肉[15]，笑谈渴饮匈奴血[16]。待从头、收拾[17]旧山河，朝天阙[18]。

（选自胡云翼选注：《宋词选》，上海古籍出版社，1978年版）

注释

[1] 满江红：宋高宗绍兴四年（公元1134年），岳飞因战功擢升为清远军节度使、湖北荆襄潭州制置使，时年三十二岁，此词当作于此后不久。

[2] 怒发冲冠：头发直竖，顶起帽子，形容盛怒。语出《史记·廉颇蔺相如列传》："相如因持璧却立倚柱，怒发上冲冠。"

[3] 凭阑处：阑，阑干，同"栏杆"。此语意为凭靠着栏杆的时候。

[4] 抬望眼：抬头纵目远望。

[5] 仰天长啸：抬头朝天大声呼叫，古人常以此抒发悲愤之情或以此述志。

[6] 壮怀激烈：胸怀壮志，激烈不平。

[7] 三十功名尘与土：视自己三十来岁时取得的功名如尘土（因报国壮志未实现）。

[8] 八千里路云和月：指自己多年征战，披星戴月，日夜兼程，走过了漫长的路程。八千里路在这里是概指。

[9] 莫等闲：不要轻易。此句连同下两句的意思是，不要轻易虚度光阴，让少年变白头，到老来怨恨悲伤。

[10] 靖康耻：靖康，宋钦宗赵桓年号。靖康元年（公元1126年），金兵攻陷汴京，次年掳徽宗赵佶、钦宗赵桓以及大量宫妃、巧匠、文物珍宝北去，北宋灭亡，史称"靖康之变"，因其给当时汉民族造成奇耻大辱，故称"靖康耻"。

[11] 雪：洗雪。

[12] 灭：平息。

[13] 长车：战车。

[14] 贺兰山缺：在今宁夏回族自治区和内蒙古自治区交界处，当时为西夏统治区，此处指金人的军事屏障。"缺"与前面的"破"是同义反复。

[15] 壮志饥餐胡虏肉：胡虏，对金兵的蔑称。此句意思是，胸怀杀敌理想，立志以吃金兵的肉充饥。

[16] 笑谈渴饮匈奴血：匈奴，本指两汉时期常常入侵的北方少数民族，这里指金兵。此句意思是，谈笑之间，把金兵灭了，并以他们的血来解渴。

[17] 收拾：整顿、整理。

[18] 朝天阙：朝拜皇宫，即朝拜天子。

三、卜算子·咏梅（陆游）

驿外断桥[1]边，寂寞开无主[2]。已是黄昏独自愁[3]，更著[4]风和雨。

无意苦争春[5]，一任[6]群芳妒。零落成泥碾作尘[7]，只有香如故。

（选自胡云翼选注：《宋词选》，上海古籍出版社，1978年版）

注释

[1] 驿外断桥：驿，驿站，古代供传递政府文书的人中途换马休息的地方。驿外，指荒僻之地。断桥，残破的桥。

[2] 无主：无人过问，无人观赏。

[3] 已是黄昏独自愁：日落黄昏，这株无人理会的梅花显得是那样孤独、愁苦。

[4] 著：遭受。

[5] 苦争春：费尽心思去争艳斗宠。

[6] 一任：任凭。

[7] 零落成泥碾作尘：零落，凋谢。此句连同下句的意思是，梅花纷纷凋零，委弃于地，并进而被碾成了灰尘，但仍然在空中散发出淡淡的芳香。这两句着力写梅花坚贞不屈的傲骨。

四、水龙吟·登建康赏心亭[1]（辛弃疾）

楚天[2]千里清秋，水随天去秋无际。遥岑[3]远目，献愁供恨，玉簪螺髻[4]。落日楼头，断鸿[5]声里，江南游子。把吴钩看了[6]，栏干拍遍，无人会，登临意。

休说鲈鱼堪脍[7]，尽西风，季鹰[8]归未？求田问舍[9]，怕应羞见，刘郎[10]才气。可惜流年[11]，忧愁风雨。树犹如此[12]。倩[13]何人、唤取红巾翠袖[14]，揾[15]英雄泪！

（选自胡云翼选注：《宋词选》，上海古籍出版社，1978年版）

注释

[1] 建康赏心亭：建康，今江苏南京。赏心亭，在建康下水门的城墙上，下临秦淮河，今遗址在南京市水西门。

[2] 楚天：楚地的天空，因长江中下游地区古属楚国，故称。

[3] 遥岑：远山。

[4] 玉簪螺髻：玉簪，古人头上插的碧玉簪。螺髻（jì），螺旋盘结的发髻。这里是比喻的说法，形容远山像玉簪螺髻一样秀美。

[5] 断鸿：离群的孤雁。

［6］把吴钩看了：吴钩，一种兵器，形似剑而曲。春秋时吴人善铸钩，故称。此句意思是，诗人拔出刀剑，反复观看，表达了欲建功立业的情怀。

［7］鲈鱼堪脍：鲈鱼，又称花鲈、寨花、鲈板等，肉质白嫩，秋末冬初，鲈鱼成熟，味肥美，是吃鲈鱼的最好时节。脍，细切鱼肉。此句意思是，能把鲈鱼细切。

［8］季鹰：指晋朝官员张翰。《晋书·张翰传》载，张翰见秋风吹起，因想念家乡的莼菜、鲈鱼等美味，遂辞官归家，还说："人生贵得适志，何能羁宧数千里以要名爵乎！"诗人乃反其意而用之。

［9］求田问舍：追求置办田地和房屋，此指目光短浅、只知致力于做富家翁的许汜。《三国志·魏志·陈登传》载，许汜与刘备、刘表谈论天下人，许汜对陈元龙（陈登）曾怠慢自己颇有意见，刘备于是为陈元龙辩解说："君有国士之名，今天下大乱，帝主失所，望君忧国忘家，有救世之意，而君求田问舍，言无可采，是元龙所讳也，何缘当与君语！"典当出此。

［10］刘郎：刘备。此句是诗人以刘备自许。

［11］流年：时光流逝。

［12］树犹如此：此句用桓温见树流泪的典故。《世说新语·言语》："桓公北伐，经金城，见前为琅邪时所种之柳皆已十围，慨然曰：'木犹如此，人何以堪！'攀枝折条，泫然流泪。"诗人用此典表达对韶华易逝、国势日颓的伤感。

［13］倩（qiàn）：请别人代自己做事。

［14］红巾翠袖：指歌女。

［15］揾（wèn）：擦拭。

五、扬州慢[1]·淮左名都（并序）（姜夔）

淳熙丙申至日[2]，予过维扬[3]。夜雪初霁[4]，荠麦弥望[5]。入其城则四顾[6]萧条，寒水自碧，暮色渐起，戍角[7]悲吟。予怀怆然[8]，感慨今昔。因自度[9]此曲。千岩老人以为有《黍离》之悲[10]也。

淮左名都[11]，竹西佳处[12]，解鞍少驻初程[13]。过春风十里，尽荠麦青青。自胡马窥江[14]去后，废池乔木[15]，犹厌言兵。渐黄昏，清角[16]吹寒，都在空城。

杜郎俊赏[17]，算而今、重到须惊。纵豆蔻词工[18]，青楼梦好[19]，难赋深情。二十四桥[20]仍在，波心荡、冷月无声。念桥边红药[21]，年年知为谁生！

（选自胡云翼选注：《宋词选》，上海古籍出版社，1978年版）

注释

［1］扬州慢：此为姜夔自度曲，后人多用以抒发怀古之思。姜夔有十七

首自度曲，此曲创作最早。

[2] 淳熙丙申至日：淳熙丙申，淳熙三年（公元1176年）。至日，冬至。

[3] 维扬：扬州。

[4] 霁：泛指风霜雨雪停止后天晴。

[5] 荠麦弥望：荠麦，荠菜和麦子。弥望，满眼。

[6] 四顾：环视四周。

[7] 戍角：军中号角。

[8] 怆然：悲伤的样子。

[9] 度：创作曲谱。这里当包含歌词的创作。

[10] 千岩老人以为有《黍离》之悲：千岩老人，指南宋诗人萧德藻，字东夫，自号千岩老人，他将自己的侄女嫁给姜夔。《黍离》，《诗经·王风》中的一篇。周平王东迁后，周大夫经过西周故都，见满是断壁残垣，昔日宫室长满禾黍，遂赋《黍离》诗志哀。后世常用"黍离"来表示亡国之痛。

[11] 淮左名都：淮左，指宋代淮南东路，扬州是淮南东路的首府，故称"淮左名都"。

[12] 竹西佳处：竹西，指当时扬州城东禅智寺侧的竹西亭。佳处，名胜。

[13] 解鞍少驻初程：少驻，稍作停留。初程，刚开始的一段路。此句连同上句的意思是，我刚刚抵达扬州，在竹西亭这个胜地解鞍稍作停留。

[14] 胡马窥江：指金朝军队对长江一带的侵略。

[15] 废池乔木：废池，废毁的池台。乔木，残存的古树。二者皆战后余物，表明城中的荒芜和萧条。

[16] 清角：同注释[7]"戍角"，说其"清"是形容号角的凄凉和寒意。

[17] 杜郎俊赏：杜郎，指唐代诗人杜牧。唐文宗大和七年（公元833年）到九年（公元835年），杜牧在扬州任淮南节度使掌书记。俊赏，杰出的鉴赏能力。

[18] 豆蔻词工：豆蔻，多年生常绿草本植物，有香味，可入药。工，指艺术品的精湛。杜牧《赠别》一诗用豆蔻比喻十三四岁的青春少女："娉娉袅袅十三余，豆蔻梢头二月初。"这里"豆蔻词工"当泛指杜牧写美艳少女的精湛诗作。

[19] 青楼梦好：指杜牧描写扬州妓院生活的诗作。杜牧《遣怀》诗："十年一觉扬州梦，赢得青楼薄幸名。"

[20] 二十四桥：扬州名胜，有二说。一说唐时扬州城内有桥二十四座，皆为可纪之名胜，见沈括《梦溪笔谈·补笔谈》。一说专指扬州西郊的吴家砖桥（一名红药桥），"因古之二十四美人吹箫于此，故名"，见李斗《扬州画舫录》。

[21] 红药：芍药。

六、玉楼春·戏林推[1]（刘克庄）

年年跃马长安市[2]，客舍似家家似寄[3]。青钱换酒日无何[4]，红烛呼卢宵不寐[5]。

易挑锦妇机中字[6]，难得玉人心下事[7]。男儿西北有神州[8]，莫滴水西桥畔泪[9]。

（选自胡云翼选注：《宋词选》，上海古籍出版社，1978年版）

注释

[1] 推：即节推，节度使府推官，掌推勾狱讼之事。

[2] 年年跃马长安市：跃马，骑马。长安，今西安，这里是指南宋都城临安，即今杭州。此句意思是，年年岁岁都在都城临安骑马冶游。

[3] 客舍似家家似寄：客舍，旅店，这里指酒楼妓馆。寄，寄居之所。此句意思是，把酒楼妓馆当成了家，家倒成了寄居之所。

[4] 青钱换酒日无何：青钱，以铜、铅、锡为原料按比例铸成的钱币。日无何，意谓白天除了饮酒什么都不干。

[5] 红烛呼卢宵不寐：呼卢，古代一种赌博游戏，又叫“樗蒲”，亦称“五木之戏”，共用五枚木骰子，每枚皆一面白，一面黑，如一投五子皆黑，叫“卢”，得头彩。掷子时，高声喊叫，希望得全黑，所以叫“呼卢”。李白《少年行》之三：“呼卢百万终不惜，报雠千里如咫尺。”宵不寐，通宵不睡。

[6] 易挑锦妇机中字：易挑，容易识破。锦妇，织锦的妇女，这里指妻子。机中字，暗设玄机的字。《丽情集》载：“前秦窦滔恨其妻苏氏，及镇襄阳，与苏绝音问。苏因织锦为回文诗寄滔，滔览锦字，感其妙绝，乃具车迎苏。”此故事流传甚广。此句意思是，妻子的心事容易猜中。

[7] 难得玉人心下事：玉人，美人，此指妓女。此句意思是，妓女的心意不易捉摸。

[8] 男儿西北有神州：神州，古时称中国为赤县神州，此指中原沦陷区。此句劝勉友人要关心国家大事，时刻记住中原地区还没有收复。

[9] 莫滴水西桥畔泪：水西桥，指妓女聚居之地。此句意思是，不要同那些妓女混在一起，洒抛那种无聊的伤心泪。

参考书目

[1] 胡云翼选注．宋词选．上海：上海古籍出版社，1978

[2]（清）上彊村民重编，唐圭璋笺注．宋词三百首笺注．北京：人民文学出版社，2005

[3] 陈祖美编著．李清照词新释辑评．北京：中国书店，2003

[4]（宋）辛弃疾撰，邓广铭笺注．稼轩词编年笺注．上海：上海古籍出版社，1993

[5]（宋）姜夔著，夏承焘校，吴无闻注释．姜白石词校注．广州：广东人民出版社，1983

第12讲

宋代散文

一、醉翁亭记[1]（欧阳修）

环滁皆山也[2]。其西南诸峰，林壑[3]尤美。望之蔚然而深秀者[4]，琅琊[5]也。山[6]行六七里，渐闻水声潺潺[7]，而泻出于两峰之间者，酿泉也[8]。峰回路转[9]，有亭翼然临于泉上者[10]，醉翁亭也。作[11]亭者谁？山之僧曰智仙也。名[12]之者谁？太守自谓也[13]。太守与客来饮于此，饮少辄醉[14]，而年又最高，故自号[15]曰醉翁也。醉翁之意不在酒[16]，在乎山水之间也。山水之乐，得之心而寓之酒也[17]。

若夫日出而林霏开[18]，云归而岩穴暝[19]，晦明变化者[20]，山间之朝暮也。野芳发而幽香[21]，佳木秀而繁阴[22]，风霜高洁[23]，水落而石出者，山间之四时也。朝而往，暮而归，四时之景不同，而乐亦无穷也。

至于负者歌于途[24]，行者休于树，前者呼，后者应，伛偻提携[25]，往来而不绝者，滁人游也。临溪而渔[26]，溪深而鱼肥，酿泉为酒[27]，泉香而酒洌[28]。山肴野蔌[29]，杂然而前陈者[30]，太守宴也。宴酣[31]之乐，非丝非竹[32]，射[33]者中，弈[34]者胜，觥筹交错[35]，起坐而喧哗者，众宾欢也。苍颜白发，颓然乎其间者[36]，太守醉也。

已而夕阳在山，人影散乱，太守归而宾客从也。树林阴翳[37]，鸣声上下，游人去而禽鸟乐也。然而禽鸟知山林之乐，而不知人之乐；人知从太守游而乐，而不知太守之乐其乐也[38]。醉能同其乐，醒能述以文者，太守也。太守谓谁？庐陵[39]欧阳修也。

[选自余冠英、启功等主编：《唐宋八大家全集·欧阳修集》（上），国际文化出版公司，1997年版]

注释

[1] 记：古代的一种文体，它可以记人和事，可以记山川名胜，可以记

器物建筑，故又称“杂记”。在写法上大多以记述为主而兼有议论、抒情成分。

[2] 环滁皆山也：环，环绕。环滁（chú），环绕着滁州城，滁州在安徽省东部。此句意思是，环绕滁州城四周的都是山。

[3] 林壑：林，树林。壑（hè），山谷。

[4] 望之蔚然而深秀者：蔚然，茂盛的样子。深秀，幽深而又秀丽。此句意思是，远望那树木茂盛、幽深而又秀丽的地方。

[5] 琅（láng）琊（yá）：山名，在滁县西南十里。

[6] 山：名词作状语，沿着山路。

[7] 潺潺（chán）：水流动的声音。

[8] 而泻出于两峰之间者，酿泉也：泻，奔泻而出。酿泉，水清可以酿酒，故曰酿泉。此二句的意思是，从两座山峰之间奔泻而出的，是酿泉。

[9] 峰回路转：回，回环，曲折环绕。此句意思是，山势回环，路也跟着拐弯。

[10] 有亭翼然临于泉上者：翼，名词作状语，像鸟张开翅膀一样。临，坐落。此句意思是，有个四角翘起，像鸟张开翅膀一样，高踞于泉水之上的亭子。

[11] 作：建造。

[12] 名：名词作动词，取名，命名。

[13] 太守自谓也：太守，汉朝时太守为一郡最高行政长官，宋朝时一州的长官称知军州事，泛称太守。谓，命名。此句意思是，太守用自己的别号（“醉翁”）来称呼这个亭子。

[14] 饮少辄醉：辄（zhé），就。此句意思是，喝一点点就醉了。

[15] 号：名词作动词，称呼。

[16] 醉翁之意不在酒：意，情趣。此句连同下句的意思是，醉翁的情趣不在于饮酒，而在于山光水色。

[17] 得之心而寓之酒也：得，领会。寓，寄托。此句连同上句的意思是，欣赏山水的乐趣，领会在心里，寄托在喝酒上。

[18] 若夫日出而林霏开：若，像。夫（fú），那。而，就，表顺承的连词。霏（fēi），雾气。林霏，树林里的雾气。开，散开。此句意思是，像那太阳出来，树林中的雾气消散。

[19] 云归而岩穴暝：云归，烟云聚拢，古人认为云来自山中。岩穴，山谷。暝（míng），昏暗。此句意思是，烟云聚拢来，山谷就昏暗了。

[20] 晦明变化者：晦明变化，指天气阴晴明暗的变化。此句连同下句的意思是，朝则自暗而明，暮则自明而暗，明暗变化，就是山中的早晨和晚上。

[21] 野芳发而幽香：芳，香花。发，开放。此句意思是，野花盛开，散发出清幽的香味。

[22] 佳木秀而繁阴：佳，美好的。秀，这里指草木茂盛。繁，浓郁的。此句意思是，林木繁盛，枝叶成荫。

[23] 风霜高洁：高，高爽。此句意思是，天气高爽，霜色洁白。

[24] 至于负者歌于途：负，背着。此句连同下句的意思是，至于背着东西的人在路上唱歌，走路的人（走累了）在树下休息。

[25] 伛偻提携：伛（yǔ），驼背。偻（lǚ），脊背弯曲，腰背弯曲，这里指代老年人。提携，搀扶，带领，这里指代小孩子。此句意思是，老年人弯着腰走，小孩子由大人搀着走。

[26] 临溪而渔：渔，名词作动词，捕鱼。此句意思是，在溪水边捉鱼。

[27] 酿泉为酒：酿泉，名词作状语，用酿泉。为，制。此句意思是，用酿泉的水做酒。

[28] 泉香而酒洌：洌（liè），清醇。此句意思是，泉水香，酒色清。

[29] 山肴野蔌：山肴，野味。野蔌（sù），野菜。

[30] 杂然而前陈者：杂然，各色各样。前，方位名词作状语，在前面。陈，摆开，摆放。此句连同上句的意思是，野菜野味，随意放在地上。

[31] 酣（hān）：畅快地喝酒。

[32] 非丝非竹：丝，弦乐器的代称。竹，管乐器的代称。此句连同上句的意思是，宴会喝酒的乐趣，不在于音乐。

[33] 射：指投壶。古代宴饮时的一种娱乐游戏，即以箭投壶中，以能否投进决胜负，投中者胜，斟酒给负者饮。

[34] 弈：下棋。

[35] 觥筹交错：觥（gōng），酒杯，古代酒器用兕角制造，故称“兕觥”。筹，酒筹，宴会上行令或游戏时饮酒计数用的签子。此句连同下两句的意思是，酒杯酒筹交互错杂，人们时站时坐，大声喧嚷，这是宾客们（尽情）欢乐的景象。

[36] 颓然乎其间者：颓然，醉醺醺的样子。乎，相当于“于”。此句连同上下句的意思是，脸色苍老，头发花白，醉醺醺地坐在众人中间，这是太守喝醉了。

[37] 树林阴翳：翳（yì），遮盖。阴翳，形容枝叶茂密成荫。此句意思是，树林枝叶茂密成荫。

[38] 而不知太守之乐其乐也：乐其乐，第一个“乐”，意动用法，以……为快乐；第二个“乐”，欢乐。此句连同上句的意思是，游人知道跟着太守游玩的乐趣，却不知道太守以他们的快乐为快乐啊。

[39] 庐陵：庐陵郡，今江西省吉安市。欧阳修为永丰人，其先世为庐陵大族，谱籍亦著庐陵，故称。

二、答司马谏议[1]书（王安石）

某启[2]：昨日蒙教，窃以为与君实游处相好之日久[3]，而议事每不合，所操之术[4]多异故也。虽欲强聒[5]，终必不蒙见察[6]，故略上报[7]，不复一一自辨。重念蒙君实视遇厚[8]，于反复不宜卤莽[9]，故今具道所以，冀君实或见恕也[10]。

盖儒者所争，尤在名实[11]，名实已明，而天下之理得矣。今君实所以见教[12]者，以为侵官、生事、征利、拒谏[13]，以致天下怨谤也。某则以谓受命于人主，议法度而修之于朝廷[14]，以授之于有司[15]，不为侵官；举先王之政，以兴利除弊，不为生事；为天下理财，不为征利；辟邪说[16]，难壬人[17]，不为拒谏。至于怨诽之多，则固前知其如此也。

人习于苟且非一日[18]，士大夫多以不恤[19]国事，同俗自媚于众为善[20]。上[21]乃欲变此，而某不量敌之众寡，欲出力助上以抗之，则众何为而不汹汹然[22]？盘庚之迁[23]，胥怨者民也[24]，非特[25]朝廷士大夫而已。盘庚不为怨者故改其度，度义而后动[26]，是而不见可悔故也[27]。如君实责我以在位久，未能助上大有为，以膏泽斯民[28]，则某知罪矣。如曰今日当一切不事事[29]，守前所为而已，则非某之所敢知。

无由会晤，不任区区向往之至[30]。

［选自余冠英、启功等主编：《唐宋八大家全集·王安石集》（下），国际文化出版公司，1997年版］

注释

［1］司马谏议：指司马光，字君实，北宋政治家、史学家，时任翰林学士、右谏议大夫，故称司马谏议。他曾写信反对王安石变法，本文是王安石的回信。

［2］某启：某，作者自称，用作表示个人意见的谦词。在文集中，作者多以“某”字代替自己。启，古人写信的惯用语，表示开始陈述。

［3］窃以为与君实游处相好之日久：窃，私自，私下。游处，交游相处。此句意思是，我私下认为与君实您交往相好的日子很久了。

［4］所操之术：术，方法，此处指政治主张。所操之术，即所坚持的政治主张。

［5］强聒：聒（guō），声音嘈杂。强聒，勉强作解释。

［6］终必不蒙见察：最终也必定不被您所谅解。

［7］故略上报：上报，写回信的客气说法。略上报，简单地写回信。此句意思是，所以（我）只是简单地给您写了封回信。

［8］重念蒙君实视遇厚：视遇厚，看重。此句意思是，又想到承蒙您一向看重和厚待。

［9］于反复不宜卤莽：反复，指书信往来。卤莽，马虎草率。卤，同“鲁”。此句意思是，在书信往来上不宜马虎草率。

［10］冀君实或见恕也：冀，希望。此句连同上句的意思是，所以我现在详细地说出我这样做的道理，希望您看后或许能谅解我。

［11］尤在名实：名，事物的名称、概念。实，事实，名称、概念之实际所指。此句连同上句的意思是，有学问的读书人争论，特别注重名义和实际（是否相符）。

［12］见教：客套语，称对方指教自己。

［13］侵官、生事、征利、拒谏：侵官，添设新机构，侵夺原有机构的职权。生事，制造事端。征利，设法生财，与民夺利。拒谏，拒绝接受反对者的意见。这都是司马光在来信中所指责的变法的弊端。

［14］议法度而修之于朝廷：修，修正。此句意思是，议订法令制度，又在朝廷上修正（决定）。

［15］有司：各部门负专责的官吏。

［16］辟邪说：辟，排斥，抨击。邪说，荒谬的言论。此句意思是，抨击荒谬言论。

［17］难壬人：难，责难，反驳。壬（rén）人，佞人，巧言之人。此句意思是，责难奸佞小人。

［18］人习于苟且非一日：习，习惯。苟且，苟且偷安，得过且过。此句意思是，人们习惯于苟且偷安，已不是一天两天的事了。

［19］恤：体恤。

［20］同俗自媚于众为善：同俗自媚于众，附和世俗，讨好众人。此句意思是，把附和世俗之见以讨好众人当做好事。

［21］上：皇上，指宋神宗。

［22］汹汹然：喧扰，争吵。

［23］盘庚之迁：盘庚，商代的中兴君主。盘庚即位后，认为国都设在商地（今河南商丘），不适宜实行教化，决定迁都亳（bó）（今河南安阳），改国号为殷。见《尚书·盘庚》。

［24］胥怨者民也：胥（xù），同“与”，相与之意。胥怨，相怨。此句连同上句的意思是，盘庚迁都（的时候），连老百姓都抱怨啊。

［25］特：只，仅仅。

［26］度义而后动：度（duó），考虑。义，合理。此句连同上句的意思是，盘庚不因为有人怨恨的缘故就改变自己的计划，（这是他）考虑到（迁都）合理，然后坚决行动。

［27］是而不见可悔故也：是，正确。此句意思是，认为正确，就看不出有什么可以后悔的缘故啊。

［28］以膏泽斯民：膏泽，施加恩泽。此句意思是，加恩惠于人民。

［29］如曰今日当一切不事事：事事，做事情。此句连同下句的意思是，如果说现在应该什么事都不去做，墨守前人的陈规旧法，不予改革。

［30］不任区区向往之至：不任，不胜。区区，诚恳的样子。向往，仰慕。此句连同上句的意思是，没有缘由（与您）见面，内心实在仰慕得很。旧时书信结尾客套语。

三、前赤壁赋[1]（苏轼）

壬戌[2]之秋，七月既望[3]，苏子与客泛舟游于赤壁之下[4]。清风徐来，水波不兴。举酒属客[5]，诵明月之诗[6]，歌窈窕之章[7]。少焉，月出于东山之上，徘徊于斗牛之间[8]。白露横江[9]，水光接天。纵一苇之所如[10]，凌万顷之茫然[11]。浩浩乎如冯虚御风[12]，而不知其所止，飘飘乎如遗世独立[13]，羽化而登仙[14]。

于是饮酒乐甚，扣舷而歌之。歌曰："桂棹兮兰桨[15]，击空明兮泝流光[16]。渺渺兮予怀[17]，望美人[18]兮天一方。"客有吹洞箫者，倚歌而和之，其声呜呜然[19]，如怨如慕，如泣如诉。余音袅袅[20]，不绝如缕。舞幽壑之潜蛟[21]，泣孤舟之嫠妇[22]。

苏子愀然[23]，正襟危坐[24]，而问客曰："何为[25]其然也？"客曰："'月明星稀，乌鹊南飞。'此非曹孟德[26]之诗乎？西望夏口，东望武昌。山川相缪[27]，郁乎苍苍[28]。此非孟德之困于周郎者乎[29]？方其破荆州[30]，下江陵[31]，顺流而东也，舳舻[32]千里，旌旗蔽空，酾酒[33]临江，横槊赋诗[34]，固一世之雄也，而今安在哉？况吾与子渔樵于江渚之上[35]，侣鱼虾而友麋鹿[36]。驾一叶之扁舟，举匏尊以相属[37]。寄蜉蝣于天地[38]，渺沧海之一粟[39]。哀吾生之须臾，羡长江之无穷。挟飞仙以遨游，抱明月而长终[40]。知不可乎骤得[41]，托遗响于悲风[42]。"

苏子曰："客亦知夫水与月乎？逝者如斯[43]，而未尝往也。盈虚者如彼[44]，而卒莫消长也。盖将自其变者而观之，则天地曾不能以一瞬[45]；自其不变者而观之[46]，则物与我皆无尽也。而又何羡乎？且夫天地之间，物各有主[47]，苟[48]非吾之所有，虽[49]一毫而莫取。惟江上之清风，与山间之明月，耳得之而为声[50]，目遇之而成色[51]，取之无禁，用之不竭，是造物者之无尽藏也[52]，而吾与子之所共适[53]。"

客喜而笑，洗盏更酌[54]。肴核[55]既尽，杯盘狼藉[56]。相与枕藉[57]乎舟中，不知东方之既白[58]。

[选自余冠英、启功等主编：《唐宋八大家全集·苏轼集》（上），国际文化出版公司，1997年版]

注释

[1] 此赋写于元丰五年（公元1082年）。当时作者因对王安石变法不满而被贬于黄州。

[2] 壬戌：古代采用的天干地支计年法，指宋神宗元丰五年，即公元1082年。

[3] 既望：既，完了，过了。望，指阴历每月的十五日，因为这天夜里月亮与太阳相望，故称。既望，阴历每月的十六日。

[4] 苏子与客泛舟游于赤壁之下：苏子，苏轼自称。赤壁，黄州的赤鼻矶，因与"赤壁"谐音，故称。此句意思是，我同客人乘船游于赤壁之下。

[5] 举酒属客：属（zhǔ），同"嘱"，劝酒，请、让。属客，向客人敬酒。此句意思是，举起酒杯向客人敬酒。

[6] 明月之诗：指《诗经·陈风》中《月出》一诗。

[7] 窈窕之章：指《月出》诗中的第一章，此章中有"窈纠"一词，音近"窈窕"，故戏称"窈窕之章"。

[8] 徘徊于斗牛之间：徘徊，停留不前。斗牛，斗宿、牛宿，都是星宿名。此句连同上句的意思是，月亮从东山上升起，在斗宿与牛宿之间徘徊。这是以拟人的手法描绘新月在中天漫步。

[9] 白露横江：露，指水汽。此句意思是，白茫茫的水汽横在江面上。

[10] 纵一苇之所如：纵，任凭，听任。一苇，像一片苇叶的小船。如，往，到。此句意思是，听任小船漂流到各处。

[11] 凌万顷之茫然：凌，乘。万顷，指水域广大。茫然，一望无际的样子。

[12] 冯虚御风：冯（píng），同“凭”，乘，凭借。虚，太空。御风，驾着风。

[13] 遗世独立：遗世，离开尘世。独立，独自高立空中。此句意思是，感觉身轻得似要离开尘世飘飞而去。

[14] 羽化而登仙：道家语，指人飞升成仙。道家认为成仙后可以飞升，故称成仙为“羽化”。

[15] 桂棹兮兰桨：桂棹（zhào），用桂木做的桨。兰桨，用木兰做船桨。桂、兰，名词作状语。木兰与桂树都是芳香华美之木。此句源自屈原《九歌》“桂棹兮兰枻”。

[16] 击空明兮泝流光：空明，指月光下的清波。泝（sù），同“溯”，逆流而上。流光，水面上随波浮动的月光。此句意思是，小船迎击空明的清波，逆着泛光的流水而行。

[17] 渺渺兮予怀：渺渺（miǎo），悠远的样子。此为倒装句，意为我怀念着遥远的地方。

[18] 美人：内心所思慕的人，这里隐喻君主。典故出自《楚辞·九章》中的《思美人》篇。

[19] 其声呜呜然：呜呜，象声词。此句连同下两句的意思是，洞箫发出呜呜之声，有如怨怼，有如倾慕，既像啜泣，也像低诉。

[20] 余音袅袅：余音，尾声。袅袅（niǎo），形容声音婉转悠长。此句连同下句的意思是，余音在江上回荡，如同丝绒一样绵绵不断不绝。

[21] 舞幽壑之潜蛟：舞，使动用法，使……舞动。幽壑，聚水的深渊。潜蛟，隐伏水下的蛟龙。此句意思是，能使深渊中的蛟龙为之起舞。

[22] 泣孤舟之嫠妇：泣，使动用法，使……哭泣。嫠（lí）妇，独居的妇女。此句意思是，能使孤舟上独居的妇女为之饮泣。

[23] 愀然：愀（qiǎo），脸色改变。愀然，忧愁的样子。

[24] 正襟危坐：正襟，拉正衣襟。正，形容词作动词。危，使动用法，使……端正。危坐，坐直。此句意思是，整理好衣裳，端正地坐着。

[25] 何为：为何。

[26] 孟德：曹操的字。

[27] 缪（liǎo）：同“缭”，连接，环绕。

[28] 郁乎苍苍：郁，茂盛的样子。苍苍，颜色青翠。

［29］此非孟德之困于周郎者乎：周郎，指周瑜，三国东吴名将，字公瑾。因二十四岁任中郎将，时人称为周郎。此句指汉献帝建安十三年（公元208年），吴将周瑜在赤壁之战中击溃曹操号称八十万的大军一事。

［30］破荆州：打下荆州。此指汉献帝建安十三年七月曹操攻破荆州一事。

［31］下江陵：下，名词作动词，攻下。江陵，今湖北江陵。此指曹操打败荆州的刘琮，转而攻打刘备一事。

［32］舳舻：舳（zhú），船尾。舻（lú），船头。舳舻，船首尾连接。语出《汉书·武帝纪》："舳舻千里。"

［33］酾酒：酾（shī），斟，此指洒酒。此句意思是，在江面上洒酒祭奠。

［34］横槊赋诗：槊（shuò），长矛。横槊，横握着长矛。赋诗，诵诗，指吟诵《短歌行》。

［35］况吾与子渔樵于江渚之上：渔樵（qiáo），名词作动词，打鱼，砍柴。江渚（zhǔ），江中小洲，亦指江边。此句意思是，何况我与你在江边打鱼砍柴。

［36］侣鱼虾而友麋鹿：侣，意动用法，把……当做伴侣。友，意动用法，把……当做朋友。此句意思是，以鱼虾为伴，与麋鹿为友。

［37］举匏尊以相属：匏（páo），葫芦的一种。尊，同"樽"，酒杯。匏尊，名词作状语，用葫芦做酒杯。相属，互相敬酒。此句意思是，举起葫芦酒杯互相劝酒。

［38］寄蜉蝣于天地：寄，寄托。蜉（fú）蝣（yóu），一种朝生夕死的小飞虫。此句比喻人生短促。

［39］渺沧海之一粟：渺，小。粟，小米。此句比喻人极其渺小。

［40］长终：至于永远。

［41］骤得：突然得到。

［42］托遗响于悲风：遗响，指箫声的余音。悲风，秋风。此句连同上句的意思是，我知道这是不可能经常得到的，因而只能把箫声的余音寄托给这悲凉的秋风。

［43］逝者如斯：逝，过去的，逝去的。斯，代词，指代流去的江水。此句用以形容光阴如流水一样一去不返。语出《论语·子罕》："逝者如斯夫，不舍昼夜。"

［44］盈虚者如彼：盈虚，满与缺。彼，指月亮。此句连同下句的意思是，月亮总是有圆有缺，但它终究也没有增减。

［45］则天地曾不能以一瞬：曾（zēng），乃，就。此句连同上句的意思是，从变的一面看，天地不到一转眼的工夫就完了。

［46］自其不变者而观之：此句连同下句的意思是，要是从它们不变的一面来看，万物同我们一样都是没有穷尽的。

［47］物各有主：凡物各有自己的归属。

［48］苟：如果。

[49] 虽：即使。

[50] 耳得之而为声：耳朵听到了就成其为声音。

[51] 目遇之而成色：眼睛看到了就成其为颜色。

[52] 是造物者之无尽藏也：造物者，指天，大自然。藏（zàng），宝藏。此句意思是，这是大自然无穷无尽的宝藏。

[53] 而吾与子之所共适：适，形容词作动词，享用。共适，共同享受。此句意思是，我能够同你们共享。

[54] 洗盏更酌：盏，酒杯。更酌，再斟酒。此句意思是，洗净杯子，重新斟酒。

[55] 肴核：肴（yáo），荤菜，熟菜。核，果品。

[56] 狼藉：藉，凌乱。狼藉，杂乱的样子。

[57] 枕藉（jiè）：纵横相枕而卧。

[58] 既白：白，名词作动词，显出白色。既白，已经显出白色，指天亮了。

参考书目

[1] 朱东润主编．中国历代文学作品选．上海：上海古籍出版社，1979

[2] 郭兴良，周建忠主编．中国古代文学作品选．北京：高等教育出版社，2000

[3] 徐中玉，金启华主编．中国古代文学作品选．上海：华东师范大学出版社，1999

第13讲

元杂剧

一、《窦娥冤》第三折[1]（关汉卿）

（外[2]扮监斩官上，云）

下官监斩官是也。今日处决犯人，着做公的[3]把住巷口，休放往来人闲走。

（净扮公人[4]，鼓三通，锣三下科[5]。刽子磨[6]旗提刀，押正旦[7]带枷上。刽子云）

行动些[8]，行动些，监斩官去法场上多时了。

（正旦唱）

【正宫·端正好[9]】没来由[10]犯王法，不提防遭刑宪[11]，叫声屈动地惊天。顷刻间游魂先赴森罗殿[12]，怎不将天地也生埋怨。

【滚绣球】有日月朝暮悬[13]，有鬼神掌著生死权[14]。天地也！只合[15]把清浊分辨，可怎生糊突了盗跖、颜渊[16]！为善的受贫穷更命短，造恶的享富贵又寿延。天地也！做得个[17]怕硬欺软，却元来也这般顺水推船[18]！地也，你不分好歹何为地！天也，你错勘贤愚枉做天[19]！哎，只落得两泪涟涟。

（刽子云）

快行动些，误了时辰也。

（正旦唱）

【倘秀才】则被这枷纽的我左侧右偏[20]，人拥的我前合后偃[21]。我窦娥向哥哥行[22]有句言。

（刽子云）

你有甚么话说？

（正旦唱）

前街里去心怀恨，后街里去死无冤，休推辞路远。

（刽子云）

你如今到法场上面，有甚么亲眷要见的，可教他过来，见你一面也好。

（正旦唱）

【叨叨令】可怜我孤身只影无亲眷，则落的吞声忍气空嗟怨[23]。

（刽子云）

难道你爷娘家也没的？

（正旦云）

止[24]有个爹爹，十三年前上朝取应[25]去了，至今杳无音信。

（唱）

早已是十年多不睹爹爹面。

（刽子云）

你适才[26]要我往后街里去，是什么主意？

（正旦唱）

怕则怕前街里被我婆婆见。

（刽子云）

你的性命也顾不得，怕他见怎的？

（正旦云）

俺婆婆若见我披枷带锁赴法场餐刀[27]去呵，

（唱）

枉将他气杀也么哥[28]，枉将他气杀也么哥。告哥哥，临危好与人行方便。

（卜儿[29]哭上科，云）

天那，兀的不是我媳妇儿！

（刽子云）

婆子靠后。

（正旦云）

既是俺婆婆来了，叫他来，待我嘱咐他几句话咱。

（刽子云）

那婆子近前来，你媳妇要嘱付你话哩。

（卜儿云）

孩儿，痛杀我也！

（正旦云）

婆婆，那张驴儿把毒药放在羊肚儿汤里，实指望药死了你，要霸占我为妻。不想婆婆让与他老子吃，倒把他老子药死了。我怕连累婆婆，屈招了药死公公，今日赴法场典刑[30]。婆婆，此后遇着冬时年节，月一十五，有（瀽[31]）不了的浆水饭，（瀽）半碗儿与我吃，烧不了的纸钱，与窦娥烧一陌儿[32]，则是看你死的孩儿面上。

（唱）

【快活三】念窦娥葫芦提当罪愆[33]，念窦娥身首不完全，念窦娥从前已往干家缘[34]，婆婆也，你只看窦娥少爷无娘面。

【鲍老儿】念窦娥服侍婆婆这几年，遇时节将碗凉浆奠[35]；你去那受刑法尸骸上烈[36]些纸钱，只当把你亡化的孩儿荐[37]。

（卜儿哭科，云）

孩儿放心，这个老身都记得。天那，兀的不痛杀我也！

（正旦唱）

婆婆也，再也不要啼啼哭哭，烦烦恼恼，怨气冲天。这都是我做窦娥的没时没运，不明不暗，负屈衔冤。

（刽子做喝科，云）

兀那婆子靠后，时辰到了也。

（正旦跪科）（刽子开枷科）

（正旦云）

窦娥告监斩大人，有一事肯依窦娥，便死而无怨。

（监斩官云）

你有什么事，你说。

（正旦云）

要一领[38]净席，等我窦娥站立，又要丈二白练[39]，挂在旗枪[40]上，若是我窦娥委实冤枉，刀过处头落，一腔热血休半点儿沾在地下，都飞在白练上者。

（监斩官云）

这个就依你，打甚么不紧[41]。

（刽子做取席站科，又取白练挂旗上科）

（正旦唱）

【耍孩儿】不是我窦娥罚下这等无头愿[42]，委实的冤情不浅；若没些儿灵圣与世人传，也不见得湛湛青天。我不要半星热血红尘洒，都只在八尺旗枪素练悬。等他四下里皆瞧见，这就是咱苌弘化碧[43]，望帝啼鹃[44]。

（刽子云）

你还有甚的说话，此时不对监斩大人说，几时说那？

（正旦再跪科，云）

大人，如今是三伏天道[45]，若窦娥委实冤枉，身死之后，天降三尺瑞雪，遮掩了窦娥尸首。

（监斩官云）

这等三伏天道，你便有冲天的怨气，也召不得一片雪来，可不胡说！

（正旦唱）

【二煞】你道是暑气暄[46]，不是那下雪天；岂不闻飞霜六月因邹衍[47]？若果有一腔怨气喷如火，定要感得六出冰花[48]滚似绵，免着我尸骸现；要什么素车白马[49]，断送出古陌荒阡[50]？

（正旦再跪科，云）

大人，我窦娥死的委实冤枉，从今以后，着这楚州亢旱[51]三年。

（监斩官云）

打嘴！那有这等说话！

（正旦唱）

【一煞】你道是天公不可期[52]，人心不可怜[53]，不知皇天也肯从人愿。做甚么三年不见甘霖[54]降，也只为东海曾经孝妇冤[55]。如今轮到你山阳县。这都是官吏每[56]无心正法，使百姓有口难言。

（刽子做磨旗科，云）

怎么这一会儿天色阴了也？

（内做风科，刽子云）

好冷风也！

（正旦唱）

【煞尾】浮云为我阴，悲风为我旋，三桩儿誓愿明题遍[57]。

（做哭科，云）

婆婆也，直等待雪飞六月，亢旱三年呵，

（唱）

那其间才把你个屈死的冤魂这窦娥显。

（刽子做开刀，正旦倒科）

（监斩官惊云）

呀，真个下雪了，有这等异事！

（刽子云）

我也道平日杀人，满地都是鲜血，这个窦娥的血，都飞在那丈二白练上，并无半点落地，委实奇怪。

（监斩官云）

这死罪必有冤枉。早两桩儿应验了，不知亢旱三年的说话准也不准，且看后来如何。左右，也不必等待雪晴，便与我抬他尸首，还了那蔡婆婆去罢。

（众应科，抬尸下）

（选自臧懋循编：《元曲选》，浙江古籍出版社，1998年版）

注释

[1]《窦娥冤》是伟大的戏曲家关汉卿的代表作之一。《窦娥冤》第三折“法场行刑”，是全剧的高潮部分。

[2] 外：元杂剧角色名，正末以外的次要男角色，称“外末”。明清传奇中逐渐演变为扮演老年男子的角色。

[3] 做公的：又称“公人”，统指衙门中的衙役与皂隶。

[4] 净扮公人：净，元杂剧角色名，一般扮演鲁莽、奸诈或性格刚烈的人物。公人，指衙门中的衙役与皂隶。

[5] 科：元杂剧术语，一般指舞台演出效果，或人物动作、表情的提示。

[6] 磨（mò）：挥动。

[7] 正旦：元杂剧角色名，指女主角。此剧正旦扮演窦娥，所以称为“旦本戏”。

[8] 行动些：动作快些。

[9] 正宫·端正好：正宫，宫调名。端正好，曲牌名。

[10] 没来由：无缘无故。

[11] 不提防遭刑宪：不提防，意想不到。遭刑宪，触犯刑法。此句意思是，没想到要遭受刑罚。

[12] 森罗殿：阎王殿。迷信的说法，指阴间阎王审案的庙堂。

[13] 有日月朝暮悬：日月，王季思主编的《中国十大古典悲剧集》此曲眉批云：“日月喻君临天下的皇帝。”此句意思是，有太阳、月亮白天黑夜高挂天上。

[14] 有鬼神掌著生死权：鬼神，王季思主编的《中国十大古典悲剧集》此曲眉批云：“鬼神喻掌握百姓生杀大权的官吏。”此句意思是，有鬼、神掌管着人的生死大权。

[15] 只合：合，应该。只合，本该。

[16] 可怎生糊突了盗跖、颜渊：盗跖，春秋时的大盗之一，劫财掠物，无所不为。颜渊，名回，字子渊，孔子弟子，勤奋好学，不为生活艰苦所困。盗跖极恶，颜渊极善。此句意思是，可是怎么混淆了坏人和好人。

[17] 做得个：即“落得个”，元杂剧常用来表示某种出人意料的结局。

[18] 顺水推船：比喻乘便行事，这里指趋炎附势。

[19] 你错勘贤愚枉做天：错勘，错判。此句意思是，你错判善恶白白地做天！

[20] 则被这枷纽的我左侧右偏：枷，枷锁。纽，同“扭”。左侧右偏，形容带枷走路时身体摇摆的样子。此句意思是，只被这枷锁扭得我左摇右晃。

[21] 前合后偃（yǎn）：前伏后倒。

[22] 哥哥行：行（háng），用于人称代词后面，指示方位的语助词，犹言“这里”、“那里”。哥哥行，哥哥这里。

[23] 嗟怨：嗟叹怨恨。

[24] 止：副词，只是，仅仅。

[25] 上朝取应：上朝参加考试。

[26] 适才：刚刚，方才。

[27] 餐刀：挨刀，被砍头。此句意思是，我婆婆如果看见我披着枷锁去法场挨刀子呵。

[28] 也么哥：元明戏曲中常用的衬词，无义。通常用于曲词中叠句的结尾，有加强语气的作用。

[29] 卜儿：元杂剧角色名，一般扮演老妇人。

[30] 典刑：行刑。

[31] 瀽（jiǎn）：泼，倒。这里指的是浇奠以祭祀死者。

[32] 一陌儿：陌，同“佰”，古代计算钱数的量词。一陌，就是一百钱。旧时祭奠要烧纸钱。

[33] 念窦娥葫芦提当罪愆：葫芦提，糊里糊涂，宋元市井间口语。罪愆(qiān)，罪恶，引申为罪犯。此句意思是，可怜我窦娥被官府糊里糊涂地判了死罪。

[34] 干家缘：操持料理家务。

[35] 遇时节将碗凉浆奠：遇时节，此处指逢年过节。此句意思是，逢年过节用碗凉汤祭奠我。

[36] 烈：烧。

[37] 荐：追荐，做佛事以求死去的鬼魂升天。

[38] 一领：一张。

[39] 白练：白绸。

[40] 旗枪：旗杆端，古代旗杆顶端往往有枪等金属装饰物，故称。

[41] 打甚么不紧：即“不要紧”，有什么要紧，有什么关系。

[42] 罚下这等无头愿：罚下，赌下。无头愿，无头无脑的誓愿。

[43] 苌弘化碧：苌（cháng）弘，周敬王的大夫，后来蒙冤被人所杀，传说他死后鲜血化为碧玉。此处比喻含恨而死。

[44] 望帝啼鹃：望帝，传说战国时蜀王杜宇称帝，号望帝，为蜀治水有功，后来把君位禅让给臣子，自己退隐西山，死后化为杜鹃鸟，啼声异常凄切。此处形容悲哀凄惨的啼哭。

[45] 三伏天道：三伏，夏季最炎热的时节。天道，天气。

[46] 暑气暄：热气蒸腾，极言夏季酷暑炎热。

[47] 飞霜六月因邹衍：传说战国时人邹衍对燕惠王忠心耿耿，燕惠王却听信谗言把他囚禁了。他入狱时仰天大哭，当时正当夏天，竟然下起霜来。后用来表示冤狱。

[48] 六出冰花：指雪花，雪花为六瓣形晶体，故名。

[49] 素车白马：古代送葬吊丧所用的白马白车。

[50] 断送出古陌荒阡：断送，送葬。古陌荒阡，荒郊野外。陌、阡，指田间小路。此句意思是，送我到那荒郊野外。

[51] 亢旱：亢（kàng），极度。亢旱，极言旱情之重。

[52] 期：期望，指望。

[53] 怜：怜悯。

[54] 甘霖：指及时解除旱情的好雨。甘，甜，引申为美好。霖，久雨。

[55] 东海曾经孝妇冤：典故出自西汉刘向的《说苑》卷五《贵德》，《汉书·于定国传》所载文字略同。干宝的《搜神记》中“东海孝妇”的故事更为完整：东海孝妇名叫周青，丈夫死后，精心赡养婆婆，婆婆想让她再嫁，但她坚决不肯。婆婆不愿连累儿媳，上吊自杀。小姑到官府告状说周青杀母。官府拘捕了周青，并对她严刑拷打，周青屈打成招。

[56] 官吏每：官吏们。每，同“们”。

[57] 三桩儿誓愿明题遍：三桩儿誓愿，指窦娥临刑前发下的三桩誓愿——血溅白练、六月飞雪、亢旱三年。题，说，提出。题遍，说完。

二、长亭送别（《西厢记》第四本第三折）（王实甫）

（夫人长老[1]上云）今日送张生赴京，十里长亭，安排下筵席。我和长老先行，不见张生小姐来到。（旦、末、红同上）（旦云）今日送张生上朝取应[2]，早是离人伤感，况值那暮秋天气，好烦恼人也呵！悲欢聚散一杯酒，南北东西万里程。

【正宫·端正好】碧云天，黄花地，西风紧，北雁南飞。晓来谁染霜林醉？总是离人泪。

【滚绣球】恨相见得迟，怨归去得疾。柳丝长玉骢[3]难系，恨不倩疏林挂住斜晖[4]。马儿迍迍的行[5]，车儿快快的随，却告了相思回避，破题儿又早别离[6]。听得道一声"去也"，松了金钏[7]；遥望见十里长亭，减了玉肌：此恨谁知？

（红云）姐姐今日怎么不打扮？（旦云）你那知我的心里呵！

【叨叨令】见安排着车儿、马儿，不由人熬熬煎煎的气；有甚么心情花儿、靥[8]儿，打扮得娇娇滴滴的媚；准备着被儿、枕儿，则索[9]昏昏沉沉的睡；从今后衫儿、袖儿，都揾做重重叠叠的泪[10]。兀的不闷杀人也么哥[11]！兀的不闷杀人也么哥！久已后书儿、信儿，索与我恓恓惶惶的寄[12]。

（做到）（见夫人科）（夫人云）张生和长老坐，小姐这壁[13]坐，红娘将酒来。张生，你向前来，是自家亲眷，不要回避。俺今日将莺莺与你，到京师休辱没了俺孩儿，挣扎[14]一个状元回来者。（末云）小生托夫人余荫[15]，凭着胸中之才，视官如拾芥耳[16]。（洁[17]云）夫人主见不差，张生不是落后的人。（把酒了，坐）（旦长吁科）

【脱布衫】下西风黄叶纷飞，染寒烟衰草萋迷[18]。酒席上斜签着坐的[19]，蹙愁眉死临侵地[20]。

【小梁州】我见他阁泪汪汪不敢垂[21]，恐怕人知；猛然见了把头低，长吁气，推[22]整素罗衣。

【幺篇】虽然久后成佳配，奈时间[23]怎不悲啼。意似痴，心如醉，昨宵今日，清减[24]了小腰围。

（夫人云）小姐把盏[25]者！（红递酒，旦把盏长吁科，云）请吃酒！

【上小楼】合欢未已，离愁相继。想着俺前暮私情，昨夜成亲，今日别离。我谂知[26]这几日相思滋味，却原来比别离情更增十倍。

【幺篇】年少呵轻远别，情薄呵易弃掷。全不想腿儿相挨，脸儿相偎，手儿相携。你与俺崔相国做女婿，妻荣夫贵[27]，但得一个并头莲[28]，煞强如状元及第[29]。

（夫人云）红娘把盏者！（红把酒科）（旦唱）

【满庭芳】供食太急，须臾对面，顷刻别离。若不是酒席间子母每[30]当回避，有心待与他举案齐眉。虽然是厮守得一时半刻，也合着俺夫妻每共桌而食。眼底空留意，寻思起就里[31]，险化做望夫石[32]。

（红云）姐姐不曾吃早饭，饮一口儿汤水。（旦云）红娘，甚么汤水咽得下！

【快活三】将来的酒共食，尝着似土和泥。假若便是土和泥，也有些土气息，泥滋味。

【朝天子】暖溶溶玉醅[33]，白泠泠似水，多半是相思泪。眼面前茶饭怕不待要[34]吃，恨塞满愁肠胃。“蜗角虚名[35]，蝇头微利[36]”，折鸳鸯在两下里。一个这壁，一个那壁，一递一声[37]长吁气。

（夫人云）辆起车儿[38]，俺先回去，小姐随后和红娘来。（下）（末辞洁科）（洁云）此一行别无话儿，贫僧准备买登科录[39]看，做亲的茶饭少不得贫僧的。先生在意[40]，鞍马上保重者！从今经忏无心礼[41]，专听春雷第一声[42]。（下）（旦唱）

【四边静】霎时间杯盘狼藉，车儿投东，马儿向西，两意徘徊，落日山横翠。知他今宵宿在那里？有梦也难寻觅。

张生，此一行得官不得官，疾便回来。（末云）小生这一去白夺[43]一个状元，正是“青霄有路终须到，金榜无名誓不归”。（旦云）君行别无所赠，口占一绝[44]，为君送行：“弃掷今何在，当时且自亲。还将旧来意，怜取眼前人[45]。”（末云）小姐之意差矣，张珙更敢怜谁？谨赓一绝[46]，以剖寸心：“人生长远别，孰与最关亲？不遇知音者，谁怜长叹人？”（旦唱）

【耍孩儿】淋漓襟袖啼红泪[47]，比司马青衫更湿[48]。伯劳东去燕西飞[49]，未登程先问归期。虽然眼底人千里，且尽生前酒一杯。未饮心先醉，眼中流血，心内成灰。

【五煞】到京师服水土，趁程途[50]节饮食，顺时自保揣身体[51]。荒村雨露宜眠早，野店风霜要起迟！鞍马秋风里，最难调护，最要扶持。

【四煞】这忧愁诉与谁？相思只自知，老天不管人憔悴。泪添九曲黄河[52]溢，恨压三峰华岳低[53]。到晚来闷把西楼倚，见了些夕阳古道，衰柳长堤。

【三煞】笑吟吟一处来，哭啼啼独自归。归家若到罗帏[54]里，昨宵个绣衾香暖留春住[55]，今夜个翠被生寒有梦知。留恋你别无意，见据鞍上马，阁不住[56]泪眼愁眉。

（末云）有甚言语嘱咐小生咱？（旦唱）

【二煞】你休忧“文齐福不齐[57]”，我则怕你“停妻再娶妻[58]”。休要“一春鱼雁无消息”！我这里青鸾有信[59]频须寄，你却休“金榜无名誓不归”，此一节君须记，若见了那异乡花草[60]，再休似此处栖迟[61]。

（末云）再谁似小姐？小生又生此念。（旦唱）

【一煞】青山隔送行，疏林不做美，淡烟暮霭相遮蔽[62]。夕阳古道无人语，禾黍秋风听马嘶。我为甚么懒上车儿内，来时甚急，去后何迟？

（红云）夫人去好一会，姐姐，咱家去！（旦唱）

【收尾】四围山色中，一鞭残照里[63]。遍人间烦恼填胸臆，量这些大小[64]车儿如何载得起？

（旦、红下）（末云）仆童赶早行一程儿，早寻个宿处。泪随流水急，愁逐野云飞。（下）

（选自王季思主编：《全元戏曲》，人民文学出版社，1990年版）

注释

[1] 长老：寺院的主持和尚，后成为对和尚的尊称，这里指普救寺的法本。

[2] 上朝取应：参加科举考试。

[3] 玉骢：毛色青白相间的马。

[4] 恨不倩疏林挂住斜晖：倩，借，使。斜晖，夕阳。此句意思是，恨不能使疏林一直挂住那斜阳。

[5] 马儿迍迍的行：迍（zhūn）迍，缓慢的样子。此句连同下句的意思是，张生的马慢慢地走，我和车紧紧地随。

[6] 破题儿又早别离：破题儿，开头。唐宋人在诗赋起首点破题意，称为破题，后世引申为事情的开端。此句连同上句的意思是，刚结束了相思之苦，又开始了离别之愁。

[7] 金钏：钏（chuàn），用珠子或玉石等穿起来做成的镯子。此句连同上句的意思是，听张生说要走了，人顿时消瘦下来。

[8] 靥（yè）：原指脸颊上的酒窝，这里指面颊上的装饰品。

[9] 索：须，当。

[10] 都揾做重重叠叠的泪：揾（wèn），按，浸没，或拭、擦。此句连同上句的意思是，从今后，那衫儿、袖儿，只会揩满流不断的泪。

[11] 兀的不闷杀人也么哥：怎么不愁煞人呀。

[12] 索与我恓恓惶惶的寄：恓（xī）恓惶惶，急忙、迫切，这里指及时。此句意思是，张生你要给我赶紧寄书信。

[13] 这壁：这边。

[14] 挣扎：努力争取。

[15] 小生托夫人余荫：余荫（yìn），剩余的恩泽。此句意思是，我托夫人的福。

[16] 视官如拾芥耳：芥，小草。拾芥，比喻极其容易。此句意思是，把考中功名看得就像拾根小草一样简单。

[17] 洁：元代民间称和尚为洁郎，简称“洁”，这里指法本和尚。

[18] 衰草萋迷：萋迷，凄凉迷离。此句意思是，枯草遍地。

[19] 斜签着坐的：签，插。坐的，坐着。古代晚辈在长者面前斜侧着身子坐，以示恭敬。这里指张生。

[20] 蹙愁眉死临侵地：死，程度副词，极端。临侵，形容疲惫呆滞。死

临侵地，死气沉沉的样子。此句意思是，紧锁着愁眉，没精打采。

[21] 阁泪汪汪不敢垂：阁泪，含泪。此句出自宋代一歌妓《鹧鸪天》词“尊前只恐伤郎意，阁泪汪汪不敢垂”。

[22] 推：借故。

[23] 奈时间：奈，无奈。奈时间，无奈眼前这时候。

[24] 清减：消瘦。

[25] 把盏：端着酒杯，宴饮时的礼仪，指宴席上端着酒壶给人斟酒、敬酒。

[26] 谂知：谂（shěn），深。谂知，深知。

[27] 妻荣夫贵：“夫荣妻贵”的反用，意思是张生做了崔相国的女婿，因为妻子的荣耀，自然也尊贵起来。

[28] 并头莲：即并蒂莲，比喻男女相爱，不能分离。

[29] 煞强如状元及第：煞强如，远远胜过。状元及第，考中状元。此句连同上句的意思是，只求像并蒂莲似的永不分离，远胜过考中状元。

[30] 每：同“们”。

[31] 寻思起就里：细想内里的情事（婚姻波折）如何生变。

[32] 望夫石：望夫石是个广泛流传的民间故事，妇人站在山石之上，向远方眺望，盼望丈夫归来，日久年深，便化作石头，但仍保持着遥望的姿势。后用以指妻子盼夫归的深情。

[33] 暖溶溶玉醅：玉醅（pēi），美酒。此句连同下两句的意思是，暖溶溶的美酒，淡如清水，这里边多半是相思的泪水。

[34] 怕不待要：难道不想要。

[35] 蜗角虚名：蜗角，细微的。虚名，空名。

[36] 蝇头微利：极细微的利益。

[37] 一递一声：递，接连不断。一递一声，即一人一声，连续不断。

[38] 辆起车儿：驾起车子。

[39] 登科录：科举考试的录取名册。

[40] 在意：小心，注意。

[41] 从今经忏无心礼：忏，僧道为人礼祷忏悔时所念之经。经忏，指佛经。礼，这里指诵习。此句意思是，从今后无心拜佛念经。

[42] 专听春雷第一声：春雷第一声，指张生及第的喜报。此句意思是，专听你高中状元的捷报。

[43] 白夺：不费力获得。

[44] 口占一绝：口占，随口吟出。绝，绝句。

[45]“弃掷”四句：这是元稹《莺莺传》里张生另娶、莺莺别嫁之后，莺莺谢绝张生见面的要求时所作的诗，莺莺借此提醒张生不要移情别恋。

[46] 谨赓一绝：赓（gēng），连续，续作。此句连同下句的意思是，我续写一诗表达我的心意。

[47] 红泪：悲别之泪。《拾遗记》中记载：薛灵芸被选入宫时，哭泣告

别父母，以玉唾壶承泪，壶成了红色。

[48] 比司马青衫更湿：司马青衫，代指白居易。白居易《琵琶行》："座中泣下谁最多，江州司马青衫湿。"此处以白居易的伤心落泪极言别离之苦。

[49] 伯劳东去燕西飞：伯劳，鸟名，夏至始鸣。此句化用乐府《东飞伯劳歌》："东飞伯劳西飞燕，黄姑织女时相见。"比喻情人的离别。

[50] 趁程途：赶路。

[51] 顺时自保揣身体：顺时，顺应时节变化。揣（chuǎi），估量，揣度。保揣，保重。此句意思是，顺应时节变化，估量着自己的身体状况保重身体，不要过度劳累。

[52] 九曲黄河：古之黄河，在积石山到龙门一段多弯曲，故称"九曲黄河"。

[53] 恨压三峰华岳低：三峰华岳，指西岳华山的三座高峰莲花峰、毛女峰、松桧峰。此句连同上句的意思是，泪水使黄河满溢泛滥，愁恨压低了西岳华山的三座高峰。

[54] 罗帏：罗帐。

[55] 昨宵个绣衾香暖留春住：衾（qīn），被子。绣衾，绣花的被子。此句连同下句的意思是，昨夜绣花被里又香又暖春意迷人，今夜里绣被冰冷难成梦。

[56] 阁不住：忍不住，禁不住。

[57] 文齐福不齐：文才虽好，运气却不好。

[58] 停妻再娶妻：抛弃前妻，另外再娶。

[59] 青鸾有信：古代神话传说，汉武帝时，西王母降临，先派青鸾来报信。后世遂以青鸾为信使的代称。

[60] 若见了那异乡花草：花草，比喻女子。此句连同下句的意思是，如果遇上他乡的女子，不要像在这里似的逗留迷恋。

[61] 栖迟：停息，居留。

[62] 淡烟暮霭相遮蔽：霭（ǎi），云气。此句意思是，淡淡的炊烟和那傍晚的雾气相互掩映。

[63] 一鞭残照里：一鞭残照，一马鞭高的夕阳。此句连同上句的意思是，四周群山中，一马远去残阳里。

[64] 大小：偏义复词，这里指小。

三、《汉宫秋》第三折[1]（马致远）

（番使[2]拥旦上，奏胡乐[3]科，旦云）妾身王昭君[4]，自从选入宫中，被毛延寿将美人图点破[5]，送入冷宫；甫能得蒙恩幸[6]，又被他献与番王形像[7]。今拥兵来索，待不去，又怕江山有失；没奈何将妾身出塞和番。这一去，胡地风霜，怎生消受也！自古道："红颜胜人多薄命[8]，莫怨春风当自嗟。"（驾引文武内官上[9]，云）今日灞桥饯送明妃[10]，却早来到也。（唱）

【双调·新水令】锦貂裘生[11]改尽汉宫妆，我则索[12]看昭君画图模样。旧恩金勒短[13]，新恨玉鞭长[14]。本是对金殿鸳鸯，分飞翼，怎承望[15]！

（云）您文武百官计议，怎生退了番兵，免明妃和番者。（唱）

【驻马听】宰相每商量，大国使还朝多赐赏。早是俺夫妻悒怏[16]，小家儿出外也摇装[17]。尚兀自渭城衰柳[18]助凄凉，共那灞桥流水添惆怅。偏您不断肠，想娘娘那一天愁都撮[19]在琵琶上。

（做下马科）（与旦打悲[20]科）（驾云）左右慢慢唱者，我与明妃饯一杯酒。（唱）

【步步娇】您将那一曲阳关[21]休轻放，俺咫尺如天样，慢慢的捧玉觞[22]。朕本意待尊前挨些时光[23]，且休问劣了宫商[24]，您则与我半句儿俄延[25]着唱。

（番使云）请娘娘早行，天色晚了也。（驾唱）

【落梅风】可怜俺别离重[26]，你好是[27]归去的忙。寡人心先到他李陵台[28]上，回头儿却才魂梦里想，便休题贵人多忘。

（旦云）妾这一去，再何时得见陛下？把我汉家衣服都留下者。（诗云）正是：今日汉宫人，明朝胡地妾[29]；忍着主衣裳，为人作春色[30]！（留衣服科）（驾唱）

【殿前欢】则甚么[31]留下舞衣裳，被西风吹散旧时香。我委实怕宫车再过青苔巷[32]，猛到椒房[33]，那一会想菱花镜里妆，风流相[34]，兜的[35]又横心上。看今日昭君出塞，几时似苏武还乡[36]？

（番使云）请娘娘行罢，臣等来多时了也。（驾云）罢罢罢！明妃，你这一去，休怨朕躬[37]也。（做别科，驾云）我那里是大汉皇帝！（唱）

【雁儿落】我做了别虞姬楚霸王[38]，全不见守玉关征西将[39]。那里取保亲的李左车[40]，送女客的萧丞相[41]？

（尚书云）陛下不必挂念。（驾唱）

【得胜令】他去也不沙架海紫金梁[42]，枉养着那边庭上铁衣郎[43]。您也要左右人扶侍，俺可甚糟糠妻下堂[44]！您但提起刀枪，却早小鹿儿心头撞[45]。今日央及煞娘娘[46]，怎做的男儿当自强！

（尚书云）陛下，咱回朝去罢。（驾唱）

【川拨棹】怕不待[47]放丝缰，咱可甚鞭敲金镫响[48]。你管燮理阴阳[49]，掌握朝纲，治国安邦，展土开疆；假若俺高皇，差你个梅香[50]，背井离乡，卧雪眠霜，若是他不恋恁春风画堂，我便官封你一字王[51]。

（尚书云）陛下，不必苦死留他，着他去了罢。（驾唱）

【七弟兄】说什么大王、不当、恋王嫱，兀良[52]！怎禁他临去也回头望。那堪这散风雪旌节[53]影悠扬，动关山[54]鼓角声悲壮。

【梅花酒】呀！俺向着这迥野[55]悲凉。草已添黄，色早迎霜。犬褪得毛苍[56]，人捎起缨枪，马负着行装，车运着糇粮[57]，打猎起围场。他、他、他，伤心辞汉主；我、我、我，携手上河梁[58]。他部从[59]入穷荒；我銮舆返咸阳[60]。返咸阳，过宫墙；过宫墙，绕回廊；绕回廊，近椒房；近椒房，月昏黄；月昏黄，夜生凉；夜生凉，泣寒螿[61]；泣寒螿，绿纱窗；绿纱窗，不思量！

【收江南】呀！不思量，除是铁心肠；铁心肠，也愁泪滴千行。美人图今夜挂昭阳[62]，我那里供养，便是我高烧银烛照红妆[63]。（尚书云）陛下，回銮罢，娘娘去远了也。（驾唱）

【鸳鸯煞】我索大臣行说一个推辞谎，又则怕笔尖儿那伙编修[64]讲。不见他花朵儿精神，怎趁[65]那草地里风光？唱道[66]伫立多时，徘徊半晌，猛听的塞雁南翔，呀呀的声嘹亮，却原来满目牛羊，是兀那载离恨的毡车[67]半坡里响。（下）

（番王引部落拥昭君上，云）今日汉朝不弃旧盟，将王昭君与俺番家和亲。我将昭君封为宁胡阏氏[68]，坐我正宫。两国息兵，多少是好。众将士，传下号令，大众起行，望北而去。（做行科）（旦问云）这里甚地面了？（番使云）这是黑江，番汉交界去处。南边属汉家，北边属我番国。（旦云）大王，借一杯酒望南浇奠，辞了汉家，长行去罢。（做奠酒科，云）汉朝皇帝，妾身今生已矣，尚待来生也。（做跳江科）（番王惊救不及，叹科，云）嗨！可惜，可惜！昭君不肯入番，投江而死。罢罢罢！就葬在此江边，号为青冢[69]者。我想来，人也死了，枉与汉朝结下这般仇隙，都是毛延寿那厮搬弄出来的。把都儿[70]，将毛延寿拿下，解送汉朝处治，我依旧与汉朝结和，永为甥舅，却不是好？（诗云）则为他丹青画误了昭君，背汉主暗地私奔；将美人图又来哄我，要索取出塞和亲。岂知道投江而死，空落的一见消魂。似这等奸邪逆贼，留着他终是祸根；不如送他去汉朝哈喇[71]，依还的甥舅礼，两国长存。（下）

（选自王季思主编：《全元戏曲》，人民文学出版社，1990年版）

注释

[1]《汉宫秋》全名《破幽梦孤雁汉宫秋》。剧本取材于昭君和亲的史实，又在民间传说和历代诗人歌咏的基础上进行了一定的加工和创造。

[2] 番使：外族的使节，这里指匈奴呼韩邪单于的使臣。番，古时对外族的通称。下文的“番王”指呼韩邪单于。

[3] 胡乐：胡，古时对北方和西方少数民族的泛称。他们的音乐就称为“胡乐”。

[4] 王昭君：名嫱，字昭君。本为汉元帝宫人，后和亲嫁匈奴呼韩邪单于，称宁胡阏氏。剧本所叙与史实有所出入。

[5] 被毛延寿将美人图点破：晋葛洪《西京杂记》载，元帝后宫宫女很多，不能常见，于是就由画工画像，按图召幸。宫女们希望自己被画得漂亮些，都贿赂画工，唯独昭君不肯，于是不被召见。后来匈奴求美人为阏氏，元帝按图赐昭君前去，召见时发现昭君容貌为后宫第一。元帝后悔不已，便诛杀了毛延寿等画工。后世由此敷衍成故事。点破，指在画像上破坏她本来十分美好的容颜。

[6] 甫能得蒙恩幸：甫能，刚刚能够，好不容易。恩幸，皇帝的宠爱。此句意思是，刚刚蒙受皇帝的宠爱。

[7] 又被他献与番王形像：形像，图像。此句意思是，又被毛延寿把画有自己的美人图献给了呼韩邪单于。

[8] 红颜胜人多薄命：红颜胜人，指容貌出众的女子。这是宋代欧阳修《明妃曲》中的原句。此句连同下句的意思是，女子容色过人则命运多不佳，不必怨尤而只应自叹。

[9] 驾引文武内官上：驾，元杂剧中皇帝的代称，所谓"驾头杂剧"，即扮演帝王的杂剧。内官，侍奉皇帝的宦官，近臣。

[10] 灞桥饯送明妃：灞桥，在长安灞水上，汉唐时送人东行多别于此。明妃，即王昭君。西晋时为避文帝司马昭讳，改昭君为明君，后世遂有明妃之称。

[11] 生：勉强，违背心愿。

[12] 则索：只得。

[13] 旧恩金勒短：金勒，金饰的笼辔。以金勒喻旧恩，言其短。

[14] 新恨玉鞭长：玉鞭，玉饰的马鞭。以玉鞭喻新恨，言其长。

[15] 承望：料想，指望。

[16] 早是俺夫妻悒怏：早是，本来已是。悒（yì）怏（yàng），愁闷不乐。

[17] 摇装：或作"遥装"，古代一种习俗。据《歧海琐谈》记载，将要出门远行的人在正式离家前，先选择一个黄道吉日，由亲友送至江边，被送者上船行一会儿即折回，改日再正式出行，大概借此寓意出行平安。

[18] 渭城衰柳：渭城，在今陕西省咸阳市东，这里非实指。衰柳，以衰柳写秋景，表达临别的凄凉心境。此句化用王维《送元二使安西》"渭城朝雨浥轻尘，客舍青青柳色新"句意。

[19] 撮：凝聚，集中。

[20] 打悲：打，做出。打悲，装出悲伤的样子。

[21] 一曲阳关：引王维《送元二使安西》诗意。原诗是："渭城朝雨浥轻尘，客舍青青柳色新。劝君更进一杯酒，西出阳关无故人。"后人谱作送别歌，称《阳关三叠》。

[22] 玉觞：觞（shāng），酒器，酒杯。玉觞，玉制的酒杯。

[23] 待尊前挨些时光：尊，同"樽"，酒具。尊前，在酒尊之前，指宴饮时。捱，拖延。此句意思是，只等宴饮时拖延些时间。

[24] 劣了宫商：劣，误。宫商，古代五音，即宫、商、角、徵、羽的简称。此句意思是，音调不协。

[25] 俄延：拖延，迟缓。

[26] 别离重：难分难舍。

[27] 好是：真是，甚是。

[28] 李陵台：李陵，汉武帝时名将，因孤军深入，战败无援而投降匈奴。李陵台在今内蒙古自治区波罗城，至此已到匈奴边界。

[29] 今日汉宫人，明朝胡地妾：出自唐李白《王昭君》诗。

[30] 忍着主衣裳，为人作春色：出自宋陈师道《妾薄命》诗。着，穿上。

[31] 则甚么：做什么。

[32] 委实怕宫车再过青苔巷：委实，确实。青苔，翠绿色水生苔藓植物，生长在水中或陆地阴湿处。青苔巷，长满青苔的巷子，极言冷僻荒凉，此处指永巷。永巷是宫中的长巷，汉代是囚禁有罪的宫女的地方。本剧第一折写昭君于永巷夜弹琵琶，元帝得以发现昭君的美貌。

[33] 椒房：后妃居住的宫室，因用香椒涂墙，故称。《汉书·车千秋传》颜师古注云："椒房，殿名，皇后所居也。以椒和泥涂壁，取其温而芳也。"

[34] 风流相：娇美妩媚的容貌。

[35] 兜的：陡地，突然地。

[36] 苏武还乡：汉代苏武出使匈奴被扣，坚贞不屈，被禁十九年后始归汉。

[37] 朕躬：皇帝自称。朕，本古人自称之词，秦始皇始定为皇帝专用的自称。躬，身体，引申为自身。

[38] 别虞姬楚霸王：西楚霸王项羽垓下兵败，忍痛与宠姬虞姬诀别，突围至乌江自尽。

[39] 守玉关征西将：指东汉名将班超。他曾在西域活动达三十一年之久，平定匈奴贵族等的变乱，官至西域都护，封定远侯。玉关，玉门关，汉时为通向西域的门户；此指边塞。

[40] 保亲的李左车：李左车，汉初著名的谋士，曾佐韩信下燕齐二国。保亲与下句中的送女客相对成文，都是指旧时婚礼习俗中的送亲人（将新娘陪送到夫家去的人）。

[41] 送女客的萧丞相：萧丞相，即萧何，汉初功臣。史籍中没有记载他二人做媒送亲的事。此句连同上句借汉元帝之口，讽刺文武大臣们除了懦弱妥协、推举昭君和番以息边患外，别无能耐。

[42] 他去也不沙架海紫金梁：不沙，不是那。梁，桥。元杂剧中常以"擎天白玉柱，架海紫金梁"比喻得力的将相。

[43] 铁衣郎：铁衣，盔甲。铁衣郎，指身着戎装的守边将军。

[44] 可甚糟糠妻下堂：可甚，算不上，说不上。糟糠妻，指元配妻子。下堂，休弃。《后汉书·宋弘传》记载，汉光武帝想以姐姐湖阳公主嫁宋弘，示意宋弘抛弃原来的妻子。宋弘说："臣闻贫贱之知不可忘，糟糠之妻不下堂。"

[45] 小鹿儿心头撞：比喻心情紧张，恐惧。

[46] 今日央及煞娘娘：央及，央求。煞，同"索"，要的意思。

[47] 怕不待：待，语助词。怕不待，岂不想，难道不。

[48] 鞭敲金镫响：金镫，铜制马镫，马鞍两边的脚踏。元杂剧常以"鞭敲金镫响，人唱凯歌回"形容得胜归来时的气概。

[49] 燮理阴阳：燮（xiè）理，协调治理。此句意思是，调理阴阳，比喻大臣辅助皇帝治理国事。

[50] 梅香：宋元戏曲小说中对婢女的通称。

[51] 一字王：封王只用一个字，谓之“一字王”，是辽、元之际地位最尊贵的王称，如赵王、燕王之类。若是郡王，王称前必冠以两个字，地位稍次，谓之“二字王”，如咸安郡王、兰陵郡王。汉代无此制度，剧中是借用。

[52] 兀良：衬字，用于句首，以加强语气，略同于“啊呀”。

[53] 旌节：古代使者所持的符节。

[54] 关山：泛指关隘山川。

[55] 迥野：辽阔的原野。

[56] 苍：灰白色。

[57] 糇（hóu）粮：干粮。《诗经·大雅·公刘》：“乃裹糇粮。”

[58] 河梁：梁，桥。河梁，即河上的桥梁。《文选·李少卿与苏武诗》：“携手上河梁，游子暮何之。”表示惜别的意思。

[59] 部从：部下，随从。

[60] 銮舆返咸阳：銮，车上的銮铃。銮舆，指皇帝乘坐的车驾。咸阳，秦古都，在今陕西省咸阳市东北。这里为押韵，用以代指长安。

[61] 泣寒螀：寒螀（jiāng），寒蝉。此句意思是，秋虫悲鸣如哭泣。

[62] 昭阳：即昭阳宫，皇后居住的宫殿。

[63] 高烧银烛照红妆：宋苏轼《海棠》诗：“只恐夜深花睡去，故烧高烛照红妆。”原诗以人比花，这里化用其意。此句意思是，银烛高燃，照耀着美人。

[64] 编修：官名，掌管编写国史，记录皇帝的言行。

[65] 趁：追逐，追寻。

[66] 唱道：亦作“畅道”。

[67] 毡车：唐代回鹘的后妃所坐的车子，用毡子作车篷，名为毡车。

[68] 阏（yān）氏（zhī）：匈奴君主嫡妻的称号，相当于皇后。

[69] 青冢：冢（zhǒng），坟墓。相传塞草皆白，唯独昭君墓地绿草青青，故称青冢。昭君墓在今内蒙古自治区呼和浩特市南。

[70] 把都儿：蒙古语“勇士”的音译，元杂剧中多作武士、兵士、将士解。

[71] 哈喇：蒙古语“杀”的音译。

参考书目

[1] 朱东润主编．中国历代文学作品选．上海：上海古籍出版社，1979

[2] 郭兴良，周建忠主编．中国古代文学作品选．北京：高等教育出版社，2000

[3] 徐中玉，金启华主编．中国古代文学作品选．上海：华东师范大学出版社，1999

第14讲 明清传奇

一、惊梦（《牡丹亭》第十出）[1]（汤显祖）

【绕池游】（旦上）梦回莺啭[2]，乱煞年光遍[3]。人立小庭深院。（贴[4]）注尽沉烟[5]，抛残绣线[6]，恁今春关情似去年。

【乌夜啼】（旦）晓来望断梅关[7]，宿妆[8]残。（贴）你侧着宜春髻子[9]，恰凭阑。（旦）剪不断，理还乱[10]，闷无端。（贴）已分付催花莺燕，借春看。（旦）春香，可曾叫人扫除花径？（贴）分付了。（旦）取镜台衣服来。（贴取镜台衣服上）云髻[11]罢梳还对镜，罗衣欲换更添香。镜台衣服在此。

【步步娇】（旦）袅晴丝[12]吹来闲庭院，摇漾[13]春如线。停半晌整花钿[14]。没揣菱花[15]，偷人半面，迤逗的彩云偏[16]。（行介）步香闺怎便把全身现！（贴）今日穿插的好。

【醉扶归】（旦）你道翠生生出落的裙衫儿茜[17]，艳晶晶花簪八宝填[18]，可知我常一生儿爱好是天然[19]。恰三春好处[20]无人见。不提防沉鱼落雁[21]鸟惊喧，则怕的羞花闭月花愁颤。（贴）早茶时了，请行。（行介）你看：画廊金粉半零星，池馆苍苔一片青。踏草怕泥[22]新绣袜，惜花疼煞小金铃[23]。（旦）不到园林，怎知春色如许？

【皂罗袍】原来姹紫嫣红[24]开遍，似这般都付与断井颓垣[25]。良辰美景奈何天[26]，赏心乐事谁家院[27]！恁般景致，我老爷和奶奶再不提起。（合）朝飞暮卷[28]，云霞翠轩；雨丝风片，烟波画船——锦屏人忒看的这韶光贱[29]。

（贴）是[30]花都放了，那牡丹还早。

【好姐姐】（旦）遍青山啼红了杜鹃[31]，荼蘼外烟丝醉软[32]。春香呵，牡丹虽好，他春归怎占的先[33]！（贴）成对儿莺燕呵。（合）闲凝眄[34]，生生燕语明如翦[35]，呖呖莺歌溜的圆[36]。

(旦)去罢。(贴)这园子委是观之不足[37]也。(旦)提他怎的?(行介)

【隔尾】观之不足由他缱[38]，便赏遍了十二亭台是枉然，到不如兴尽回家闲过遣。

(作到介)(贴)开我西阁门，展我东阁床。瓶插映山紫[39]，炉添沉水香[40]。小姐，你歇息片时，俺瞧老夫人去也。(下)(旦叹介)默地游春转，小试宜春面[41]。春呵，得和你两留连，春去如何遣?咳!恁般天气，好困人也。春香那里?(左右瞧介)(又低首沉吟介)天呵，春色恼人，信有之乎?常观诗词乐府，古之女子，因春感情，遇秋成恨，诚不谬矣。吾今年已二八，未逢折桂之夫；忽慕春情，怎得蟾宫之客?昔日韩夫人得遇于郎[42]，张生偶逢崔氏[43]，曾有《题红记》、《崔徽传》二书。此佳人才子，前以密约偷期[44]，后皆得成秦晋[45]。(长叹介)吾生于宦族，长在名门。年已及笄[46]，不得早成佳配，诚为虚度青春，光阴如过隙耳。(泪介)可惜妾身颜色如花，岂料命如一叶乎[47]!

【山坡羊】(旦)没乱里[48]春情难遣，蓦地里怀人幽怨。则为我生小婵娟，拣名门一例一例里神仙眷。甚良缘，把青春抛的远。俺的睡情谁见?则索[49]因循腼腆。想幽梦谁边?和春光暗流转。迁延，这衷怀那处言?淹煎[50]，泼残生[51]，除问天。

身子困乏了，且自隐几[52]而眠。(睡介)(梦生介)(生持柳枝上)莺逢日暖歌声滑，人遇风情笑口开。一径落花随水入，今朝阮肇到天台[53]。小生顺路儿跟着杜小姐回来，怎生不见?(回看介)呀，小姐，小姐。(旦作惊起，相见介)(生)小生那一处不寻访小姐来，却在这里。(旦作斜视不语介)(生)恰好花园内折取垂柳半枝，姐姐，你既淹通书史，可作诗以赏此柳枝乎?(旦作惊喜，欲言又止介)(背云)这生素昧平生，何因到此?(生笑介)小姐，咱爱杀你哩。

【山桃红】则为你如花美眷，似水流年。是答儿[54]闲寻遍，在幽闺自怜。小姐，和你那答儿[55]讲话去。(旦作含笑不行)(生作牵衣介)(旦低问介)那边去?(生)转过这芍药栏前，紧靠着湖山石边。(旦低问)秀才，去怎的?(生低答)和你把领扣松，衣带宽，袖稍儿搵着牙儿苫[56]也，则待你忍耐温存一晌[57]眠。(旦作羞)(生前抱)(旦推介)(合)是那处曾相见，相看俨然，早难道[58]这好处相逢无一言。(生强抱旦下)

(末花神束发冠红衣插花上)催花御史[59]惜花天，检点春工又一年。蘸客伤心红雨下[60]，勾人悬梦彩云边。吾乃掌管南安府后花园花神是也。因杜知府小姐丽娘，与柳梦梅秀才，后日有姻缘之分。杜小姐游春感伤，致使柳秀才入梦。咱花神专掌惜玉怜香，竟来保护他，要他云雨十分欢幸也。

【鲍老催】单则是混阳烝变，看他似虫儿般蠢动把风情扇，一般儿娇凝翠绽魂儿颤。这是景上缘，想内成，因中见[61]。呀!淫邪展污[62]了花台殿。咱待拈片落花儿惊醒他。(向鬼门[63]丢花介)他梦酣春透了怎留连？拈花闪碎的红如片。

秀才，才到得半梦儿，梦毕之时，好送杜小姐仍归香阁。吾神去也。（下）

【山桃红】（生旦携手上）这一霎天留人便，草借花眠。小姐可好？（旦低头介）（生）则把云鬟点，红松翠偏。小姐，休忘了呵，见了你紧相偎，慢厮连，恨不得肉儿般团成片也，逗的个日下胭脂雨上鲜。（旦）你可去呵？（合前）

（生）姐姐，你身子乏了，将息，将息。（送旦依前作睡介）（轻拍旦介）姐姐，俺去了。（作回顾介）姐姐，你可十分将息，我再来瞧你那。行来春色三分雨，睡去巫山一片云。（下）（旦作惊醒低叫介）秀才，秀才，你去了也。（又作痴睡介）（老上）夫婿坐黄堂，娇娃立绣窗。怪他裙衩上，花鸟绣双双。孩儿，孩儿，你为甚瞌睡在此？（旦作醒，叫秀才介）咳也！（老）孩儿怎的来？（旦作惊起介）奶奶到此。（老）我儿何不做些针指，或观玩书史，舒展情怀？因何昼寝于此？（旦）儿适花园中闲玩，忽值春暄恼人，故此回房，无可消遣，不觉困倦少息。有失迎接，望母亲恕儿之罪！（老）孩儿，这后花园中冷静，少去闲行。（旦）领母亲严命。（老）孩儿，书堂看书去。（旦）先生不在，且自消停[64]。（老叹介）女孩家长成，自有许多情态，且自由他。正是：宛转随儿女，辛勤做老娘。（下）（旦长叹介，看老旦下介）哎也天那！今日杜丽娘有些侥幸也。偶到后花园中，百花开遍，睹景伤情。没兴而回。昼眠香阁，忽遇一生，年可弱冠[65]，丰姿俊妍。于园中折得柳丝一枝，笑对奴家说：姐姐既淹通书史，何不将柳枝题赏一篇。那时待要应他一声，心中自忖，素昧平生，不知名姓，何得轻与交言。正如此想间，只见那生向前，说了几句伤心话儿，将奴搂抱去牡丹亭畔，芍药阑边，共成云雨之欢。两情和合，真个是千般爱惜，万种温存。欢毕之时，又送我睡眠，几声"将息"。正待自送那生出门，忽值母亲来到，唤醒将来。我一身冷汗，乃是南柯一梦[66]。忙身参礼母亲，又被母亲絮了许多闲话。奴家口虽无言答应，心内思想梦中之事，何曾放怀？行坐不宁，自觉如有所失。娘呵，你叫我学堂看书去，知他看那一种书消闷也？（作掩泪介）

【绵搭絮】雨香云片[67]，才到梦儿边。无奈高堂，唤醒纱窗睡不便。泼新鲜冷汗粘煎，闪的俺心悠步亸[68]，意软鬟偏。不争多[69]费尽神情，坐起谁忺[70]、则待去眠。

（贴上）晚妆销粉印，春润费香篝[71]。小姐，熏了被窝睡罢。

【尾声】（旦）困春心游赏倦，也不索香熏绣被眠。天呵，有心情那梦儿还去不远。

（选自徐朔方笺校：《汤显祖全集》，北京古籍出版社，1999年版）

注释

[1] 此出的主要内容是：杜丽娘因教书先生教授了《诗经·关雎》，萌生伤感之情，在与丫鬟一起游览了自家的后花园之后更生伤春之情，回来后竟

然梦中与一手持折柳的公子在花园内有了一番云雨之情，梦醒之后独自入后花园寻梦。

[2] 梦回莺啭：梦回，梦醒。此句意思是，莺儿鸣叫婉转催梦醒。

[3] 乱煞年光遍：缭乱的春光到处都是。亦指心儿被处处春光撩乱。

[4] 贴：贴旦，扮演次要女角。此处指丫环春香。

[5] 注尽沉烟：注，即“炷”，焚烧。沉烟，沉水香，薰用的香料。此句意思是，百无聊赖，时光在沉香中默默消逝。

[6] 抛残绣线：抛残，抛开，抛下。此句连同下句的意思是，抛下手中的针线（即无心针线），今年的春天扰人，甚似去年。

[7] 梅关：即大庾岭，在江西省南安府（大庾）的南面。

[8] 宿妆：隔夜的残妆。

[9] 侧着宜春髻子：侧，侧歪。宜春髻子，古时立春日，妇女剪纸为燕形，上贴“宜春”二字戴头上。此处指一种发髻式样。

[10] 剪不断，理还乱：南唐后主李煜《相见欢》中的两句。这两句意思是，欲放放不下，欲理反更乱。

[11] 云髻：高耸的发髻。

[12] 袅晴丝：袅（niǎo），飘忽不定。此句意思是，细长柔软的游丝在晴空中飘荡。

[13] 摇漾：摇摆荡漾。

[14] 花钿：鬓发两旁的嵌有金花珠宝的饰物。

[15] 没揣菱花：没揣，不意，蓦然。菱花，镜子。古时用铜镜，背面所铸花纹一般为菱花，因此称“菱花镜”，或用菱花作镜子的代称。

[16] 迤逗的彩云偏：迤（yǐ）逗，挑逗，元曲中或作“拖逗”。彩云，美丽的发卷的代称。此句连同上句的意思是，想不到镜子偷偷地照见了她，害得（迤逗的）她羞答答地把发卷也弄歪了。

[17] 翠生生出落的裙衫儿茜：翠生生，形容色彩鲜艳。出落，显得。茜（qiàn），旧时常指称大红色。

[18] 艳晶晶花簪八宝填：艳晶晶，光彩夺目。填，镶嵌。花簪八宝填，意为镶嵌有多种珍宝的发簪。此句意思是，镶嵌着多种宝石的簪子光彩夺目。

[19] 爱好是天然：爱好，爱美。天然，天性使然。此句意思是，一生爱美是天性使然。

[20] 三春好处：比喻自己的青春美貌。

[21] 沉鱼落雁：沉鱼，鱼见她的美色，自愧不如而下沉。落雁，雁看到她的美色而停落下来。沉鱼落雁，用来形容女人的美貌。

[22] 泥：名词作动词，沾污。

[23] 惜花疼煞小金铃：《开元天宝遗事》中记载，天宝初年，宁王在后花园中用红绳串起金铃，拴在花梢上。每当有鸟鹊在花儿上空飞翔时，就令园吏拉动金铃驱之。此句意思是，因惜花驱鸟而频频扯铃，使小金铃痛得要命。

[24] 姹紫嫣红：姹（chà）、嫣（yān），本为形容女性娇艳之词，此指各色娇艳的鲜花盛开，花色鲜艳的样子。

[25] 断井颓垣：井，指井栏。垣（yuán），短墙。此句意思是，断了的井栏，倒塌的短墙。形容庭院破败的景象。

[26] 奈何天：愁闷无聊，伤心抑郁的生活。

[27] 赏心乐事谁家院：谁家，哪一家。此句连同上句的意思是，春光明媚，景色宜人，我杜丽娘却生活在愁闷无聊之中；赏心悦目，快意当前，又在哪一家庭院呢？

[28] 朝飞暮卷：朝，早晨。暮，傍晚。朝飞暮卷，形容天气的变化和景色的优美。唐代王勃的《滕王阁》诗："画栋朝飞南浦云，朱帘暮卷西山雨。"

[29] 锦屏人忒看的这韶光贱：锦屏人，幽居深闺中的女子，此为丽娘自称。忒（tè），太。韶光，春光。此句意思是，身陷深闺，不得自在，如锦屏人、画中仙看着春光流逝。

[30] 是：凡是，所有的。

[31] 啼红了杜鹃：开遍了红色的杜鹃花。此句是由杜鹃（鸟）泣血联想起来的。

[32] 荼蘼外烟丝醉软：荼蘼，花名，晚春时开放。烟丝，游丝。此句连同上句的意思是，杜鹃花红遍了青山，荼蘼花外游丝飘忽柔软。

[33] 他春归怎占的先：春归，春天归来。此句连同上句的意思是，牡丹虽美，但它开花太迟，怎能占春花中第一呢？句中隐含了杜丽娘对自己的美好青春在深闺中虚度的幽怨和伤感。

[34] 凝眄（miǎn）：注视。

[35] 生生燕语明如翦：生生，形容清脆的鸣叫声。明，明快。翦，同"剪"。此句意思是，燕语声明快清脆。

[36] 呖呖莺歌溜的圆：呖呖，形容声音清脆流利。溜的圆，形容莺声婉转圆润。

[37] 观之不足：看不厌。

[38] 观之不足由他缱：缱（qiǎn），留恋。此句连同下句的意思是，看不厌的春色无限留恋，即使赏遍十二亭台也是枉然。

[39] 映山紫：杜鹃花的一种。

[40] 沉水香：即沉香。

[41] 宜春面：指新妆。

[42] 韩夫人得遇于郎：唐人传奇故事。唐僖宗时，宫女韩氏以红叶题诗，从御沟中流出，被于佑拾到。于佑也以红叶题诗，投入上流，寄给韩氏。后来两人结为夫妇。见《青琐高议》前集卷五《流红记》。

[43] 张生偶逢崔氏：张生，张君瑞。崔氏，崔莺莺。此处说的是张生和崔莺莺的爱情故事，见唐代元稹《会真记》。《西厢记》对之进一步改编，使其成为一个家喻户晓的故事。下文说的《崔徽传》是另外一个故事，见《丽情集》：妓女崔徽和裴敬中相爱，分别之后不再相见。崔徽请画工画了一幅

像，托人带给敬中说："崔徽一旦不及卷中人，徽且为郎死矣!"这里《崔徽传》疑为作者笔误。

[44] 偷期：幽会。

[45] 得成秦晋：得成夫妇。春秋时代，秦、晋两国世代联姻，后世称联姻为秦晋。

[46] 年已及笄：及笄（jī），古代女子十五岁开始以笄（簪）束发，叫及笄。此句意思是，已成年，到了婚配的年龄。

[47] 岂料命如一叶乎：出自元好问《鹧鸪天·薄命妾》词："颜色如花画不成，命如叶薄可怜生。"

[48] 没乱里：形容心绪很乱。

[49] 索：要，须。

[50] 淹煎：受熬煎，遭磨折。

[51] 泼残生：泼，表示厌恶，原来是骂人的话。泼残生，苦命儿。

[52] 隐几：靠着几案。

[53] 阮肇到天台：此处借指来见心爱的人。事见南朝刘义庆《幽冥录》，东汉时刘晨和阮肇在天台山采药迷路，后遇到两位仙女，双双配偶成亲。

[54] 是答儿：是，凡。是答儿，到处。

[55] 那答儿：那边。

[56] 袖稍儿揾着牙儿苫：揾（wèn），贴着。苫（shān），颤动。此句意思是，牙儿咬着衣袖角，害羞、忍痛的样子。

[57] 一晌：一会儿。

[58] 早难道：难道。

[59] 催花御史：相传唐宫有惜花御史，料理盛开的鲜花，这里借用。

[60] 蘸客伤心红雨下：蘸，沾着，指红雨（落花）落在人的身上。此句意思是，落花如雨，使客人心中伤心。

[61] 景上缘，想内成，因中见：景，同"影"。见，同"现"。景上缘，虚影似的姻缘。想内成，梦想成的情缘。因中见，因缘的体现。佛家认为一切事物都由因缘造合而成。柳、杜两人的爱情不过是幻影上的姻缘，它在意念里形成，在特定的机遇中呈现，是虚幻的、短暂的、易逝的。

[62] 展污：沾污，弄脏。

[63] 鬼门：一作古门，古代戏台上演员的上、下场门。

[64] 消停：休息。

[65] 弱冠：指二十岁左右的男子。古代男子二十岁行冠礼，表示已经成人，故称"冠"。二十岁体犹未壮，故称"弱"。

[66] 南柯一梦：唐人传奇故事。淳于棼梦见自己被大槐安国国王招为驸马，做南柯太守。历尽了富贵荣华，人世浮沉，醒来后才发现槐安国不过是大槐树下的一个蚁穴。见《太平广记》卷四七五引李公佐《淳于棼》。南柯，后来被用作梦的代称。

[67] 雨香云片：云雨，指梦中的幽会。

[68] 闪的俺心悠步蝉：闪得俺，弄得我，害得我。蝉（duǒ），下垂。此句意思是，害得我心里发虚，脚步偏斜。

[69] 不争多：差不多，几乎。

[70] 坐起谁饮：饮（xiān），惬意。此句意思是，不论坐也好，起也好，都不适意。

[71] 香篝：即薰笼，薰香用。

二、余韵（《桃花扇》）[1]（孔尚任）

【西江月】（净扮樵子挑担上）放目苍崖万丈，拂头红树千枝；云深猛虎出无时，也避人间弓矢。建业城啼夜鬼[2]，维扬井贮秋尸[3]；樵夫剩得命如丝，满肚南朝[4]野史。在下苏崑生[5]，自从乙酉[6]年同香君到山，一住三载，俺就不曾回家，往来牛首、栖霞[7]，采樵度日。谁想柳敬亭[8]与俺同志，买只小船，也在此捕鱼为业。且喜山深树老，江阔人稀；每日相逢，便把斧头敲着船头，浩浩落落[9]，尽俺歌唱，好不快活。今日柴担早歇，专等他来促膝闲话，怎的还不见到。（歇担盹睡介）（丑扮渔翁摇船上）年年垂钓鬓如银，爱此江山胜富春[10]；歌舞丛中征战里，渔翁都是过来人。俺柳敬亭送侯朝宗修道之后，就这龙潭江[11]畔，捕鱼三载，把些兴亡旧事，付之风月闲谈。今值秋雨新晴，江光似练，正好寻苏崑生饮酒谈心。（指介）你看，他早已睡醉倒在地，待我上岸，唤他醒来。（作上岸介）（呼介）苏崑生。（净醒介）大哥果然来了。（丑拱介）贤弟偏杯呀[12]！（净）柴不曾卖，那得酒来。（丑）愚兄也没卖鱼，都是空囊[13]，怎么处？（净）有了，有了，你输水，我输柴，大家煮茗清谈罢。（副末扮老赞礼[14]，提弦[15]携壶上）江山江山，一忙一闲，谁赢谁输，两鬓皆斑。（见介）原来是柳、苏两位老哥。（净、丑拱介）老相公怎得到此？（副末）老夫住在燕子矶[16]边，今乃戊子[17]年九月十七日，是福德星君[18]降生之辰；我同些山中社友，到福德神祠祭赛[19]已毕，路过此间。（净）为何挟着弦子，提着酒壶？（副末）见笑见笑！老夫编了几句神弦歌[20]，名曰【问苍天】。今日弹唱乐神，社散之时，分得这瓶福酒。恰好遇着二位，就同饮三杯罢。（丑）怎好取扰。（副末）这叫就[21]"有福同享"。（净、丑）好，好！（同坐饮介）（净）何不把神弦歌领略一回？（副末）使得！老夫的心事，正要请教二位哩。（弹弦唱巫腔[22]）（净、丑拍手衬介）

【问苍天】新历数，顺治朝，岁在戊子；九月秋，十七日，嘉会良时。击神鼓，扬灵旗，乡邻赛社[23]；老逸民[24]，剃白发，也到丛祠[25]。椒作栋，桂为楣[26]，唐修晋建；碧和金，丹间[27]粉，画壁精奇。貌赫赫，气扬扬，福德名位；山之珍，海之宝，总掌无遗。超祖祢[28]，迈君师，千人上寿；焚郁兰[29]，奠清醑[30]，夺户争墀[31]。草笠底，有一人，撚须长叹：贫者贫，富者富，造命奚为[32]？我与尔，较生辰，同月同日；囊无钱，灶断火，不啻[33]乞儿。六十岁，花甲週，桑榆[34]暮矣；乱离人，太平犬[35]，未有亨期[36]。称玉斝[37]，坐琼筵，尔餐我看；谁为灵，谁为蠢，贵贱失宜。臣稽首[38]，叫九阍[39]，开聋启瞶[40]；宣命司[41]，检禄籍[42]，何故差池[43]。金阙[44]远，紫宸高[45]，苍天梦梦[46]；迎神来，送神去，舆马风驰。歌舞罢，鸡豚收，须臾社散；倚枯槐，对斜日，独自凝思。浊享富，清享名，或分两例；内才多，外财少，应不同规。热似火，福德君，庸人父母；冷如冰，文昌帝[47]，秀士[48]宗师。神有短，圣有亏，谁能足愿；地难填，天难补，造化[49]如斯。释尽了，胸中愁，欣欣微笑；江自流，云自卷，我又何疑。

（唱完放弦介）出丑之极。（净）妙绝！逼真《离骚》、《九歌》了。（丑）失敬，失敬！不知老相公竟是财神一转哩。（副末让介）请干此酒。（净咂舌介）这寡酒[50]好难吃也。（丑）愚兄倒有些下酒之物。（净）是什么东西？（丑）请猜一猜。（净）你的东西，不过是些鱼鳖虾蟹。（丑摇头介）猜不着，猜不着。（净）还有什么异味？（丑指口介）是我的舌头。（副末）你的舌头，你自下酒，如何让客。（丑笑介）你不晓得，古人以《汉书》下酒[51]；这舌头会说《汉书》，岂非下酒之物？（净取酒斟介）我替老哥斟酒，老哥就把《汉书》说来。（副末）妙妙！只恐菜多酒少了。（丑）既然《汉书》太长，有我新编的一首弹词[52]，叫做【秣陵[53]秋】，唱来下酒罢。（副末）就是俺南京的近事么？（丑）便是！（净）这都是俺们耳闻眼见的，你若说差了，我要罚的。（丑）包管你不差。（丑弹弦介）六代兴亡，几点清弹千古慨；半生湖海，一声高唱万山惊。（照盲女弹词唱介）

【秣陵秋】陈隋烟月[54]恨茫茫，井带胭脂[55]土带香；骀荡[56]柳绵沾客鬓，叮咛莺舌恼人肠。中兴朝市[57]繁华续，遗孽儿孙[58]气焰张；只劝楼台追后主[59]，不愁弓矢下残唐[60]。蛾眉越女才承选，燕子吴歈[61]早擅场，力士签名搜笛步[62]，龟年协律奉椒房[63]。西昆词赋新温李[64]，乌巷冠裳旧谢王[65]；院院宫妆金翠镜[66]，朝朝楚梦雨云床[67]。五侯阃外空狼燧[68]，二水洲边自雀舫[69]；指马谁攻秦相诈[70]，入林都畏阮生狂[71]。春灯已错从头认[72]，社党重钩无缝藏[73]；借手杀仇长乐老[74]，胁肩媚贵半闲堂[75]。龙钟阁部啼梅岭[76]，跋扈将军噪武昌[77]。九曲河流晴唤渡[78]，千寻江岸夜移防。琼花劫到雕栏损[79]，玉树歌终画殿凉[80]；沧海迷家龙寂寞[81]，风尘失伴凤彷徨。青衣衔璧何年返[82]，碧血溅沙此地亡[83]；南内汤池仍蔓草[84]，东陵辇路又斜阳[85]。全开锁钥淮扬泗[86]，难整乾坤左史黄[87]。建帝飘零烈帝惨[88]，英宗困顿武宗荒[89]；那知还有福王一[90]，临去秋波泪数行。

（净）妙妙！果然一些不差。（副末）虽是几句弹词，竟似吴梅村[91]一首长歌。（净）老哥学问大进，该敬一杯。（斟酒介）（丑）倒叫我吃寡酒了。（净）愚弟也有些须下酒之物。（丑）你的东西，一定是山肴野蔌了。（净）不是，不是。昨日南京卖柴，特地带来的。（丑）取来共享罢。

（净指口介）也是舌头。（副末）怎的也是舌头？（净）不瞒二位说，我三年没到南京，忽然高兴，进城卖柴。路过孝陵，见那宝城享殿[92]，成了刍牧[93]之场。（丑）呵呀呀！那皇城如何？（净）那皇城墙倒宫塌，满地蒿莱了。（副末掩泪介）不料光景至此。（净）俺又一直走到秦淮[94]，立了半晌，竟没一个人影儿。（丑）那长桥旧院[95]，是咱们熟游之地，你也该去瞧瞧。（净）怎的没瞧，长桥已无片板，旧院剩了一堆瓦砾。（丑捶胸介）咳！恸死俺也。（净）那时疾忙回首，一路伤心；编成一套北曲，名为【哀江南】。待我唱来！（敲板唱弋阳腔[96]介）俺樵夫呵！

【哀江南】【北新水令】山松野草带花挑，猛抬头秣陵重到。残军留废垒，瘦马卧空壕。村郭萧条，城对着夕阳道。

【驻马听】野火频烧，护墓长楸[97]多半焦。山羊群跑，守陵阿监[98]几时逃？鸽翎蝠粪满堂抛，枯枝败叶当阶罩。谁祭扫，牧儿打碎龙碑帽。

【沉醉东风】横白玉八根柱倒，堕红泥半堵墙高，碎琉璃瓦片多，烂翡翠窗棂少，舞丹墀[99]燕雀常朝，直入宫门一路蒿，住几个乞儿饿殍[100]。

【折桂令】问秦淮旧日窗寮，破纸迎风，坏槛当潮，目断魂消。当年粉黛[101]，何处笙箫。罢灯船端阳不闹，收酒旗重九无聊[102]。白鸟飘飘，绿水滔滔，嫩黄花有些蝶飞，新红叶无个人瞧。

【沽美酒】你记得跨青溪半里桥，旧红板没一条。秋水长天人过少，冷清清的落照，剩一树柳弯腰。

【太平令】行到那旧院门，何用轻敲，也不怕小犬哰哰[103]。无非是枯井颓巢，不过些砖苔砌草。手种的花条柳梢，尽意儿采樵，这黑灰是谁家厨灶？

【离亭宴带歇指煞】俺曾见金陵玉殿莺啼晓，秦淮水榭花开早，谁知道容易冰消。眼看他起朱楼，眼看他宴宾客，眼看他楼塌了。这青苔碧瓦堆，俺曾睡风流觉，将五十年兴亡看饱。那乌衣巷不姓王，莫愁湖[104]鬼夜哭，凤凰台[105]栖枭鸟。残山梦最真，旧境丢难掉，不信这舆图换稿[106]。诌一套《哀江南》，放悲声唱到老。

（副末掩泪介）妙是妙绝，惹出我多少眼泪。

…………

[节选自王起主编：《中国戏曲选》（下），人民文学出版社，1985 年版]

注释

[1] 选自孔尚任《桃花扇》的续四十出，也是该剧的最后一出。

[2] 建业城啼夜鬼：建业，即今江苏省南京市。城啼夜鬼，这里是指南京经过清兵洗劫后，满目疮痍，一片凄凉。

[3] 维扬井贮秋尸：维扬，扬州。井贮（zhù）秋尸，指清兵屠城后，到处堆满了尸体，无人收殓。

[4] 南朝：即南明弘光朝。

[5] 苏崑生：明末清初艺人，擅长唱曲。

[6] 乙酉（yǒu）：即清顺治二年（公元 1645 年），清兵于这一年攻陷南京。

[7] 牛首、栖霞：均为南京近郊山名。

[8] 柳敬亭：明末清初著名的说书艺人。

[9] 浩浩落落：坦荡疏阔。此处指为人正派，不流于世俗。

[10] 富春：浙江富春江沿岸，山清水秀，东汉严光曾在此隐居。

[11] 龙潭江：南京北江边有龙潭。

[12] 偏杯：即不待奉敬客人而自斟自饮。

[13] 空囊：口袋空空。

[14] 赞礼：祭祀时的司仪官，属太常寺。

[15] 弦：一种乐器名，即“弦子”，通称“三弦”。

[16] 燕子矶（jī）：南京名胜，在其东北观音山上，矶头下临大江，形如飞燕，故名。

[17] 戊子：此处指清顺治五年（公元 1648 年）。

[18] 福德星君：传说中的财神。

[19] 祭赛：祭祀酬神。

[20] 神弦歌：娱神的歌曲。名称出自乐府《神弦曲》。

[21] 这叫就：一本作“这叫做”。

[22] 巫腔：巫觋歌舞时唱的曲调。

[23] 赛社：赛，本义是祭祀酬报神恩，又指相互对抗、较量以确定谁输谁赢。社，原指土地神灵。赛社，一种古代的祭祀活动，举行赛社的目的就是报答神祇的护佑。

[24] 逸民：遁世隐居的人。

[25] 丛祠：建在山林荒野中的神祠。

[26] 楣：房屋的横梁。

[27] 间：间杂。

[28] 祢（mí）：古代对已在宗庙中立牌位的亡父的称谓。

[29] 郁兰：气味浓郁的香料。

[30] 醑（xǔ）：美酒。

[31] 夺户争墀：墀（chí），台阶。此句形容人多拥挤不堪。

[32] 造命奚为：造命，造物主，指上天。奚（xī）为，为什么。

[33] 不啻（chì）：不异于。

[34] 桑榆：日落时，斜晖映照在桑榆之间，以此比喻人的晚年。

[35] 乱离人，太平犬：出自谚语“宁做太平犬，莫做乱离人”。这两句意指灾乱年头，人漂泊动荡，不如太平时之犬。

[36] 亨期：幸运的日子。

[37] 称玉斝（jiǎ）：高举玉制的酒杯。

[38] 稽（qǐ）首：以头叩地顿首拜，古时的一种跪拜礼，是九拜中最尊的礼节。

[39] 九阍（hūn）：天帝的宫门。

[40] 瞶（guì）：有目无光。

[41] 命司：掌管命运的神。

[42] 禄籍：传说中天命所定之福禄簿册。

[43] 差池：参差不齐。

[44] 金阙：天帝的宫殿。

[45] 紫宸高：紫宸（chén），天帝的宫殿。此句连同上下句的意思是，天帝高高在上，不明下情。

[46] 梦梦：不明。

[47] 文昌帝：传说中主管人世科举功名的神，即文运神。

[48] 秀士：秀才。

[49] 造化：即造物主。

[50] 寡酒：饮酒而没有下酒菜。

[51] 以《汉书》下酒：此典故出于北宋苏舜钦。一天，苏舜钦在岳父家的书房内独自饮酒，却不叫下酒菜，岳父觉得奇怪，前去察看，发现苏舜钦正在读《汉书》。当读到张良聘勇士埋伏在博浪沙，企图以大铁锥击杀秦始皇时，苏舜钦饮酒一盅，叹道："当浮一大白也！"当读到勇士仅误击副车时，苏舜钦又饮酒一盅，叹道："惜乎不中！"看到这种情形，岳父摇头微笑："有这样的下酒菜也不枉了。"

[52] 弹词：曲艺的一种。

[53] 秣（mò）陵：南京的别称。

[54] 烟月：风月，指风流韵事。

[55] 井带胭脂：胭脂井，指南朝陈国的景阳殿之井，又名"辱井"、"景阳井"。祯明三年，隋兵南下过江，攻占台城，陈后主听说敌兵到了，便与妃子张丽华投此井。到了晚上，被隋兵从井中抓获，后人因称此井为"辱井"。故址在今南京市玄武湖侧。

[56] 骀（dài）荡：舒缓荡漾。

[57] 中兴朝市：指南明王朝。

[58] 遗孽儿孙：指阉党余孽阮大铖等人。

[59] 只劝楼台追后主：后主，即陈叔宝，南北朝时南朝陈国皇帝，因纵情声色，不理朝政，最后成为亡国之君。此处指马、阮之流，一味劝诱福王尽情享乐，不理政事，步陈叔宝后尘。

[60] 不愁弓矢下残唐：指宋太祖灭南唐的故事。开宝四年（公元 971 年）二月，宋灭南汉之后，从北、西、南三面对南唐形成战略包围。经过三年的准备，开宝七年（公元 974 年）十月，宋太祖令曹彬为统帅、潘美为都监，率水、步、骑兵在采石一线强行渡江，进围金陵。十一月二十七日，在李煜仍不投降的情况下，宋军发起总攻，金陵城破，李煜做了俘虏。这里借宋太祖灭南唐的故事讽刺福王沉溺欢娱，置南下清兵于不顾。

[61] 燕子吴歈（yú）：燕子，指阮大铖撰写的传奇《燕子笺》，因用吴地

昆曲演唱，所以称吴歈。

［62］力士签名搜笛步：力士，即唐玄宗时太监高力士，此处泛指太监。签名，按照名单。笛步，南京地名，教坊所在地。此句意思是，阮大铖等征选旧院歌妓与曲师排演《燕子笺》，供福王欣赏。

［63］龟年协律奉椒房：龟年，即李龟年，唐开元时著名的曲师，此处泛指内廷教习。协律，调和音律，使之和谐。椒房，皇后居住的地方。此句意思是，阮大铖还找来曲师供奉内廷。

［64］西昆词赋新温李：西昆，北宋初年的文学流派，专模仿晚唐诗人李商隐。温李，指温庭筠、李商隐。此句意思是，弘光朝文风绮靡不振。

［65］乌巷冠裳旧谢王：乌巷，即乌衣巷，在南京秦淮河南岸，三国时是吴国戍守石头城的部队营房所在地。当时军士都穿着黑色制服，所以以“乌衣”为该巷名。后来该地成为东晋时门阀士族的聚居区。谢、王，皆晋时大贵族，聚居在南京乌衣巷等处。此句意思是，弘光朝权贵专擅，官场腐败。

［66］院院宫妆金翠镜：宫妆，宫中女子的装束。金翠，指黄金和翠玉制成的饰物。此句形容后宫美人个个精心打扮，以求得弘光帝的宠幸。

［67］朝朝楚梦雨云床：楚梦雨云，出自于宋玉《高唐赋序》，谓楚襄王尝游高唐，梦与巫山神女欢会。此句意思是，弘光帝只顾天天淫乐。

［68］五侯阃外空狼燧：五侯，指宁南侯左良玉等五将。阃（kǔn），城郭门。阃外，指京城或朝廷以外。狼燧，即狼烟，边防报警的信号。此句意思是，手握重兵的将领，不顾敌情的严重，仍然忙于相互争斗。

［69］二水洲边自雀舫：二水洲，即南京的白鹭洲。雀舫，指朱雀舫，一种华美的游船。此句意思是，南明君臣乘坐着华美的游船在白鹭洲游山玩水。

［70］指马谁攻秦相诈：指马，指秦朝赵高指鹿为马的典故。此句指斥马士英专擅朝政，但满朝文武却没有人敢反对他。

［71］入林都畏阮生狂：阮生，晋朝大名士阮籍，“竹林七贤”之一。阮籍恃才傲物，放荡不羁，人多谓之狂。此处借指阮大铖的猖狂。此句意思是，朝臣畏惧阮大铖的猖狂，纷纷辞官归隐。

［72］春灯已错从头认：阮大铖曾撰传奇《春灯谜》（即《十错认》），有人说其中包含对依附阉党的行为表示悔恨之意。

［73］社党重钩无缝藏：社党，指东林党与后期的复社。钩，株连。此句意思是，阮大铖重新得势后，再度迫害东林、复社人士，想把他们一网打尽。

［74］长乐老：指五代时冯道。冯道历任唐、晋、汉、周四朝之相，自号“长乐老”。

［75］胁肩媚贵半闲堂：胁肩，耸肩。半闲堂，南宋奸臣贾似道在西湖葛岭所建院宅名。此句连同上句是讽刺阮大铖献媚马士英的丑态。

［76］龙钟阁部啼梅岭：清兵渡淮，扬州军心浮动，史可法在梅花岭誓师，血泪交迸，使将士深受感动。

［77］跋扈将军噪武昌：跋（bá）扈（hù），霸道，蛮横不讲理。跋扈将军，东汉时外戚权臣梁冀，出身世家大族。《后汉书·梁冀传》记载，汉质帝

对梁冀的蛮横劲儿看不惯。有一次，他在朝堂上当着文武百官的面朝梁冀说：“真是个跋扈将军!”此处指左良玉。噪（zào），喧哗，鼓动。宁南侯左良玉愤慨于马士英之专权，率部下自武昌东下讨伐马士英。

[78] 九曲河流晴唤渡：九曲河流，指黄河。古之黄河，在积石山到龙门一段多弯曲，故称“九曲黄河”。此句连同下句的意思是，马士英、阮大铖堵截左良玉东下的军队，竟将驻防黄河的黄得功等诸镇兵马尽行移防，致使黄河一线空虚，而清兵得以挥戈南下。

[79] 琼花劫到雕栏损：琼花，扬州琼花，天下闻名。这里指扬州陷落。

[80] 玉树歌终画殿凉：玉树歌，指陈后主所制《玉树后庭花》曲，被认为是亡国之音。此句连同上句的意思是，用隋炀帝到扬州看琼花与陈后主制《玉树后庭花》曲比之于南明福王荒淫误国。

[81] 沧海迷家龙寂寞：龙（连同下句的凤），比喻帝王子孙。此句连同下句的意思是，南明覆亡之际，帝王子孙仓皇逃窜，流离失所，陷于狼狈境地。

[82] 青衣衔璧何年返：青衣，卑贱者之服。青衣衔璧，出自晋怀帝的故事。怀帝被虏时，敌方令其改着青衣斟酒以辱之。古时亡国之君常衔碧玉自缚以请降。此处借指福王被俘。

[83] 碧血溅沙此地亡：碧血，《庄子·外物》：“苌弘死于蜀，藏其血三年而化为碧。”后来多用碧血指为正义事业而流的血。此句意思是，南明靖南侯黄得功，因南京失守、福王出走而自杀。

[84] 南内汤池仍蔓草：南内，南京明故宫。汤池，指温泉。此句意思是，南京明故宫温泉内荒草连天。

[85] 东陵辇路又斜阳：东陵，即南京城东明孝陵。辇路，天子车驾所经之路。

[86] 全开锁钥淮扬泗：指江北的淮阴、扬州、泗阳等镇相继失守。

[87] 左史黄：指左良玉、史可法、黄得功。

[88] 建帝飘零烈帝惨：建帝，指建文帝朱允炆，成祖破南京时，建文帝出逃，下落不明。烈帝，指明思宗朱由检，李自成攻占北京时，朱由检于煤山自缢。

[89] 英宗困顿武宗荒：英宗，指朱祁镇。正统十四年（公元 1449 年），他亲征瓦剌，兵败被俘。武宗，指朱厚照，明代最荒淫的统治者。

[90] 福王一：指福王仅在位一年。

[91] 吴梅村：指吴伟业，字骏公，江苏太仓县人，明末清初著名的诗人。

[92] 宝城享殿：宝城，皇帝陵墓四周的城垣。享殿，祭殿。

[93] 刍牧：刍（chú），割草。刍牧，割草放牧。

[94] 秦淮：秦淮河，贯穿南京城。城南两侧河房为旧时妓女聚居之所。

[95] 长桥旧院：明末南京歌妓聚居之地。

[96] 弋阳腔：明代四大戏曲声腔之一，是宋元南戏流传至江西弋阳后，

与当地方言、民间音乐结合，并吸收北曲演变而成，盛行于民间。

[97] 长楸（qiū）：茎干高耸的乔木。

[98] 阿监：太监。

[99] 丹墀：墀（chí），台阶。群臣朝见天子之处，以红漆涂台阶，故称。

[100] 饿殍（piǎo）：饿的快死的人。

[101] 粉黛：白粉和黑粉，后代指年轻貌美的女子。此句连同下句的意思是，昔日歌妓，如今不知流落何方。

[102] 收酒旗重九无聊：重九，重阳节。此句连同上句的意思是，过去热闹的端午节、重阳节，如今变得冷冷清清。

[103] 哰哰（láo）：犬吠声。

[104] 莫愁湖：南京名胜。

[105] 凤凰台：南京名胜。

[106] 舆图换稿：舆图，地图。舆图换稿，即江山易主。

三、惊变（《长生殿》第二十四出）[1]（洪昇）

（丑上）“玉楼天半起笙歌[2]，风送宫嫔[3]笑语和。月殿影开闻夜漏[4]，水晶帘卷近秋河[5]。”咱家高力士[6]，奉万岁爷之命，着咱在御花园中安排小宴。要与贵妃娘娘同来游赏，只得在此伺候。（生、旦乘辇[7]，老旦、贴随后，二内侍引，行上）

【北中吕粉蝶儿[8]】天淡云闲，列长空数行新雁。御园中秋色斓斑[9]：柳添黄，蘋减绿，红莲脱瓣。一抹[10]雕栏，喷清香桂花初绽。

（到介）（丑）请万岁爷娘娘下辇。（生、旦下辇介）（丑同内侍暗下）（生）妃子，朕与你散步一回者。（旦）陛下请。（生携旦手介）（旦）

【南泣颜回】携手向花间，暂把幽怀同散。凉生亭下，风荷映水翩翻[11]。爱桐阴静悄，碧沉沉并绕回廊看。恋香巢秋燕依人，睡银塘鸳鸯蘸眼[12]。

（生）高力士，将[13]酒过来，朕与娘娘小饮数杯。（丑）宴已排在亭上，请万岁爷娘娘上宴。（旦作把盏，生止住介）妃子坐了。

【北石榴花】不劳你玉纤纤[14]高捧礼仪烦，子待借小饮对眉山[15]。俺与你浅斟低唱互更番，三杯两盏，遣兴消闲。妃子，今日虽是小宴，倒也清雅。回避了御厨中，回避了御厨中烹龙炰凤堆盘案[16]，咿咿哑哑乐声催攒[17]。只几味脆生生，只几味脆生生蔬和果清肴馔，雅称你仙肌玉骨美人餐[18]。

妃子，朕与你清游小饮，那些梨园[19]旧曲，都不耐烦听他。记得那年在沉香亭[20]上赏牡丹，召翰林李白草《清平调》三章[21]，令李龟年度成新谱[22]，其词甚佳。不知妃子还记得么？（旦）妾还记得。（生）妃子可为朕歌之，朕当亲倚玉笛以和[23]。（旦）领旨。（老旦进玉笛，生吹

介)(旦按板介)

【南泣颜回】[换头]花繁,秾艳想容颜。云想衣裳光璨[24]。新妆谁似,可怜飞燕娇懒[25]。名花国色,笑微微常得君王看。向春风解释[26]春愁,沉香亭同倚栏干。

(生)妙哉,李白锦心[27],妃子绣口[28],真双绝矣。宫娥,取巨觞[29]来,朕与妃子对饮。(老旦、贴送酒介)(生)

【北斗鹌鹑】畅好是喜孜孜驻拍停歌[30],喜孜孜驻拍停歌,笑吟吟传杯送盏。妃子干一杯,(作照干介)不须他絮烦烦射覆藏钩[31],闹纷纷弹丝弄板[32]。(又作照杯介)妃子,再干一杯。(旦)妾不能饮了。(生)宫娥每[33],跪劝。(老旦、贴)领旨。(跪旦介)娘娘,请上这一杯。(旦勉饮介)(老旦、贴作连劝介)(生)我这里无语持觞仔细看,早子见花一朵上腮间[34]。(旦作醉介)妾真醉矣。(生)一会价软哈哈柳亸花欹[35],软哈哈柳亸花欹,困腾腾莺娇燕懒。

妃子醉了,宫娥每,扶娘娘上辇进宫去者。(老旦、贴)领旨。(作扶旦起介)(旦作醉态呼介)万岁!(老旦、贴扶旦行)(旦作醉态介)

【南扑灯蛾】态恹恹[36]轻云软四肢,影蒙蒙空花乱双眼[37],娇怯怯柳腰扶难起,困沉沉强抬娇腕,软设设金莲倒褪[38],乱松松香肩亸云鬟[39],美甘甘思寻凤枕,步迟迟,倩[40]宫娥搀入绣帏间。

(老旦、贴扶旦下)(丑同内侍暗上)(内击鼓介)(生惊介)何处鼓声骤发?(副净[41]急上)渔阳鼙鼓动地来[42],惊破霓裳羽衣曲[43]。(问丑介)万岁爷在那里?(丑)在御花园内。(副净)军情紧急,不免径入。(进见介)陛下,不好了。安禄山起兵造反,杀过潼关,不日就到长安了。(生大惊介)守关将士何在?(副净)哥舒翰[44]兵败,已降贼了。(生)

【北上小楼】呀,你道失机的哥舒翰,称兵的安禄山,赤紧的[45]离了渔阳,陷了东京[46],破了潼关[47]。唬得人胆战心摇,唬得人胆战心摇,肠慌腹热,魂飞魄散,早惊破月明花粲[48]。

卿有何策,可退贼兵?(副净)当日臣曾再三启奏,禄山必反,陛下不听,今日果应臣言。事起仓卒,怎生抵敌?不若权时幸蜀[49],以待天下勤王[50]。(生)依卿所奏。快传旨,诸王百官,即时随驾幸蜀便了。(副净)领旨。(急下)(生)高力士,快些整备军马。传旨令右龙武将军陈元礼[51],统领羽林军士三千,扈驾[52]前行。(丑)领旨。(下)(内侍)请万岁爷回宫。(生转行叹介)唉,正尔欢娱,不想忽有此变,怎生是了也!

【南扑灯蛾】稳稳的宫庭宴安,扰扰的边廷造反。冬冬的鼙鼓喧,腾腾的烽火黫[53]。的溜扑碌[54]臣民儿逃散,黑漫漫乾坤覆翻,磣磕磕[55]社稷摧残,磣磕磕社稷摧残。当不得萧萧飒飒西风送晚,黯黯的一轮落日冷长安。

(向内问介)宫娥每,杨娘娘可曾安寝?(老旦、贴内应介)已睡熟了。（生）不要惊他，且待明早五鼓同行。（泣介）天那，寡人不幸，遭此播迁[56]，累他玉貌花容，驱驰道路。好不痛心也！

【南尾声】在深宫兀自娇慵惯，怎样支吾[57]蜀道难！（哭介）我那妃子呵，愁杀你玉软花柔，要将途路趱。

宫殿参差落照间，　　卢　纶
渔阳烽火照函关。　　吴　融
遏云声绝悲风起[58]，　　胡　曾
何处黄云是陇山[59]。　　武元衡

［选自王起主编：《中国戏曲选》（下），人民文学出版社，1985年版］

注释

[1]《惊变》是《长生殿》的第二十四出，也是全剧剧情发展中的关键一出。

[2] 玉楼天半起笙歌：玉楼，华丽的高楼，指宫殿。天半，犹言半空中，形容极高。

[3] 宫嫔：宫女。

[4] 夜漏：古代计时的工具。用铜壶作计时器，在铜壶的底部穿一孔，壶中立有标识，上面刻有度数。水下滴时就会显现度数，以此知道时间的变化。“闻夜漏”，指夜间寂静，可以听到受水器具承漏之声。

[5] 水晶帘卷近秋河：水晶帘，珠帘。秋河，银河。

[6] 高力士：唐玄宗最宠信的太监，曾任左监门大将军知内侍省事、骠骑大将军等职，对政局有过重大影响。

[7] 生、旦乘辇：生，扮李隆基。旦，扮杨玉环。下面之老旦、贴，扮宫女念奴、永新。辇（niǎn），人推的轿车，专供皇帝使用。乘辇，坐车。

[8] 北中吕粉蝶儿：北中吕，指北曲的中吕宫。粉蝶儿一曲属北中吕宫。这出戏用南北曲合套，北曲由李隆基唱，南曲由杨玉环唱。

[9] 斓（lán）斑：亦作斑斓，颜色错杂灿烂。

[10] 一抹：一带。

[11] 风荷映水翩翻：风荷，风中的荷花。翩翻，飘忽摇曳状。此句意思是，荷花倒映在水中，在风的吹拂下飘忽摇曳。

[12] 睡银塘鸳鸯蘸眼：银堂，水色银白的池塘。蘸（zhàn）眼，招眼，引人注目。

[13] 将：拿。

[14] 玉纤纤：喻洁白纤细的手，指女性的手指。

[15] 子待借小饮对眉山：子待，只待。眉山，用青色画过的眉毛，其色、状与远山相似，故称为眉山、眉峰，这里代指杨贵妃。此句意思是，只待与杨贵妃对饮。

[16] 烹龙炰凤堆盘案：炰（páo），同“炮”。烹、炰，指烧煮食物。龙、凤，指名贵菜肴。盘案，放菜的器具。此句意思是，烹制各种山珍海味盛放

在菜盘中。

[17] 催趱（zǎn）：催赶，催促。

[18] 雅称你仙肌玉骨美人餐：雅，极，甚。雅称，非常适合、相称。此句连同上句的意思是，就这脆脆的果蔬，清淡精美的食物，非常适合仙肌玉骨的杨贵妃品用。

[19] 梨园：唐玄宗在宫廷内设立的专门教练歌舞艺人的机构。后世将戏曲界称为梨园，戏曲演员称为梨园弟子。

[20] 沉香亭：亭子名，在唐兴庆宫内。

[21] 召翰林李白草《清平调》三章：天宝初，李白在长安供奉翰林。唐玄宗与杨贵妃在兴庆宫沉香亭前赏牡丹，命李白填写新词，李白醉酒援笔写成《清平调》三章。

[22] 令李龟年度成新谱：李龟年，唐玄宗时著名乐人，精通音律，受到玄宗的宠遇。度，作曲。此句意思是，让李龟年谱成新曲。

[23] 倚玉笛以和：用玉笛来伴奏。

[24] 光璨：璀璨。

[25] 可怜飞燕娇懒：可怜，可爱。飞燕，赵飞燕，西汉成帝的皇后赵飞燕，以貌美著称。此句意思是，赵飞燕娇弱慵懒的姿态非常可爱。

[26] 解释：解除，消除。

[27] 锦心：形容写文章的人的文心。

[28] 妃子绣口：绣口，指文章辞藻富丽，这里指声音优美。此句连同上句的意思是，李白文思美妙，杨妃歌喉优雅。

[29] 觞（shāng）：酒器，酒杯。

[30] 畅好是喜孜孜驻拍停歌：畅好是，正好是。驻，同“住”。

[31] 射覆藏钩：古代两种游戏。射覆，古代酒令的一种，后世称猜谜语为射覆。藏钩，即寻找物件藏匿之处。

[32] 弹丝弄板：弹奏乐器。

[33] 每：们。

[34] 早子见花一朵上腮间：早子见，早见。子为语助词，无义。

[35] 软咍咍柳嚲花欹：软咍咍（hāi），软绵绵。嚲（duǒ），垂下。欹（qī），倾斜。此句意思是，杨贵妃醉后不能支持，身体软得如柳条低垂，花枝倾斜。

[36] 恹恹：软弱无力的样子。

[37] 影蒙蒙空花乱双眼：空花，佛教语。本指隐现于病眼者视觉中繁花状的虚影，常以之喻纷繁的妄想和假相。此句意思是，杨贵妃醉眼蒙眬，看不清楚。

[38] 软设设金莲倒褪：软设设，软绵绵。金莲，旧指缠足妇女的小脚。我国古代妇女裹足的陋习始于隋，在宋朝广为流传，当时的人们普遍将小脚当成是美的标准。三寸金莲是当时人们认为妇女最美的小脚。

[39] 云鬟：形容女子乌黑秀美的头发。

［40］倩：使，请。

［41］副净：扮杨国忠，杨贵妃同曾祖兄。杨玉环得宠于唐玄宗之后，杨国忠升任宰相，与安禄山的矛盾最终导致了安史之乱，与太子李亨的矛盾最终使杨国忠灭门。

［42］渔阳鼙鼓动地来：渔阳，郡名，今河北冀州、平谷一带，安禄山盘踞之地。鼙（pí）鼓，古代军中的一种小鼓。此句连同下句借用白居易《长恨歌》原句。

［43］惊破霓裳羽衣曲：霓裳羽衣曲，唐乐曲名。此曲来自西凉，名《婆罗门曲》，经玄宗润色，天宝十三载（公元754年）改为《霓裳羽衣曲》。后附会为玄宗游月宫闻仙乐，归而记之，乃为此曲。

［44］哥舒翰：人名。唐天宝年间，任河西节度使。安史之乱，李隆基委命他驻守潼关，兵败被俘。新旧《唐书》有传。

［45］赤紧的：曲中习惯用语，形容时间短促，转眼间。此处形容速度迅猛。

［46］东京：唐代以洛阳为东京。汉高祖都长安，光武帝都洛阳，故汉时即有西京、东京之称，唐沿用不变。

［47］潼关：后汉建安时所建关名，在今陕西省潼关县北，其地西近华山，南临商岭，北距黄河，东接桃林，形势险要，历来为兵家必争之地。

［48］月明花粲：粲，鲜明，美好。月明花粲，比喻环境安乐。

［49］不若权时幸蜀：权时，暂且。幸，皇帝去到某地的专用词。幸蜀，指到蜀地避难。此句意思是，不如暂时先到蜀地避难。

［50］勤王：指封建时代由地方出兵援救皇帝。

［51］陈元礼：指陈玄礼，为避清圣祖玄烨讳而改为“元”。皇帝的亲军有四军，即左右龙武军和左右羽林军。陈玄礼是右龙武军的将领。

［52］扈（hù）驾：即护驾，保卫皇帝。皇帝亲军跟随车驾兼有保卫之责。

［53］黫（yān）：黑色，指烽烟的颜色。

［54］的溜扑碌：口语，形容慌乱。

［55］碜（chěn）磕磕：也作“碜可可”，曲中常用语，凄惨可怕的意思。嗑嗑，又作“可可”，语助词，无义。

［56］播迁：迁徙，流移。

［57］支吾：应付，支应。

［58］遏云声绝悲风起：摘自胡曾《咏史诗·铜雀台》。遏，阻止。遏云，形容歌声响亮而阻止了行云。

［59］何处黄云是陇山：黄云，黄色云气，此指天子之气。陇山，山名，在陕西甘肃一带。唐玄宗由长安奔成都，途经陇山。以上四句是本出结尾的下场词，系摘集唐人诗句而成。

参考书目

[1] 朱东润主编．中国历代文学作品选．上海：上海古籍出版社，1979

[2] 郭兴良，周建忠主编．中国古代文学作品选．北京：高等教育出版社，2000

[3] 徐中玉，金启华主编．中国古代文学作品选．上海：华东师范大学出版社，1999

第15讲

明清小说（上）

一、没遮拦追赶及时雨　船火儿夜闹浔阳江[1]（施耐庵）

《水浒传》第三十六回节选

两个公人[2]挑了包裹，宋江自提了行枷[3]，便从房里挖开屋后一堵壁子[4]，三个人便趁星光之下，望林木深处小路上只顾走。正是慌不择路，走了一个更次[5]，望见前面满目芦花，一派大江，滔滔滚滚，正来到浔阳江边。只听得背后喊叫，火把乱明，吹风胡哨赶将来[6]，宋江只叫得苦道："上苍救一救则个[7]！"三人躲在芦苇丛中，望后面时，那火把渐近，三人心里越慌，脚高步低，在芦苇里撞。前面一看，不到天尽头，早到地尽处。一带大江拦截，侧边又是一条阔港。……

宋江正在危急之际，只见芦苇丛中悄悄地忽然摇出一只船来。……那梢公[8]早把船放得拢来，三个连忙跳上船去。一个公人便把包裹丢下舱里，一个公人便将水火棍拽开了船[9]。那梢公一头搭上橹[10]，一面听着包裹落舱有些好响声，心中暗喜。把橹一摇，那只小船早荡在江心里去。

岸上那伙赶来的人，早赶到滩头。有十数个火把，为头两个大汉，各挺着一条朴刀[11]，随从有二十余人，各执枪棒，口里叫道："你那梢公，快摇船拢来。"宋江和两个公人做一块儿伏在船舱里，说道："梢公，却是不要拢船，我们自多谢你些银子。"那梢公点头，只不应岸上的人，把船望上水咿咿呀呀的摇将去。那岸上这伙人大喝道："你那梢公，不摇拢船来，教你都死！"那梢公冷笑几声，也不应。岸上那伙人又叫道："你是那个梢公？直恁大胆[12]！不摇拢来！"那梢公冷笑应道："老爷叫做张梢公，你不要咬我鸟[13]。"岸上火把丛中那个长汉说道："原来是张大哥，你见我弟兄两个么？"那梢公应道："我又不瞎，做甚么不见你？"

那长汉道："你既见我时，且摇拢来和你说话。"那梢公道："有话明朝[14]来说，趁船[15]的要去得紧。"那长汉道："我弟兄两个正要捉这趁船的三个人。"那梢公道："趁船的三个都是我家亲眷，衣食父母[16]，请他归去吃碗板刀面[17]了来。"……宋江呆了，不听得话里藏阄[18]，在船舱里悄悄的和两个公人说："也难得这个梢公救了我们三个性命。又与他分说，不要忘了他恩德。却不是幸得这只船来渡了我们。"

却说那梢公摇开船去，离得江岸远了。三个人在舱里望岸上时，火把也自去芦苇中明亮。宋江道："惭愧！正是'好人相逢，恶人远离'。且得脱了这场灾难。"只见那梢公摇着橹，口里唱起湖州歌来。唱道："老爷生长在江边，不爱交游只爱钱。昨夜华光[19]来趁我，临行夺下一金砖。"宋江和两个公人听了这首歌，都酥软了。宋江又想道："他是唱耍[20]。"三个正在舱里议论未了，只见那梢公放下橹，说道："你这个撮鸟，两个公人，平日最会诈害做私商[21]的人，今日却撞在老爷手里！你三个却是要吃板刀面？却是要吃馄饨？"宋江道："家长[22]休要取笑！怎地唤做板刀面？怎地是馄饨[23]？"那梢公睁着眼道："老爷和你耍甚鸟！若还要吃板刀面时，俺有一把泼风也似快刀在这舱板底下[24]，我不消三刀五刀，我只一刀一个，都剁你三个人下水去。你若要吃馄饨时，你三个快脱了衣裳，都赤条条地跳下江里自死。"……宋江又求告道："我们都把包裹内金银、财帛、衣服等项，尽数与你，只饶了我三个性命。"那梢公便去舱板底下摸出那把明晃晃板刀来……

宋江和那两个公人抱做一块，望着江里。只见江面上咿咿呀呀橹声响，梢公回头看时，一只快船飞也似从上水头急溜[25]下来，船上有三个人，一条大汉手里横着托叉，立在船头上。……大汉道："张家兄弟，你在这里又弄这一手！船里甚么行货[26]？有些油水么？"梢公答道："教你得知好笑……却是两个鸟公人，解一个黑矮囚徒……"船上那大汉道："咄！莫不是我哥哥宋公明？"宋江听得声音厮熟[27]，便舱里叫道："船上好汉是谁？救宋江则个！"那大汉失惊道："真个是我哥哥，早不做出来！"宋江钻出船上来看时，星光明亮，那船头上立的大汉正是混江龙李俊[28]。

（节选自《水浒传会评本》第三十六回，北京大学出版社，1981年版）

注释

[1] 没遮拦追赶及时雨　船火儿夜闹浔阳江：没遮拦，梁山泊好汉穆弘的绰号，形容其勇猛无人能够抵挡、阻挡。穆弘在号称"天罡星"的三十六员将领中排序第二十四位。及时雨，梁山泊好汉宋江的绰号，形容其在人危急时能及时给予救助，就像及时倾洒在干涸土地上的雨水一样。宋江在号称"天罡星"的三十六员将领中排序第一位。船火儿，又作"船伙儿"，即摇橹船夫，为梁山泊好汉张横的绰号。张横在号称"天罡星"的三十六员将领中排序第二十八位。浔阳江，也作"寻阳江"，长江流经江西省九江市北的一段。

[2] 公人：封建时代称衙门里的差役为公人。

[3] 宋江自提了行枷：行枷，三孔木枷，分为两片，一左一右，合在一起后，上面便露出三孔，后一孔较大，用它卡住罪囚脖子，前两孔较小，用它们分别卡住罪囚两手手腕，然后再在罪囚两腕上加铐手镣，罪囚两手便退不出来。两片木枷分别预留插孔与插销，既容易套上，又容易拆卸，便于押解罪囚。一旦公差与罪囚达成信任或谅解，罪囚即不用戴枷，行枷可以卸开由罪囚自己携带，因此小说中的宋江能“自提了行枷”。

[4] 一堵壁子：一堵，一面。壁子，墙，墙壁。

[5] 更次：更，古时夜间计时单位，一更约两小时，一夜分五更。更次，即夜间一个更时。

[6] 吹风胡哨赶将来：吹风，像刮起一阵风似的。胡哨，撮起嘴唇或塞指于口所吹出的尖锐声音，多用作召集同伙的信号。此句意思是，追赶的速度像风一样快，且人声嘈杂、气势汹汹。

[7] 则个：语气助词，表示祈使、商量、解释等语气。

[8] 梢公：亦作“艄公”，船尾掌舵的人，也泛指掌船的人。小说里的这个梢公指张横。

[9] 将水火棍掕开了船：水火棍，古时供差役使用之棍，棍的半截涂成红色，半截涂成黑色，红象征火，黑象征水，取不容私情之意，故名。掕（chēn），撑，推。

[10] 橹：一种用人力推进船的工具，外形略似桨，但较大，支在船尾或船旁的橹担上，入水一端的剖面呈弓形，另一端系于船上，用手摇动时水中的橹片左右摆动，其前后面发生水压力的差异以产生推力。橹还可以用来控制船的航向。

[11] 朴（pō）刀：朴刀，刀名，窄长而有短把的刀。

[12] 直恁大胆：直，径直，竟然，副词。恁（rèn），如此，这样。此句意思是，竟然这样大胆。

[13] 不要咬我鸟：鸟（diǎo），男性生殖器，骂人之词。此句为骂人的粗话，意思是不要管我闲事。

[14] 明朝（zhāo）：明天，这里指以后。

[15] 趁船：搭乘船只，亦作“趂船”。

[16] 衣食父母：指供给衣食之人。平常只有父母供给我们衣食，因此对供给我们衣食之人，我们就会将他们当作父母那样看待。

[17] 请他归去吃碗板刀面：板刀，短柄的窄而长的刀。板刀面，用板刀将面条切断。此句是江湖黑话，意为用板刀杀人送其魂归西天。

[18] 话里藏阄：阄（jiū），写上字或画上记号的小纸团，供赌胜负或决定事情时抓取。此句意思是，话里藏着哑谜儿。

[19] 华光：即华光天王，本是佛前法堂一盏油灯修炼而成，初为如来弟子妙吉祥，因罪先后三次投生，最后一次投生为三眼灵耀，为妙乐天尊徒弟，炼成法宝三角金砖，因与玉帝之子金枪太子发生纠纷，反出天庭，自称华光天王。

[20] 唱耍：唱着玩玩。

[21] 私商：本意为贩运私货者，此处兼指在江湖上干劫财害命勾当的人。

[22] 家长：即驾长，对船夫的敬称。

[23] 馄（hún）饨（tun）：一种面食，用很薄的面片包馅做成，形如耳朵，在广东叫云吞，在四川叫抄手。此处“馄饨”为江湖黑话，意为将人赤条条抛进水中淹死，留一个全尸。

[24] 俺有一把泼风也似快刀在这艎板底下：泼风，犹劈风，形容锋利。艎（huáng），艎板，船面上的铺板。

[25] 急溜：顺水而下，形容船速极快。

[26] 行（háng）货：货物，货色，引申为对人的蔑称。

[27] 厮熟：厮，相，相互。厮熟，相互熟悉。

[28] 混江龙李俊：混江龙，本意为我国古代的一种水雷，这里借指水里功夫极为高强的人物，为梁山泊好汉李俊的绰号。李俊在号称“天罡星”的三十六员将领中排序第二十六位。

二、三藏不忘本　四圣试禅心[1]（吴承恩）

《西游记》第二十三回节选

妇人道：“此间乃西牛贺洲[2]之地。小妇人娘家姓贾，夫家姓莫。幼年不幸，公姑[3]早亡，与丈夫守承祖业。有家资万贯，良田千顷。夫妻们命里无子，止[4]生了三个女孩儿。前年大不幸，又丧了丈夫。小妇居孀[5]，今岁服满[6]。空遗下田产家业，再无个眷族[7]亲人，只是我娘女们承领[8]。欲嫁他人，又难舍家业。适承长老下降[9]，想是师徒四众。小妇娘女四人，意欲坐山招夫[10]，四位恰好。不知尊意肯否如何。”三藏闻言，推聋妆哑[11]，瞑目宁心[12]，寂然[13]不答。

…………

那妇人道：“我是丁亥年三月初三日酉时生。故夫比我年大三岁，我今年四十五岁。大女儿名真真，今年二十岁；次女名爱爱，今年十八岁；三小女名怜怜，今年十六岁；俱不曾许配[14]人家。虽是小妇人丑陋，却幸小女俱有几分姿色，女工针指[15]，无所不会。因是先夫无子，即把他们当儿子看养。小时也曾教他读些儒书[16]，也都晓得些吟诗作对[17]。虽然居住山庄，也不是那十分粗俗之类，料想也配得过列位长老，若肯放开怀抱，长发留头，与舍下做个家长[18]，穿绫着锦，胜强如那瓦钵缁衣[19]，雪鞋云笠[20]！”

三藏坐在上面，好便似雷惊的孩子，雨淋的虾蟆；只是呆呆挣挣[21]，翻白眼儿打仰[22]。那八戒[23]闻得这般富贵，这般美色，他却心痒难挠；坐在那椅子上，一似针戳屁股，左扭右扭的，忍耐不住。走上前，扯了师父一把道：“师父，这娘子告诵你话[24]，你怎么佯佯不睬[25]？好道也做个理会是[26]。”那师父猛抬头，咄的一声，喝退了八戒……

那妇人闻言，大怒道："这泼[27]和尚无礼！……你就是受了戒，发了愿，永不还俗，好道你手下人，我家也招得一个。你怎么这般执法[28]？"三藏见他发怒，只得者者谦谦[29]，叫道："悟空，你在这里罢。"行者[30]道："我从小儿不晓得干那般事，教八戒在这里罢。"八戒道："哥啊，不要栽人[31]么。——大家从长计较[32]。"三藏道："你两个不肯，便教悟净在这里罢。"沙僧道："……宁死也要往西天去，决不干此欺心之事。"……

悟净道："二哥，你在他家做个女婿罢。"八戒道："兄弟，不要栽人——从长计较。"行者道："计较甚的？你要肯，便就教师父与那妇人做个亲家[33]，你就做个倒踏门的女婿[34]。他家这等有财有宝，一定倒陪妆奁[35]，整治[36]个会亲的筵席。我们也落些受用。你在此间还俗，却不是两全其美？"八戒道："话便是这等说，却只是我脱俗又还俗，停妻再娶妻了。"

沙僧道："二哥原来是有嫂子的？"行者道："你还不知他哩，他本是乌斯藏高老儿庄高太公的女婿。因被老孙降了，他也曾受菩萨戒行[37]，没及奈何，被我捉他来做个和尚，所以弃了前妻，投师父往西拜佛。他想是离别的久了，又想起那个勾当[38]。却才听见这个勾当，断然又有此心。呆子[39]，你与这家子做了女婿罢。只是多拜老孙几拜，我不检举你就罢了。"那呆子道："胡说！胡说！大家都有此心，独拿老猪出丑。常言道：'和尚是色中饿鬼。'那个不要如此？都这们扭扭捏捏的拿班儿[40]，把好事都弄得裂了。这如今茶水不得见面，灯火也无人管，虽熬了这一夜，但那匹马明日又要驮人，又要走路，再若饿上这一夜，只好剥皮罢了。你们坐着，等老猪去放放马来。"那呆子虎急急的[41]，解了缰绳，拉出马去。

（节选自《西游记》第二十三回，人民文学出版社，1980年版）

注释

[1] 三藏不忘本　四圣试禅心：藏（zàng），原意是盛放东西的竹箧，佛教用以指全部佛教典籍，义近"全书"。三藏，佛教典籍主要由三大部分合成，故名三藏。三藏，一为经藏，音译"素怛缆藏"、"修多罗藏"，是释迦牟尼及一些菩萨、罗汉所说法记述之合集；一为律藏，音译"毗奈耶藏"、"毗尼藏"，是各种戒律的合集；一为论藏，音译"阿毗达摩藏"、"阿毗昙藏"，是阐释发挥佛经义理的论著之总集。通晓三藏的僧人也被称为"三藏"。本文三藏指唐僧玄奘。四圣，指佛教中的三位菩萨与道教中的一位神仙，分别是观音菩萨、文殊菩萨、普贤菩萨与黎山老母。黎山老母，又作"骊山老母"。

[2] 西牛贺洲：佛教说须弥山外咸海中四方有四大洲，分别是东胜神洲、南赡部洲、北俱芦洲和西牛贺洲，其中西牛贺洲亦译"西瞿尼耶"，以其地贸易牛而得名，其地形圆如满月，人面亦圆，人的寿命固定为500岁。小说中仅借用西牛贺洲之名，相关描写与西牛贺洲情形并不相合。

[3] 公姑：公公与婆婆，即丈夫的父母。

[4] 止：只，仅仅。

[5] 居孀：居，处于，位于。孀，寡妇。居孀，意为处于守寡状态。

[6] 服满：服丧期满。

[7] 眷族：眷，亲属，眷属。族，同姓族人。

[8] 承领：承，继承。领，接收。

[9] 长老下降：长老，对佛寺住持的尊称。对出家时间长、德高望重的僧人亦尊称为长老。此处为后者。下降，公主出嫁称“出降”，也称“下降”，此处指高贵人物的光临、降临。

[10] 坐山招夫：坐山，喻指女人不离开家庭。招夫，赘入男人为夫。

[11] 推聋妆哑：推，假装，假推。妆，同“装”，假装。此句意思是，假装耳聋口哑，不回答别人的问题。

[12] 瞑目宁心：闭着眼睛，镇定心绪。

[13] 寂然：然，助词，表示某种状态。寂然，静悄悄的样子。

[14] 许配：配，配偶。许配，即应许将来将女儿嫁给某人做妻子。

[15] 女工针指：女工，又称“女红（gōng）”，旧指妇女所做的纺绩、刺绣、缝纫等事。针指，即“针黹”，指缝纫、刺绣等针线工作。

[16] 儒书：儒家书籍、经典。

[17] 作对：作对联。

[18] 家长：一家之长，一家之主，这里指丈夫。

[19] 瓦钵缁衣：瓦钵，素烧食器，这里指和尚化缘用的器皿。缁衣，浅黑色僧服，因为僧人穿缁衣，故缁衣又可作为僧人的代称。

[20] 雪鞋云笠：雪鞋，是用于在雪地上行走的鞋具，传统的雪鞋是以硬木为框架，用生皮带子编织成的，这里的雪鞋指简陋的僧鞋。云笠，一种遮阳挡雨的斗笠，这里指简陋的僧帽。

[21] 呆呆挣挣：挣挣，即“睁睁”，就是怔住的意思。呆呆挣挣，形容发愣的样子。

[22] 打仰：身子朝后仰。

[23] 八戒：全称“八关斋戒”，略称“八斋戒”、“八关斋”、“八支斋”、“八戒斋”、“八戒”，为在家佛教徒所受持的戒法。这八条戒法是：不杀生、不偷盗、不淫欲、不妄语、不饮酒、不涂饰打扮及观听歌舞、不眠坐高广华丽之床、不食非时食（过午不食），其中前七条为戒，后一条为斋。《西游记》中天蓬元帅因为欲望重而带酒调戏嫦娥被打下凡尘，皈依佛教后，他受了观音菩萨戒行，法名猪悟能，但初见唐三藏时他就要求三藏准许其开斋，被三藏拒绝。为提醒与警告他今后不要犯戒，三藏特意为他取一别名“八戒”。

[24] 告诵你话：告诵，告诉。此句意思是，与你谈话。

[25] 佯佯不睬：佯佯，做作之态。此句意思是，装模作样不理睬人家。

[26] 好道也做个理会是：好道，好歹，无论如何。做个理会，作出反应。此句意思是，无论如何也要给人家一个答复才好。

[27] 泼：咒骂之词，含有恶劣、卑贱的意思。

[28] 执法：执行法令，也指执行法令的官吏。此处意为固执。

[29] 者者谦谦：和和气气，唯唯诺诺。

［30］行者：一指在寺院中服杂役而未出家者，二指行脚僧人，三指佛教修行者。此处指孙悟空，孙悟空皈依唐三藏时，三藏因为其外表像行脚僧人，所以为其起一混名，叫做“行者”。

［31］栽人：栽诬人，冤枉人。

［32］从长计较：即从长计议，慢慢商量。

［33］亲（qìng）家：夫妻双方父母互称对方为“亲家”。唐三藏虽不是猪八戒的父亲，却是他的师父，中国素有“一日为师，终身为父”的说法，所以孙悟空说“就教师父与那妇人做个亲家”并不突兀。

［34］倒踏门的女婿：即入赘到女方的女婿。

［35］倒陪妆奁：妆奁，女子梳妆所用的镜匣之类，后也指嫁妆。此句意思是，女方不但不要男方出聘礼，相反还要为女儿准备好嫁妆。

［36］整治：整理，准备。

［37］菩萨戒行：菩萨，梵文“菩提萨埵”，略称“菩萨”，意为追求大彻大悟并能令众生觉悟者。戒行，皈依者受戒后能按照戒律规定来约束行为。

［38］勾当：指坏事或秘密的事情。

［39］呆子：傻子，此处指猪八戒，他爱耍小聪明，但经常反过来被别人捉弄，显得傻里傻气，被师兄弟们戏称为“呆子”。

［40］拿班儿：装模作样，装腔作势，摆架子。

［41］虎急急的：急急忙忙的。

三、春梅毁骂申二姐　玉箫愬言潘金莲[1]（兰陵笑笑生）

《金瓶梅词话》第七十五回节选

金莲在那边屋里只顾坐的，等着西门庆，一答儿[2]往前边去，今日晚夕要吃薛姑子[3]符药，与他交姤[4]，图壬子日[5]好生子。见西门庆不动身，走来掀着帘儿叫他说：“你不往前边去，我等不的[6]你，我先去也。”西门庆道：“我儿，你先走一步儿，我吃了这些酒就来。”那金莲一直往前边去了。月娘道：“我偏不要你去，我还和你说话哩。你两人合穿着一条裤子[7]也怎的？是强汗世界[8]，巴巴[9]走来我这屋里硬来叫他。没廉耻的货，自[10]你是他的老婆，别人不是他的老婆？”因说西门庆：“你这贼皮搭行货子[11]，怪不的人说你！一视同仁，都是你的老婆，休要显出来便好。就吃他在前边攔拦住了，从东京[12]来，通影边儿[13]不进后边歇一夜儿，教人怎么不恼你？冷灶着一把儿，热灶着一把儿才好。通教他把拦住了！我便罢了，不和你一般见识，别人他肯让的过？口儿内虽故不言语，好杀[14]他心儿里有几分恼。今日孟三姐在应二嫂那里[15]，通一日恁甚么儿[16]没吃，不知掉了口冷气，只害心凄恶心；来家，应二嫂递了两盅酒，都吐了，你还不往他屋里瞧他瞧去？”

这西门庆听了说道：“真个他心里不自在？吩咐收了家伙罢，我不吃酒了。”于是走到玉楼房中。……

次日，西门庆早起往衙门中去了。这潘金莲见月娘拦了西门庆不放了，又误了壬子日期，心中甚是不悦。次日，老早使来安叫了顶轿子，把潘姥姥打发往家去了。……

当下月娘自知屋里说话，不防金莲暗走到明间帘下听觑[17]多时了，猛可[18]开言说道："可是大娘[19]说的，我打发了他家去，我好把拦汉子！"月娘道："是我说来，你如今怎么的我[20]？本等[21]一个汉子，从东京来了，成日只把拦在你那前头，通不来后边傍个影儿。原来只你是他的老婆，别人不是他的老婆？行动题起来[22]：'别人不知道，我知道。'……你成日守着他，怎么不晓的[23]！"金莲道："他不来往我那屋里去，我成日莫不拿猪毛绳子套他去不成？那个浪的慌了[24]也怎的？"月娘道："你不浪的慌，你昨日怎的他在屋里坐，好好儿的，你恰似强汗世界一般，掀着帘子硬入来叫他前边去，是怎么说？汉子顶天立地，吃辛受苦，犯了甚么罪来，你拿猪毛绳子套他？贱不识高低的货，俺每倒不言语，只顾赶人不得赶上。一个皮袄儿，你悄悄就问汉子讨了，穿在身上，挂口儿[25]也不来后边题一声儿。都是这等起来，俺每在这屋里放小鸭儿[26]，就是孤老院里也有个甲头[27]。一个使的丫头，和他猫鼠同眠[28]，惯的有些摺儿[29]，不管好歹就骂人。倒说着你，嘴头子不伏个烧埋[30]。"金莲道："是我的丫头也怎的[31]？你每打不是[32]，我也在这里还多着个影儿哩。皮袄是我问他要来。莫不只为我要皮袄，开门来也拿了几件衣裳与人，那个你怎的就不说来？丫头便是我惯了他，我也浪了图汉子喜欢。像这等的，却是谁浪？"吴月娘乞[33]他这两句触在心上，便紫涨了双腮，说道："这个是我浪了，随你怎的说。我当初是女儿填房[34]嫁他，不是趁来的老婆[35]。那没廉耻趁汉精[36]便浪，俺每真材实料[37]不浪！"……那潘金莲见月娘骂他这等言语，坐在地下就打滚打脸上，自家打几个嘴巴，头上鬏髻都撞落一边，放声大哭，叫起来说道："我死了罢，要这命做什么！你家汉子说条念款说将来[38]，我趁将你家来了？彼时恁的也不难的勾当[39]，等他来家，与了我休书[40]，我去就是了。你赶人不得赶上。"月娘道："你看就是了，泼脚子货[41]！别人一句儿还没说出来，你看他嘴头子就相淮洪一般[42]。他还打滚儿赖人，莫不等的汉子来家，好老婆，把我别变[43]了就是了。你放恁个刁儿，那个怕你么？"那金莲道："你是真材实料的，谁敢辨别[44]你？"月娘越发大怒，说道："好，不真材实料，我敢在这屋里养下汉来[45]？"金莲道："你不养下汉，谁养下汉来？你就拿主儿来与我！"玉楼见两个拌的越发不好起来，一面拉起金莲……那金莲只顾不肯起来，被玉楼和玉箫一齐扯起来，送他前边去了。

（节选自《金瓶梅词话》第七十五回，人民文学出版社，1985 年版）

注释

[1] 春梅毁骂申二姐　玉箫愬言潘金莲：春梅，即庞春梅，潘金莲的丫

鬟。申二姐，年轻眼盲的女说唱艺人。题言，传话。

[2] 一答儿：一起，一块儿。

[3] 薛姑子：姑子，尼姑俗称。薛姑子，原系清河县卖蒸饼人之妻，其夫死后出家为尼，一再破坏佛门清规戒律，常在西门庆家走动，先后为吴月娘与潘金莲配安胎药。

[4] 交姤：即交媾，发生两性关系。

[5] 壬子日：壬子，发音接近“孕子”，迷信的人以为壬子日即“孕子日”，女子在壬子日过性生活容易怀孕。

[6] 等不的：等不了，不能等。

[7] 合穿着一条裤子：意为站在同一立场上，行动一致，即沆瀣一气。

[8] 强汗世界：强汗，即强悍。强汗世界，强人称霸的地方，喻只凭强悍，不讲道理。

[9] 巴巴：特地，偏偏地。

[10] 自：只，只有。

[11] 贼皮搭行货子：贼，骂人语，意为下贱。皮搭，疲沓，不振作，不争气。行货，货物，货色，引申为对人的蔑称。此句意思是，不争气的下贱东西。

[12] 东京：今开封市。五代后梁以汴州为开封府，建为东都，后晋天福三年改称东京，后汉、后周及北宋皆以此为都城。

[13] 通影边儿：连一点儿影子。

[14] 好杀：好到极点，哪怕再好。

[15] 今日孟三姐在应二嫂那里：孟三姐，孟玉楼，在西门庆妻妾中排序第三，故称孟三姐。应二嫂，应伯爵的妻子，因为应伯爵为西门庆结拜兄弟之一，西门庆称他为应二哥，所以吴月娘称应伯爵的妻子为应二嫂。

[16] 恁甚么儿：任何东西，任何食物。

[17] 听觑：觑（qù），窥伺，偷看。听觑，此处意为偷听偷看。

[18] 猛可：突然。

[19] 大娘：旧时妾称丈夫的正妻为大娘。

[20] 你如今怎么的我：口语，意为你现在又能把我怎么样。

[21] 本等：原来，本来。

[22] 行动题起来：行动，动不动。题，说。此句意思是，动不动就说。

[23] 晓的：即晓得，知道。

[24] 浪的慌了：淫荡得难以自控。

[25] 挂口儿：即挂齿，挂于口齿，谈及，提及。

[26] 在这屋里放小鸭儿：喻指因放任自流而无法管理。

[27] 孤老院里也有个甲头：孤老，指与女子发生私情的人，包括嫖客、姘夫或外宅。孤老院，一般指妓院，有时也指乞丐聚集的贫民窟。甲头，小头目，管事的头人。

[28] 猫鼠同眠：指主仆狼狈为奸。

[29] 惯的有些摺儿：有些摺儿，意为没有摺儿，离谱。此句意思是，娇

惯得不成样子。

[30] 不伏个烧埋：不伏，即不服。烧埋，元代官府对枉死者的尸首，着令犯罪者负责烧埋的费用。此句意思是，不服气，不愿认输。

[31] 也怎的：反诘语气，意为又怎么样。

[32] 你每打不是：你每，你们。此句意思是，你们打她不就行了，反语。

[33] 乞：被。

[34] 女儿填房：女儿，此指清净的黄花闺女之身。填房，旧时女子嫁人作后妻曰填房。此句吴月娘夸耀自己是以清白女儿之身嫁给西门庆为后妻的。

[35] 趁来的老婆：趁，由乘便、乘机引申为拣便宜。此句意思是，不是明媒正娶而是用不正当手段弄来的女人。

[36] 趁汉精：用不正当手段勾引别人男人的高手。

[37] 真材实料：意为为人清白，经得起检验。

[38] 说条念款说将来：说条念款，条条款款，说得头头是道。此句意为潘金莲说她是西门庆用种种理由求娶进门的。

[39] 彼时恁的也不难的勾当：恁的，如何，怎的。勾当，事情。此句意思是，到那时候要怎样处理也不是困难事情。

[40] 休书：旧称弃妻为休，离弃时写给妻子的文书叫休书。

[41] 泼脚子货：撒泼撒赖的卑贱东西。

[42] 嘴头子就相淮洪一般：嘴头子，嘴。淮洪，又称徐州洪，它是徐州城外的一段急流。此句以淮洪流水的宣泄、波涛的喧闹来形容潘金莲尖嘴利舌，不容别人说话。

[43] 别变：凌辱，修理。

[44] 辨别：分辩，争辩。

[45] 养下汉来：养野男人，即与别的男人私通。

参考书目

[1] 王利器．耐雪堂集．北京：中国社会科学出版社，1986

[2] 江苏省社会科学院明清小说研究中心，江苏省社会科学院文学研究所编．中国通俗小说总目提要．北京：中国文联出版公司，1990

[3] 上海市红楼梦学会，上海师范大学文学研究所编．金瓶梅鉴赏辞典．上海：上海古籍出版社，1990

[4]（明）施耐庵．水浒传．北京：人民文学出版社，1997

[5]（清）吴承恩．西游记．北京：人民文学出版社，1980

[6]（明）兰陵笑笑生．金瓶梅词话．北京：人民文学出版社，1985

[7]（明）陈曦钟等辑校．水浒传会评本．北京：北京大学出版社，1981

第16讲

明清小说（下）

一、聊斋志异·瑞云（蒲松龄）

瑞云，杭之名妓[1]，色艺无双[2]。年十四岁，其母蔡媪[3]，将使出应客[4]。瑞云告曰："此奴终身发轫之始[5]，不可草草。价由母定，客则听奴自择之。"媪曰："诺。"乃定价十五金，逐日见客。客求见者必以贽[6]：贽厚者，接以弈[7]，酬以画；薄者，留一茶而已。瑞云名噪已久[8]，自此富商贵介[9]，日接于门。

余杭贺生[10]，才名夙著，而家仅中赀[11]。素仰[12]瑞云，固未敢拟同鸳梦[13]，亦竭微贽[14]，冀得一睹芳泽[15]。窃恐其阅人既多[16]，不以寒畯[17]在意；及至相见一谈，而款接殊殷[18]。坐语良久[19]，眉目含情，作诗赠生曰："何事求浆者[20]，蓝桥叩晓关[21]？有心寻玉杵[22]，端只在人间[23]。"生得之狂喜。更欲有言，忽小鬟来白"客至"，生仓猝遂别。既归，吟玩诗词，梦魂萦扰。过一二日，情不自已，修贽复往。瑞云接见良欢。移坐近生，悄然谓："能图一宵之聚否？"生曰："穷踧[24]之士，惟有痴情可献知己。一丝之贽，已竭绵薄[25]。得近芳容，意愿已足；若肌肤之亲[26]，何敢作此梦想。"瑞云闻之，戚然不乐，相对遂无一语。生久坐不出，媪频唤瑞云以促之，生乃归。心甚邑邑[27]，思欲罄家以博一欢[28]，而更尽而别，此情复何可耐[29]？筹思及此[30]，热念都消[31]，由是音息遂绝。

瑞云择婿数月，更不得一当[32]，媪颇恚[33]，将强夺之[34]，而未发[35]也。一日，有秀才投贽，坐语少时，便起，以一指按女额曰："可惜，可惜！"遂去。瑞云送客返，共视额上有指印黑如墨，濯之益真[36]。过数日，墨痕渐阔[37]；年余，连颧彻准[38]矣。见者辄[39]笑，而车马之迹以绝[40]。媪斥去妆饰[41]，使与婢辈伍[42]。瑞云又荏弱[43]，不任驱使[44]，日益憔悴。贺闻而过之[45]，见蓬首厨下[46]，丑状类鬼[47]。起首见生，面壁自隐[48]。贺怜之，便与媪言，愿赎作妇[49]。媪许之。贺货田倾装[50]，买之而归。入门，牵衣揽涕[51]，不敢以伉俪自居[52]，愿备妾媵[53]，以俟来者[54]。贺曰："人生所重者知己：卿[55]盛时犹能知我，我岂以衰故忘卿哉！"遂不复娶。闻者共姗笑[56]之，而生情益笃。

居年余，偶至苏[57]，有和生与同主人[58]，忽问："杭有名妓瑞云，近如何矣？"贺以适人对[59]。又问："何人？"曰："其人率与仆等[60]。"和曰："若能如君，可谓得人矣。不知价几何许？"贺曰："缘有奇疾[61]，姑从贱售[62]耳。不然[63]，如仆者，何能于勾栏[64]中买佳丽哉！"又问："其人果能如君否？"贺以其问之异，因反诘之[65]。和笑曰："实不相欺：昔曾一觐其芳仪[66]，甚惜其以绝世之姿，而流落不偶[67]，故以小术晦其光而保其璞[68]，留待怜才者之真鉴[69]耳。"贺急问曰："君能点之，亦能涤之否？"和笑曰："乌得不能[70]，但须其人一诚求[71]耳。"贺起拜曰："瑞云之婿[72]，即某是也。"和喜曰："天下惟真才人为能多情，不以妍媸易念[73]也。请从君归，便赠一佳人。"遂与同返。既至，贺将命酒[74]，和止之曰："先行吾法，当先令治具者[75]有欢心也。"即令以盥器贮水，戟指而书之[76]，曰："濯之当愈。然须亲出一谢医人也。"贺笑捧而去，立俟瑞云自靧之[77]，随手光洁[78]，艳丽一如当年。夫妇共德之[79]，同出展谢，而客已渺[80]，遍觅之不得，意者其仙欤[81]？

（选自《聊斋志异》卷十，人民文学出版社，1989年版）

注释

[1] 杭之名妓：杭，杭州府。妓，歌舞女艺人，后专指娼妓。此句意思是，瑞云是杭州府的当红歌舞女艺人。

[2] 色艺无双：容貌和才艺无人能够媲美。

[3] 其母蔡媪：母，妓院女老板一般以妓女母亲的身份自居，人称鸨母，亦蔑称老鸨，鸨母当中虽然不排除有妓女的生身母亲，但绝大多数为假母。媪（ǎo），老妇人，也通称妇人。书中蔡媪，未介绍她是瑞云的生母还是假母。

[4] 应客：接客，即卖身。

[5] 此奴终身发轫之始：奴，古代女子地位极为低下，在人前自称"奴"。轫（rèn），止住车轮转动的闸木。发轫，车辆出发前须先去轫，车轮才能转动，用以喻指事情的开端。此句瑞云强调这将是她平生第一次接客。

[6] 求见者必以贽：贽（zhì），旧时初次求见尊长时所带的礼物。此句意思是，谁要想见瑞云一面，一定会带上礼物。

[7] 接以弈：弈，下棋。此句意思是，以陪求见者下棋的方式接待他。

[8] 名噪已久：噪，喧闹，这里指响亮。名噪，名气很大很响。此句意思是，瑞云名气很大已有很长一段时间了。

[9] 贵介：介，大，尊。贵介，尊贵，这里指贵家子弟。

[10] 余杭：旧县名，明清时隶属于杭州府。

[11] 家仅中赀：家，此处指家庭经济状况。赀（zī），通“资”，财货。此句意思是，家庭经济状况仅处于温饱与小康之间而已。

[12] 素仰：平素仰慕。

[13] 固未敢拟同鸳梦：固，本来。拟，在心里指望与准备，幻想。鸳，鸳鸯，雌雄偶居不离，古称“匹鸟”。鸳梦，男女同床共枕之梦。此句意思是，贺生本来就不敢有与瑞云同床共枕的奢望。

[14] 亦竭微贽：也竭尽所能准备了一份微薄的见面礼物。

[15] 冀得一睹芳泽：冀得，希望能够。芳泽，古人称妇女用以润发的香油为“芳泽”，语出《楚辞·大招》“粉白黛黑，施芳泽只”。在这里“芳泽”指女子美丽的容颜。此句意思是，贺生希望能够见一见瑞云美丽的容颜。

[16] 窃恐其阅人既多：窃恐，暗地里担心。阅人，观察见过的人。

[17] 寒畯（jùn）：贫穷的读书人。

[18] 款接殊殷：款接，款待，接待。殊殷，特别亲密殷勤。

[19] 坐语良久：坐在一起交谈很长时间。

[20] 何事求浆者：何事，为什么。浆，饮料，水浆。求浆者，指唐人裴铏《传奇·裴航》中的裴航，他因为口渴向一老婆婆讨水浆喝。

[21] 蓝桥叩晓关：蓝桥，地名，即蓝桥驿。叩晓关，即晓叩关，意为一大早就敲门。此句连同上句的意思是，为什么求饮水浆的人，一大早就到蓝桥驿敲门？

[22] 有心寻玉杵：玉杵，裴航在蓝桥驿求饮水浆，碰到少女云英，向其祖母求娶云英。云英祖母说，神仙曾给她长生不老的灵丹，但须用玉杵臼来捣一百天才可服用，裴航若能为她找到玉杵臼，就将云英许配给他。后来，裴航果然购得玉杵臼，并亲自捣药百天，终于与云英结成眷属。事见唐人裴铏《传奇·裴航》。

[23] 端只在人间：端，端的，果然，实在。此句连同上句的意思是，要满足获得良缘的条件，这一任务只有在人间才能完成。上面四句诗连在一起的意思是，瑞云鼓励贺生要大胆地追求她，与她结成良缘，哪怕仅仅是极为短暂的一夜姻缘。

[24] 穷踧：踧（cù），通“蹙”。穷踧，穷困。

[25] 绵薄：自谦之词，意为微力、微劳。

[26] 肌肤之亲：肌肤，肌肉与皮肤。肌肤之亲，此处指发生两性关系。

[27] 邑邑：悒悒，郁闷。

[28] 思欲罄家以博一欢：罄家，拿出全部家产。博，博取，换取。此句意思是，想要拿出全部家产换取一夜快乐。

[29] 此情复何可耐：这种难堪的情境又怎么能够忍受得了。

[30] 筹思及此：筹算思考到这一点。

[31] 热念都消：热切的渴念都烟消云散。

[32] 不得一当：找不到一个合适人选。

[33] 恚（huì）：恨，怒。

[34] 将强夺之：准备强行改变瑞云自己择婿的志向和意愿。

[35] 未发：暂时隐忍没有发作，没有表现出来。

[36] 濯之益真：额上黑色指印洗一洗越发清晰刺眼。

[37] 阔：用作动词，意为扩大。

[38] 连颧彻准：颧（quán），颧骨。准，鼻梁。此句意思是，黑色指印蔓延至左右颧骨及上下鼻梁。

[39] 辄：立即，马上。

[40] 车马之迹以绝：车马，代指乘坐车马的贵客。此句意思是，来访的贵客因为这一原因而绝迹。

[41] 斥去妆饰：呵斥她去掉身上穿戴的华丽贵重的妆饰品。

[42] 使与婢辈伍：伍，同列，等辈。此句意思是，鸨母使瑞云与丫鬟等下人处于同等地位。

[43] 荏（rèn）弱：柔弱，怯懦。

[44] 不任驱使：不任，不能胜任，受不了。驱使，役使，差遣。

[45] 贺闻而过之：过，探访。此句意思是，贺生听说这件事后来看望她。

[46] 蓬首厨下：蓬首，即首如飞蓬，意为头发散乱，语出《诗经·卫风·伯兮》“自伯之东，首如飞蓬”。厨下，厨房，指在厨房干活。

[47] 丑状类鬼：类，类似，像。此句意思是，奇丑的形态像鬼一样。

[48] 面壁自隐：面对墙壁自我隐藏。这里表现了瑞云因面貌丑陋而自卑的心理。

[49] 赎作妇：为瑞云赎身并娶其为妻。

[50] 货田倾装：货田，变卖田地。倾装，倾囊，尽其所有。

[51] 揽涕：揽，采摘，此指擦拭。揽涕，擦拭眼泪。

[52] 不敢以伉俪自居：伉俪，夫妻，配偶。此句意思是，瑞云因容貌丑陋而自卑，不敢将自己视作贺生的妻子。

[53] 愿备妾媵：愿备，只希望权且充当。妾，俗称小老婆，地位低于妻，古语云“聘为妻，买为妾”，妾是用钱买来玩弄或作为生儿育女工具的，纳妾不能举行正式的婚姻仪式。媵（yìng），古时称与姑妈或姐姐一起嫁给同一个男子的女人为“媵”。《仪礼·士昏礼》郑玄注云：“古者嫁女必以侄娣从，谓之媵。”因为与正妻有血缘亲属关系，媵的地位高于一般的妾，是贵妾；与正妻没有血缘亲属关系的妾是贱妾。后世通称侍妾为妾媵。

[54] 以俟来者：正妻之位留给贺生今后娶来的女人。

[55] 卿：朋友、夫妇间彼此以“卿”为爱称。

[56] 姗笑：讪笑，讥讽。

[57] 苏：苏州府。

[58] 与同主人：主人，旅居的房东。旅居时与他同一个房东，即同住一处。

[59] 贺以适人对：适人，女子嫁人称“适人”。对，回答。此句意思是，

贺生告诉他瑞云嫁人了。

[60] 其人率与仆等：其人，瑞云嫁的那个男人。率（shuài），大致。仆，男性在他人面前的谦称。等，相等，差不多。

[61] 缘有奇疾：只是因为有古怪的疾病。

[62] 姑从贱售：只好姑且出低价让人为之赎身。

[63] 不然：要不是这样的话。

[64] 勾栏：宋元说书、演戏、玩杂技的场所称“勾栏”。后世则称妓院为“勾栏”。

[65] 因反诘之：因此反过来问他。

[66] 一覲其芳仪：覲（jìn），古时候诸侯秋天朝见天子称“覲”，此处指难得的见面。芳仪，美丽的仪容。

[67] 流落不偶：流落，漂泊外地，穷困失意。不偶，遭遇不顺利，没有成就。

[68] 晦其光而保其璞：晦，使其晦暗。光，指玉石的光泽。璞，未雕琢的玉石，比喻本真、本色。此句意思是，使瑞云美丽的容颜黯然失色以便保护其纯洁的少女贞操。

[69] 真鉴：正确高明的鉴别评定。

[70] 乌得不能：怎么不能。

[71] 一诚求：一次诚恳的请求。

[72] 婿：女婿，此处意为丈夫。

[73] 不以妍媸易念：妍（yán）媸（chī），美丽与丑陋。易念，改变心意。此句意思是，不会因为对方是美丽还是丑陋而改变心意。

[74] 将命酒：正要叫瑞云准备酒食。

[75] 治具者：准备酒食之人，指瑞云。

[76] 戟指而书之：戟指，屈指如戟形，施法术时所做的手势。书，书写符箓，俗称“鬼画符”。此句意思是，和生为恢复瑞云的美丽容貌而书写符箓，施行法术。

[77] 靧（huì）：洗脸。

[78] 随手光洁：脸部被手用水洗过的地方立即变得光彩照人。

[79] 夫妇共德之：夫妻俩都对他感恩戴德。

[80] 渺：突然不见。

[81] 意者其仙欤：作者在心里猜测这个为瑞云恢复美丽容貌的和生是不是神仙呢。

二、周学道校士拔真才　胡屠户行凶闹捷报[1]（吴敬梓）

《儒林外史》第三回节选

话说周进在省城要看贡院[2]，金有余见他真切，只得用几个小钱同他去看。不想才到天字号[3]，就撞死在地下。众人多慌了，只道一时中了恶[4]。行主人[5]道："想是这贡院里久没有人到，阴气[6]重了，故此周客人中了恶。"金有余道："贤东[7]，我扶着他，你且去到做工的那里借口开水来，灌他一灌。"行主人应诺[8]，取了水来。三四个客人一齐扶着，灌了下去，喉咙里咯咯的响了一声，吐出一口稠涎[9]来。众人道："好了！"扶着立了起来。周进看着号板[10]，又是一头撞将去。这回不死了，放声大哭起来；众人劝着不住。金有余道："你看，这不是疯了么？好好到贡院来耍，你家又不死了人，为甚么这号啕痛哭是的？"周进也不听见，只管伏着号板哭个不住。一号哭过，又哭到二号、三号，满地打滚，哭了又哭，哭的众人心里都凄惨起来。金有余见不是事[11]，同行主人一左一右架着他的膀子。他那里肯起来，哭了一阵又是一阵，直哭到口里吐出鲜血来。

众人七手八脚将他扛抬了出来，贡院前一个茶棚子里坐下，劝他吃了一碗茶，犹自索鼻涕[12]，弹眼泪，伤心不止。内中一个客人道："周客人有甚心事？为甚到了这里这等大哭起来？却是哭得利害[13]。"金有余道："列位老客[14]有所不知，我这舍舅[15]本来原不是生意人，因他苦读了几十年的书，秀才[16]也不曾做得一个，今日看见贡院，就不觉伤心起来。"只因这一句话道着周进的真心事，于是不顾众人，又放声大哭起来。又一个客人道："论这事，只该怪我们金老客。周相公既是斯文人，为甚么带他出来做这样的事？"金有余道："也只为赤贫之士[17]，又无馆做[18]，没奈何上了这一条路。"又一个客人道："看令舅这个光景，毕竟胸中才学是好的；因没有人识得他，所以受屈到此田地[19]。"金有余道："他才学是有的，怎奈时运不济[20]。"那客人道："监生[21]也可以进场。周相公既有才学，何不捐他一个监进场[22]？中了，也不枉了今日这一番心事。"金有余道："我也是这般想，只是那里有这一注[23]银子？"此时，周进哭的住了。那客人道："这也不难。现放着我这几个弟兄在此，每人拿出几十两银子，借与周相公纳监[24]进场。若中了做官，那在我们这几两银子。就是周相公不还，我们走江湖的人，那里不破掉了几两银子？何况这是好事。你众位意下如何？"众人一齐道："君子成人之美[25]。"又道："'见义不为，是为无勇。'俺们有甚么不肯！只不知周相公可肯俯就[26]？"周进道："若得如此，便是重生父母，我周进变驴变马，也要报效[27]！"爬到地下就磕了几个头。众人还下礼去。金有余也称谢了众人。又吃了几碗茶，周进再不哭了，同众人说说笑笑，回到行里。

次日，四位客人果然备了二百两银子，交与金有余。一切多的使费，都是金有余包办。周进又谢了众人和金有余。行主人替周进备了一席酒，请了众位。金有余将着银子，上了藩库[28]，讨出库收[29]来。正值宗师来省录遗[30]，周进就录了个贡监首卷[31]。到了八月初八日进头场，见了自己哭的所在，不觉喜出望外。自古道"人逢喜事精神爽"，那七篇文字，做的花团锦簇一般。出了场，仍旧住在行里。金有余同那几个客人还不曾买完了货。直到放榜那日，巍然中了[32]。众人各各欢喜，一齐回到汶上县。拜县父母、学师[33]，典史拿晚生帖子上门来贺[34]。汶上县的人，不是亲的也来认亲，不相与[35]的也来认相与，忙了个把月。申祥甫[36]听见这事，在薛家集敛了分子[37]，买了四只鸡、五十个蛋，和些炒米、欢团[38]之类，亲自上县来贺喜。周进留他吃了酒饭去。荀老爹贺礼是不消说了。看看上京会试[39]，盘费衣服，都是金有余替他设处。到京会试，又中了进士[40]，殿在三甲[41]，授了部属。荏苒[42]三年，升了御史[43]，钦点[44]广东学道。

[节选自（清）吴敬梓著、陈美林批点：《新批〈儒林外史〉》第三回，江苏古籍出版社，1989年版]

注释

[1] 周学道校士拔真才 胡屠户行凶闹捷报：学道，清代的科举制，扼要地说，可以归纳为三级考试，第一级是院试，在府城或直隶州的治所举行，主持考试的官员，南京、北京称“学院”，各省称“提学道”，简称“学道”。学道亦称“学政”，俗称“学台”，又称“宗师”。周进是主持院试的官员，所以称“周学道”。胡屠户，周进门生范进的岳父。

[2] 贡院：清代举行乡试、会试的场所，通常建立于城内东南方，大门正中悬“贡院”匾，因外墙铺以荆棘，所以贡院又称“棘闱”。

[3] 天字号：贡院第一号号舍。天字号并不是表示豪华程度第一，而是指排序第一。古人排序有时喜用《千字文》的顺序来排，《千字文》的第一句是“天地玄黄，宇宙洪荒”，所以人们常用“天字号”、“天字一号”来表示排序第一的意思。

[4] 中了恶：即中恶，突然患疾病。

[5] 行主人：省城杂货行主人，周进等人进省城后住在他那里。

[6] 阴气：阴冷寒湿之气。

[7] 贤东：贤，敬称。东，东家，主人。

[8] 应诺：答应，同意。

[9] 稠涎：涎（xián），唾液。稠涎，此处指浓痰。

[10] 号板：贡院内分若干号舍，每一号有只可容一人的小房间若干，每个考生各占一间，每间有木板两块，一块支起来做写字的案桌，一块支起来当坐具，称作“号板”。

[11] 见不是事：见情况不妙。

[12] 索鼻涕：索，通“缩”，因没有东西擦鼻涕，哭泣者无意或有意地将快流出的鼻涕往鼻孔里回吸。

[13] 利害：即厉害。

[14] 老客：明清时称生意人为“客”。老客，资历老的年长的生意人。

[15] 舍舅：对人称其妻兄弟的谦词。

[16] 秀才：生员俗称“秀才”。秀才虽然级别不高，但考取秀才也很不易，必须通过三次考试，第一关是县试，由知县主持，录取后，再经过一次府试，由知府主持，及格的称为“童生”，然后知府将童生名册呈送学道，童

生们如通过了学道主持的院试，才算取得生员也就是秀才的称号。

[17] 也只为赤贫之士：赤贫之士，穷到极点的读书人。此句意思是，也只是因为他是一个穷到极点的读书人。

[18] 又无馆做：馆，学塾。此句意思是，又没有做塾师的机会。

[19] 受屈到此田地：受委屈到了这样的地步。

[20] 时运不济：时运，当时的运数，当时的命运。不济，不好，不管用。

[21] 监生：国子监学生的简称。国子监是明清两代的最高学府，照规定必须是贡生或荫生才有资格入监读书。贡生是优先贡入国子监读书的生员。荫生是依靠父祖的官位而取得入监读书资格的官僚子弟，此种荫生亦称“荫监”。监生可以参加录科、录遗考试。

[22] 何不捐他一个监进场：在清朝，监生是可以用钱捐到的，这种监生称“例监”，亦称“捐监”。此句意思是，为什么不花钱捐一个监生取得进场参加录遗考试的资格呢。

[23] 一注：注，财物。一注，一笔财物，有时仅作数量词，意为“一笔”。

[24] 纳监：交纳钱财捐个监生头衔。

[25] 君子成人之美：君子，泛指有才德的人。成人之美，简称“成美”，助人为善。后世称成全他人的好事为“成人之美”。

[26] 只不知周相公可肯俯就：相公，最早指丞相，因为汉魏以来，凡拜相者必封公，故称丞相为“相公”。古时民间妻子尊称丈夫为“相公”。人们亦敬称富家子弟或读书人为“相公”。这里的“周相公”属后者。俯就，屈从，迁就。此句意思是，只是不知道周相公是否愿意降低身份答应接受。

[27] 报效：感恩出力，报答。

[28] 藩库：清代布政司所属的钱粮储库，各州县岁征的田税杂赋，除留用部分外，其余悉入储库，储库设库大使。

[29] 库收：藩库官吏收了银子后开的收条。

[30] 录遗：清代对秀才举行科考，考在一等、二等及三等前十名者，可以参加乡试。三等十名以下及因故未试之秀才与在籍监生、贡生等，可以再参加录科考试。录科未取及因故未参加者，可以参加录遗考试，名列前茅者，亦可参加乡试。

[31] 贡监首卷：在参考贡生与监生中，周进的考卷被认为是答得第一好的。

[32] 巍然中了：巍然，高高的样子。中，此处指考取举人。

[33] 县父母、学师：县父母，旧时县令人称“父母官”，县父母即县令。学师，县里管秀才的教官称“学师”。

[34] 典史拿晚生帖子上门来贺：典史，官名，元代设置，与县尉同是知县的属官，掌管收发公文。明代废除县尉，由主簿掌管缉捕；主簿出缺时，由典史兼管。清代由典史掌管缉捕与狱囚，因此，在清代典史也称“县尉”。晚生，旧时官场后辈对前辈的自谦之称。此句意思是，典史拿着自称晚生的

名帖亲自上门祝贺。

[35] 相与：来往，相互交往。

[36] 申祥甫：周进在山东兖州府汶上县薛家集做塾师时的一个学生的家长。

[37] 分子：共同送礼时每人所分摊的钱物。

[38] 欢团：食物名，用面和合诸果做成。也叫“欢喜团”、“欢喜丸”。

[39] 会试：由礼部主持，考试地点在京城，三年一次，辰戌丑未年考，即在乡试的次年举行。参加考试的是全国各省的举人，考试的日期是三月初九至十七日，考三场，每场三天，四月发榜。因为在春天考，亦称“春闱”。清朝主持会试的官员称大总裁，由内阁大学士或尚书充任。

[40] 进士：会试录取的人员称“贡士”。贡士还须参加复试，仍由大总裁主持，经过复试将贡士分为一、二、三等，第一等第一名称“会元”。复试后还要举行殿试，殿试由皇帝亲自主持，派阅卷大臣、读卷大臣协助，通过殿试，在会试中取录了的贡士才可以取得“进士”称号。

[41] 三甲：殿试分三甲。一甲三名，称“进士及第”，第一名称“状元”，亦称“殿元”，第二名称“榜眼”，第三名称“探花”，合称“三鼎甲”；二甲称“进士出身”；三甲称“同进士出身”。一、二、三甲总称“进士”。这里的三甲是指进士中的第三等“同进士出身”。

[42] 荏（rěn）苒（rǎn）：时光渐渐过去。

[43] 御史：官名。秦以前本为史官。汉代、魏晋南北朝、唐代等朝代因职责不同，将御史分为多种，如唐代御史有侍御史、殿中侍御史和监察御史三种。明清两代，御史只有监察御史一种，分道行使纠察职责。

[44] 钦点：皇帝亲自委派。

三、惑奸谗抄检大观园　矢孤介杜绝宁国府[1]（曹雪芹）

《红楼梦》第七十四回节选

又到探春院内，谁知早有人报与探春了。探春也就猜着必有原故，所以引出这等丑态来，遂命众丫鬟秉烛开门而待。

一时众人来了。探春故问何事。凤姐笑道：“因丢了一件东西，连日访察不出人来，恐怕旁人赖这些女孩子们，所以越性[2]大家搜一搜，使人去疑，倒是洗净[3]他们的好法子。”探春冷笑道：“我们的丫头，自然都是些贼，我就是头一个窝主[4]。既如此，先来搜我的箱柜，他们所有偷了来的东西都交给我藏着呢。”说着，便命丫头们把箱柜一齐打开，将镜奁[5]、妆盒、衾袱[6]、衣包若大若小之物一齐打开，请凤姐去抄阅。凤姐陪笑道：“我不过是奉太太的命来，妹妹别错怪我。何必生气。”因命丫鬟们快快关上。

平儿丰儿等忙着替待书等关的关[7]，收的收。探春道：“我的东西倒许你们搜阅；要想搜我的丫头，这却不能。我原比众人歹毒，凡丫头所有的东西我都知道，都在我这里间收着，一针一线他们也没的收藏，要搜所以只来搜我。你们不依，只管去回太太，只说我违背了太太，该怎么处治[8]，我去自领。你们别忙，自然连你们抄的日子有呢！你们今日早起不曾议论甄家[9]，自己家里好好的抄家[10]，果然今日真抄了。咱们也渐渐的来了。可知这样大族人家，若从外头杀来，一时是杀不死的，这是古人曾说的‘百足之虫，死而不僵[11]’，必须先从家里自杀自灭起来，才能一败涂地！”说着，不觉流下泪来。凤姐只看着众媳妇们。

周瑞家的[12]便道：“既是女孩子的东西全在这里，奶奶[13]且请到别处去罢，也让姑娘好安寝。”凤姐便起身告辞。探春道：“可细细的搜明白了？若明日再来，我就不依了。”凤姐笑道：“既然丫头们的东西都在这里，就不必搜了。”探春冷笑道：“你果然倒乖[14]。连我的包袱都打开了，还说没翻。明日敢说我护着丫头们，不许你们翻了。你趁早说明，若还要翻，不妨再翻一遍。”凤姐知道探春素日与众不同的，只得陪笑道：“我已经连你的东西都搜查明白了。”探春又问众人：“你们也都搜明白了不曾？”周瑞家的等都陪笑说：“都翻明白了。”

那王善保家的本是个心内没成算的人[15]，素日虽闻探春的名，他自为众人没眼力没胆量罢了，那里一个姑娘家就这样起来；况且又是庶出[16]，他敢怎么。他自恃是邢夫人陪房，连王夫人尚另眼相看，何况别个。今见探春如此，他只当是探春认真单恼凤姐，与他们无干。他便要趁势作脸献好[17]，因越众向前拉起探春的衣襟，故意一掀，嘻嘻笑道：“连姑娘身上我都翻了，果然没有什么。”凤姐见他这样，忙说：“妈妈[18]走罢，别疯疯颠颠的。”一语未了，只听“拍”的一声，王家的脸上早着了探春一掌。

探春登时[19]大怒，指着王家的问道：“你是什么东西，敢来拉扯我的衣裳！我不过看着太太的面上，你又有年纪，叫你一声妈妈，你就狗仗人势，天天作耗[20]，专管生事。如今越性了不得了。你打谅[21]我是同你们姑娘那样好性儿，由着你们欺负他，就错了主意！你搜检东西我不恼，你不该拿我取笑。”说着，便亲自解衣卸裙，拉着凤姐儿细细的翻。又说：“省得[22]叫奴才来翻我身上。”

凤姐平儿等忙与探春束裙整袂[23]，口内喝着王善保家的说：“妈妈吃两口酒就疯疯颠颠起来。前儿把太太也冲撞了。快出去，不要提起了。”又劝探春休得生气。探春冷笑道：“我但凡有气性，早一头撞死了！不然，岂许奴才来我身上翻贼赃了。明儿一早，我先回过老太太、太太，然后过去给大娘[24]陪礼，该怎么，我就领。”

那王善保家的讨了个没意思，在窗外只说：“罢了，罢了，这也是头一遭挨打。我明儿回了太太，仍回老娘家去罢。这个老命还要他做什么！”探春喝命丫鬟道：“你们听他说的这话，还等我和他对嘴去不成。”待书等听说，便出去说道：“你果然回老娘家去，倒是我们的造化[25]了。只怕舍不得去。”凤姐笑道：“好丫头，真是有其主必有其仆[26]。”探春冷笑道："我们作贼的人，嘴里都有三言两语的。这还算笨的，背地里就只不会调唆主子。"平儿忙也陪笑解劝，一面又拉了待书进来。周瑞家的等人劝了一番。凤姐直待服侍探春睡下，方带着人往对过暖香坞[27]来。

（节选自《红楼梦》第七十四回，人民文学出版社，2008年版）

注释

[1] 惑奸谗抄检大观园　矢孤介杜绝宁国府：大观园，为元春归省而营建的豪华的省亲别院，由元春自己正式命名"大观园"。元春行幸后又命宝玉及众姐妹进入园中居住。矢，誓，用作动词。孤介，孤高耿介，不愿意与世俗之人交往。宁国府，宁国公贾演的府第，简称"宁府"，因与荣国府比邻，处于东侧，故又称"东府"。回目后一句的行为主体是贾府四小姐贾惜春，她痛感哥哥贾珍、侄子贾蓉等将宁国府名声弄得臭不可闻，发誓中断与宁国府的来往。

[2] 越性：索性，干脆。

[3] 洗净：洗干净，这里指还人清白。

[4] 窝主：窝藏赃物之人。

[5] 镜奁：镜箱，盛放梳妆用具的匣子。

[6] 衾袱：衾，被子。袱，包袱。衾袱，指包被子的包袱。

[7] 平儿丰儿等忙着替待书等关的关：平儿，王熙凤陪嫁丫鬟，获得王熙凤信任后，成为贾琏夫妇的通房丫鬟。通房丫鬟意为虽已与男主人通房同居，但并非正式姨娘（妾），地位低于姨娘，俗称"姑娘"。丰儿，王熙凤的丫鬟。待书，探春的大丫鬟。

[8] 处治：处理，处分，处罚。

[9] 甄家：金陵省体仁院总裁（这一官名为作者虚拟）甄家，和贾府既是世交，又是老亲。作者写甄家是为了映衬贾府，特别是要通过描写甄家公子甄宝玉来反衬贾府公子贾宝玉，两人不但模样极为相似，性情起初也极为相似，然而后来甄宝玉性情改变，走上仕途经济之道，与贾宝玉始终拒绝走仕途经济之道相反。

[10] 抄家：搜查并没收全部家产。

[11] 百足之虫，死而不僵：百足之虫，马陆，俗称"百足"，多足昆虫。僵，仆倒。这种虫因为足多，即使死了，还能支撑其身体不倒。世人常用此语比喻某个显赫繁盛的家族或集团，虽已败落，但在一段时间内，还能维持表面的繁荣。

[12] 周瑞家的：周瑞的妻子，王夫人陪房（旧时富贵人家女儿出嫁，随嫁至其夫家的男女婢仆称陪房），荣府管家娘子，负责太太奶奶们出门的事。古代女子地位低下，常常用"某某家的"代称某某的妻子。

[13] 奶奶：古人称主人正妻为"奶奶"，少主人之正妻为"少奶奶"。有时则称主人正妻为"太太"、少主人之正妻为"奶奶"以示尊崇。此处"奶奶"指少夫人王熙凤。

[14] 乖：乖巧，狡猾。

[15] 那王善保家的本是个心内没成算的人：王善保家的，王善保的妻子，邢夫人的陪房。成算，已定的计划。没成算，指内心缺乏正确的考虑。

[16] 庶出：古时称妾所生子女为“庶出”。

[17] 作脸献好：为显示自己有面子去讨好。

[18] 妈妈：对年老妇女的敬称。

[19] 登时：顿时。

[20] 作耗：作乱，作怪。

[21] 打谅（liàng）：打量，以为，估计。

[22] 省得：免得。

[23] 袂（mèi）：古代衣袖统称为袪（qū），袖口为袂。

[24] 大娘：本为对年老妇女的敬称，此处有讥讽的意味。

[25] 造化：交了好运。

[26] 有其主必有其仆：有什么样的主子就一定会有什么样的婢仆。

[27] 暖香坞：贾惜春住处蓼风轩内的惜春卧室。

参考书目

[1]（清）蒲松龄著，朱其铠主编．聊斋志异．北京：人民文学出版社，1989

[2]（清）吴敬梓著，陈美林批点．新批儒林外史．南京：江苏古籍出版社，1989

[3]（清）曹雪芹．红楼梦．北京：人民文学出版社，2008

[4] 冯其庸，李希凡主编．红楼梦大辞典．北京：文化艺术出版社，1990

[5] 史凤仪．中国古代的家族与身份．北京：社会科学文献出版社，1999

后　　记

《中国古代文学专题教程》出版后，同行多有鼓励和赞誉，我们倍受鼓舞，也多了一些自信。但当时受体例和篇幅所限，《教程》中所附的作品原文没有注释，现在讲解作品时感到多有不便。教师讲授不易，学生接受亦感困难。虽有赏析，能帮助学生掌握作品大意及其艺术特色，但终因学生对作品原文理解不透而有囫囵吞枣之弊，影响教学效果。因此，我们几位同仁商议，决定将《教程》中的作品原文挑出，进行详细注释，并单独成书，名之为《中国古代文学作品选注》，与《中国古代文学专题教程》配套使用。限于体例，《教程》中诗、词单元所附作品较少，出于教学需要，本书增加了一些诗、词作品，其他部分则与《教程》中所附的作品完全相同。

本书的注释以便于教学和学生自学为原则。为了提高学生的训诂能力，注释时先对单个字、词进行注释。为了避免学生掌握了单个字、词仍无法理解全句的意思，注释时对有些较难的句子又特地进行了大意概括，以便学生能上下文意贯通。对于作品中涉及的典故及文化典章制度，注释予以适当的介绍阐释和必要的引述，但不作繁琐考证。这样既使教师有补充发挥的空间，又能使注文流畅，增加学生阅读的兴趣。对于学界理解有分歧的地方，则参考众家之说，择善而从。古文注释，离不开对先哲和时贤学术成果的参考与借鉴，因此各讲注释之后附上参考书目，以表示我们对其学术劳动的尊重和谢意。

本书的撰写分工如下：鲁红平副教授撰写第 1 讲"《诗经》"、第 4 讲"汉赋"和第 6 讲"魏晋南北朝诗歌"；刘周堂教授撰写第 2 讲"先秦散文"和第 7 讲"魏晋南北朝骈文"；刘惠卿副教授撰写第 3 讲"楚辞"、第 8 讲"唐诗（上）"、第 9 讲"唐诗（下）"、第 10 讲"宋词（上）"和第 11 讲"宋词（下）"；李新灿教授撰写第 5 讲"两汉史传文学"、第 15 讲"明清小说（上）"和第 16 讲"明清小说（下）"；唐雪莹副教授撰写第 12 讲"宋代散文"、第

13 讲“元杂剧”和第 14 讲“明清传奇”。

注释古文，要准确表达作者的意思，本属不易。加之我们才疏学浅，不确之处在所难免，敬祈方家不吝指正。

中国人民大学出版社的领导和编辑对《中国古代文学专题教程》和本书的出版，给予了大力支持，尤其是责任编辑严谨而高效的工作，为减少错误、提高质量发挥了重要作用，在此一并致以衷心的感谢。

刘周堂

2011 年 6 月 6 日

出版说明

本套“国家级特色专业（汉语言文学）建设点系列教材”是湛江师范学院人文学院组织编写的一套选修课教材，共有《古代汉语专题教程》、《现代汉语专题教程》、《中国现代文学专题教程》等十余部。本套教材主要针对师资培训，具有和中学教学相结合、在使用者所学专业基础上加以深化的特点，分专题讲授，在内容设置上与一般的中文专业教材稍有不同。

出版者在编辑过程中一直秉持严谨、认真、负责的态度，力求做到有惑必查，改有实据，但由于本套教材所涉及各学科知识的专业性极强（如古代汉语中的音韵学、训诂学等），征引的材料极为广泛，加之出版时间紧迫和部分原始资料难以核对等原因，肯定仍存有不少错讹和疏漏。在此衷心希望使用本套教材的教师、学生和读者能够不吝指正。

学术没有终点，出版亦是一个连续的过程，一套教材的生命力，也是在不断完善的过程中体现的。我们相信，在出版者、作者和读者的共同努力下，这套教材一定能够更为实用、更为完善。

中国人民大学出版社

图书在版编目（CIP）数据

中国古代文学作品选注/刘周堂主编．—北京：中国人民大学出版社，2011.8
21 世纪中国语言文学通用教材
ISBN 978-7-300-14063-6

Ⅰ. ①中… Ⅱ. ①刘… Ⅲ. ①古典文学-文学欣赏-中国-高等学校-教材 Ⅳ. ①I206.2

中国版本图书馆 CIP 数据核字（2011）第 155476 号

国家级特色专业（汉语言文学）建设点系列教材
21 世纪中国语言文学通用教材
中国古代文学作品选注
主编　刘周堂
Zhongguo Gudai Wenxue Zuopin Xuanzhu

出版发行	中国人民大学出版社		
社　　址	北京中关村大街 31 号	**邮政编码**	100080
电　　话	010－62511242（总编室）		010－62511770（质管部）
	010－82501766（邮购部）		010－62514148（门市部）
	010－62515195（发行公司）		010－62515275（盗版举报）
网　　址	http://www.crup.com.cn		
经　　销	新华书店		
印　　刷	固安县铭成印刷有限公司		
规　　格	185 mm×260 mm　16 开本	**版　　次**	2011 年 9 月第 1 版
印　　张	13.5	**印　　次**	2022 年 2 月第 6 次印刷
字　　数	262 000	**定　　价**	39.00 元

关联课程教材推荐

书号	书名	作者	定价
978-7-300-07592-1	中国文学史（上下）	袁士硕　张可礼	65.00 元
即出	中国古代文学史（上下）	郭英德　过常宝	65.00 元（估）
978-7-300-10203-0	中国文学理论史（一）先秦两汉、魏晋南北朝卷	蔡钟翔　黄保真　成复旺	26.00 元
978-7-300-10204-7	中国文学理论史（二）隋唐五代、宋元卷	成复旺　黄保真　蔡钟翔	38.00 元
978-7-300-10205-4	中国文学理论史（三）明代卷	成复旺　蔡钟翔　黄保真	28.00 元
978-7-300-10298-6	中国文学理论史（四）清代卷	黄保真　蔡钟翔　成复旺	48.00 元
978-7-300-10247-4	中国文学理论史（五）近代卷	黄保真　成复旺　蔡钟翔	28.00 元
978-7-300-12623-4	新编中国文学理论史	成复旺	78.00 元
978-7-300-12113-0	新编中国文学批评发展史（第二版）	袁济喜	39.80 元

配套教学资源支持

尊敬的老师：

衷心感谢您选择使用人大版教材！

秉承“出教材学术精品，育人文社科英才”的出版理念，我社为教材打造配套教学资源，帮助老师拓展教学思路，革新教学方式。相关的配套教学资源，请到人文分社网站（www.crup.cn/rw）下载，或是随时与我们联系，我们将向您免费提供。联系人信息：

地址：北京海淀区中关村大街 31 号 201 室　龚洪训　收　邮编：100080

电子邮件：gonghx@crup.com.cn　电话：010-62515637　QQ：6130616

欢迎您随时反馈教材使用过程中的疑问、修订建议等，让我们与教材共成长。建议一经采纳，即有好书奉送。

如有相关教材的选题计划，也欢迎您与我们联系，我们将竭诚为您服务！

选题联系人：	电子邮件：	电话：
刘　汀	bukecunzhuang@163.com	010-62513897
翟江虹	zhaijh@yahoo.cn	010-62515636

俯仰天地　心系人文

www.crup.cn/rw

中国人民大学出版社 人文分社网站

欢迎登录浏览，了解图书信息，下载教学资源